Peter Bennett

LIBERTIES

for

RAB PAULLEY
1981–2013

Peter Bennett

LIBERTIES

RYMOUR

ISBN: 978-1-7395960-4-0

Published by Rymour Books
45 Needless Road
PERTH
PH2 0LE

http://www.rymour.co.uk

cover and book design by Ian Spring

A CIP record for this book
is available from the British Library

ACKNOWLEDGEMENTS

The following chapters, or earlier versions thereof, have appeared in these publications:

'Park Strife' in *Lumpen*, Issue 7 (Spring 2021)
'A Hauf an a Hauf' in *Ghosts of the Early Morning Shift – An anthology of radical prose from contemporary Scotland* (Culture Matters) and *The Selkie* (theselkie.co.uk)
'Stovies' in *Nobody Remembers the Birdman – New Writing Scotland 40* (ASLS)

Thanks to all the good people at ABCtales.

Special thanks to the following: Jim Aitken, Jane Ayrie, Mark Burrow, Rachel Deering, Jim Ferguson, Ewan Gault, Drew Gummerson, Duncan Jones, Ewan Lawrie, Claudine Lazar, Sam Le Butt, Ross Lowe, Sean McNulty, Jack O'Donnell, Ian Spring, Shan Stephenson and Rob True.

Peter Bennett 2022

supported by a Scots Language Publication Grant
from the Scottish Book Trust

Scottish Government
Riaghaltas na h-Alba

TAKE LIBERTIES

PHRASE:

If you *take liberties* or *take a liberty* with someone or something, you act in a way that is too free and does not show enough respect. (COBUILD Advanced English Dictionary © Harper Collins Publishers).

ONE

▶

Good Intentions

The windscreen's misted up again so ah reach forward an wipe it wae the sleeve ay ma fleece, no fur the first time since we left the docks. The rain's stoatin aff the road, man. Spray fae the lorry in front only makes it worse—ah kin barely see twinty fit in front ay us. It's dark an aw. Fuckin hauf four in the efternin an it might as well be midnight.

Ah loack oan tae the lorry's tail lights in front ay us, operatin in the close enough tae see, yet no quite runnin right up the big bastart's arse area ay proximity. Heidlights fae the motors gaun in the other direction temporarily blind me every noo an again—ye know, cause it's no perilous enough as it is.

The thoat occurs tae me that there *ur* worse ways tae go.

Ah fuck aboot wae the dial oan the dashboard fur the heatin—turnin it doon then up, doon then up—an put ma haun oer the vent tae feel the temperature. 'Still nothin comin oot?' Scanlon sais tae me.

'Just cauld air man. It's fucked. Here, wipe that windae again eh, ah'm gonnae end up crashin.' ah sais, gien him some napkins that ur in the centre console.

Rollin the windae doon aboot hauf waiy, ah hope that the air rushin in will clear the condensation. It just makes matters worse though an horizontal rain sprays acroass ma face like waves breakin oer a trawler. Fuck me man. Fuckin fuck it.

A flush ay anxiety washes oer me again as ah remember. Ah'm deid man. Ah'm fuckin deid.

The heater fans gie a loud whoosh an a blast ay cauld air comes through the vents. Scanlon looks at me, 'The fuck's that aboot?' he sais, ominously. The steerin wheel shudders, reverberatin through ma rib cage an warnin lights oan the dashboard flash as the engine cuts oot. 'Naw! Fuckin come oan ya cunt!'

'You're fuckin kiddin me on.' Scanlon sais, 'ah don't fuckin believe this.' he puts his heid in his hauns.

The motor behind me flashes his heidlights an pumps his horn. 'Go roon, ya fuckin prick!' ah shout tae the cunt, wavin ma haun oot.

He pulls oot, drawin up alangside me, a big silver Merc. 'Ya fuckin idiot, ye! Whit ye playin at?' the auld jakie lookin cunt drivin the motor shouts, face like a rasher ay bacon.

'Away ye go ya fuckin prick, ah've broke doon!' ah scream back tae another face full ay spray as he puts the fit doon an fucks off, blastin his horn again.

Ah bump the motor up oan tae the grass verge at the side ay the road. Scanlon gets oot an ah pop the bunnet open. 'Try an turn it oer.' he sais.

'Ah'm tryin! Nothin's happenin.'

'Nae compression.' he sais. 'It's yer heid gasket mate. That motor's fucked.'

'FUCK SAKE!' ah shout an punch the windae, 'WHIT NEXT?'

Scanlon opens the door an sits back doon next tae me. He's ringin wet again awready. 'That's just great int it? Fuckin magic.' he sais.

We sit fur a minute in silence, just the roar ay motors an the occasional articulated lorry fur company as they thunder by, either oblivious or indifferent tae oor predicament.

'Right, well there's nae sense sittin here, the caravan site's only aboot another mile doon the road, we'll just huv tae walk it.' ah sais, an open the door.

○○○○○

Ma troosers are so saturated wae watter that ah struggle tae get the key oot ma poakit when ah eventually arrive at the digs, helped in nae small part by the stupidly huge key ring they insisted oan gien us. Scanlon's elected tae walk oan tae the shoap fur a kerry oot ay lager fur us baith, reckons we need it. As watter runs aff ma haun oan tae the flint ay the lighter as ah try tae start the gas fire, ah'm inclined tae agree wae him.

Rain drums oan the metal roof ay the caravan like a barrage ay golf baws batterin doon so that even in shelter it still permeates yer heid somehow; the relentless hammerin like some horrendous tinnitus blurrin yer thoats.

It isnae necessarily a bad thing, an fur the first time since we'd hud the meetin oan the dockside earlier oan, ah've a strange peace, staunin here, hauf naked in a tin box, concentratin solely oan the rattlin torrent ay rain.

Wipin the windae, ah look ootside at waves ay it bein blown doon the wee avenues ay the caravan park, illuminated by the street lanterns that line them. Ah towel ma hair dry wae the wan boggin towel ah broat wae me. Scanlon's goat plenty but the cunt's loacked them in his case an wulnae gies wan. Sais it isnae his fault ah'm no organised. We were supposed tae be gaun tae the big supermarket in Dunfermline fur messages cos it's paiy day an ah wis gonnae buy another couple ay them. It disnae really matter anymare.

The door slams aff the side ay the caravan wae a loud clatter, shakin the dishes that ur piled up in the sink as it's blown oot ay Scanlon's haun, caught wae the wind. He looks like the Grim Reaper, staunin, drippin wet, black duffel coat hood oer his heid, castin shadows oan his face in the light. His eyes ur loast in the deep shroud ay the hood. Ah stare at him in the dim light fur a second. 'Take that hood doon will ye? Whit you meant tae be, The Burntisland Butcher?' ah sais, an usher him in.

'The fuck ye talkin aboot?' he sais haunin me the carrier bags an takin his jayket aff.

'Nothin. Never mind.' as sais, conscious no tae inflate his ego by lettin oan how much ah'd been shitein masel, however briefly.

He stauns at the gas fire, steam risin aff his legs and hauns as he peels his troosers aff. We discuss gaun tae get cleaned up but decide against it cos the shower block's at the far end ay the park an neither ay us huv the stomach fur walkin in the rain again.

Efter puttin dry joggies an a t-shirt oan, we sit doon at the table an spark a can ay Tennents Lager each. Scanlon grabs the wee T.V. dinner tray we'd been usin for rollin an starts skinnin up. 'Whit dae ye make ay that then?' he sais, 'two weeks an then oot oan wur arse? Fuckin rats, man.'

'It's that prick fae the agency ah blame.' ah sais, 'see when ah see that cunt ah'm gonnae boot his cheenies. Six month's work, he sais. At least! Might as well huv no came!'

'It's no their fault though, is it? They're just passin oan the information they've been telt. It's they cunts in the yard. Production goes doon so they bring in mare workers fae the agencies tae pull them oot a hole an because yer deemed a contractor they kin just drap ye like a hot tottie when they don't need ye anymare.' Scanlon sais, makin me consider his point.

'Aye, ah noticed it wis just the travellin men though. Nane ay they Fifer cunts goat their jotters.' ah sais, feelin it wis important.

'That's whit ah'm sayin man. They're aw in wae the bricks an mortar, the local labour force. Unioned up. We're agency… *Weegie*, agency workers. We're lower than pond life tae they cunts bro.' he sais an ah know he's right. Ah drift away fur a minute an remember. Fuck man. Ah'm deid.

'Whit ye gonnae dae then?' Scanlon sais, sparkin his joint an takin a deep draw oan it.

'We've still goat two weeks ay twelve ooirs a day that should be in the bank by noo. The lassie fae the payroll company sais somethin aboot five o'cloack. That's a couple ay grand surely?' ah sais, the sum soundin familiar.

'No two full weeks, we've no. We've goat five days fae last week an seven this week. We only goat seven ooirs the day cos it's a Friday an we goat bagged. We started oan the Monday an their week starts oan the Saturday. Should be nearly eighteen hunner poun there. That's whit ah hud, here look.' he sais, placin a wee balance print oot oan the table. 'Goat it at the wee bank in the shoap.'

Ah sit starin at the figure: Wan thousand, seven hundred and seventy nine poun, twenty pence. That'll huv tae dae fur a start, ah mean ah'd tried. It wisnae ma fault we'd been bagged.

'That cunt Mullin will just huv tae take that as a doon payment. A goodwill gesture till ah kin get the rest ay it.' ah sais, confidently. Scanlon stares at me through a haze ay hash smoke an sais, 'Stevie, ah think you better wise up mate. Fuckin goodwill gesture? That 'cunt' will take you away an bury ye if ye've no goat that money when ye see him again.' he looks like the grim reaper again as he sais it, the wee lamp that's hingin above the table accentuatin they cheek bones again through the smoke.

'Aye, awright. Ah fuckin know. Gies that joint will ye? Whit um ah gonnae dae then, eh? Five grand ah owe him.' ah sais as though he disnae awready know.

He hauns me the joint an ah open another can. 'Try an no worry aboot it.' he sais, 'ah'm sure you'll sort somethin oot. That's some tic bill aw the same. Ye must've been hooverin it up, ya cunt.'

'Easy done.' is aw ah kin come up wae. 'That's me aff it anywaiy. No hud a line in two weeks since we goat here. No touchin it.' ah sais wae a degree ay finality.

Scanlon starts skinnin up again an ah sit watchin the rain rollin doon the windae.

ooooo

We're up, showered an oot ay there fur eight o'cloack the next mornin. We get a taxi tae pick us up an take us tae the train station in Dunfermline where we'll get the train tae Haymarket in Edinburgh, afore gettin another wan tae Central Station in Glesga.

Scanlon gets the cunt drivin the taxi tae stop at the shoap an gets us a boatle ay wine each fur the train journey.

We don't talk much oan the first leg ay the journey except fur when Scanlon asks whit ah'm gonnae dae aboot the motor. Ah tell him that it's the least ay ma troubles given the situation an ah cannae, in aw honesty, gie a fuck whit happens tae the piece ay shit.

Ah keep picturin Mullin staunin in front ay me, his face aw fuckin ragin lookin—scatty; evil, like a fuckin demon, illuminated in red sayin tae me, 'Ah telt ye, ya cunt. Ah telt ye whit wid happen.' afore comin at me wae a big steakie.

The boatle lid seperatin fae the security ring gies a satisfyin crack when ah open the Bucky bringin me back tae reality an ah stare oot oer the Forth taewards the red, flashin light oan the chimney stack at Longannet Power Station.

It's no until we get aff at Haymarket an jump oan the train bound fur Glesga that it occurrs tae me, 'Whit's that boay's name fae your fitba bus that dis a bit?'

'Who, big Dazza? Whit aboot him?' Scanlon sais, leanin in closer tae me.

'Gie him a phone, eh? See if he'll punt me a hauf ounce.'

'You aff yer nut? Thoat ye were aff it!' Scanlon sais, lookin concerned fur the first time, 'ye've goat Mullin tae square up. He's backed up wae heavy cunts fae Barmulloch, ye know that, daint ye?'

Ah think aboot this fur a second then lean in a bit further. 'Ah know that mate, that's exactly whit ah need tae dae this fur. Ah'll cut that up an put it oot masel. Ah'll double ma money. Then ah'll buy an ounce an dae the same again. If ah kin avoid him fur another week, mibbe two, ah'll get his money. Aw gaun well, ah don't end up rolled up in a cairpet at the bottom ay the Clyde.' Scanlon takes a swally ay his Bucky an looks oot the windae, 'It's a risky strategy, mate. That's whit goat ye intae the shit in the first place. Ah mean, ah'll phone him if ye want… '

'Some man, mate. Ah knew ye'd dae us a turn.' ah sais, cutting him aff afore he kin counter the argument.

The boay fae Scanlon's fitba bus, Dazza's at the pub when we walk in. Ah get the three ay us a pint then sit doon next tae them in a wee booth next tae the pool table. He gies us the gear under the table an ah tail it, 'If ye don't mind, ah'm just gonnae… ' ah nod taewards the carsie.

The boay looks at me, then Scanlon, 'He'll staiy here. Don't worry, ah'm no gonnae leave the country.' ah sais, an look at Scanlon who's glowerin back at me in a waiy that suggests he isnae supportive ay ma actions.

The gear's good. Too good fur the fuckin drongos ah'll be puntin it tae. This'll need tae be tinkered wae. Ah'll double this up man. Easy money.

Ah chop another two lines oot fur Scanlon an Dazza oan the cistern, gien ma gums a wee dustin in the process then cover it wae a wee bit ay toilet roll afore headin back in.

Dazza's lookin aw paranoid an hard tae read so ah gie the dough ah lifted fae the bank ootside the station tae him under the table, rapid. Ah tell him ah've fired him an Scanlon wan oot in trap three but he sais he's awright an that's him needin tae bolt.

He nods tae Scanlon who's makin his waiy back fae the bar wae another couple ay jars an then he's off.

'Ah just fired ye wan oot there.' ah sais tae Scanlon, 'Trap three! Fuck it, ah may as well show ye.' He shakes his heid an laughs, 'some boay, so ye ur.' he sais.

○○○○○

Ah wake wae ma bladder at burstin point, feelin like the pish is there at the very tip ay ma knob, suppressed fae explodin oot by a will power ah didnae know ah possessed. Ma stomach cramps an ah kin feel the fluid slooshin aboot in ma bladder.

Ah peel ma face aff ay the leather couch in Scanlon's livin room an make it tae the toilet. The pish is pungent an dark; like stewed black tea but smellin ay roasted hops. Staunin wae ma cock in wan haun ah reach oot tae the cauld tap an turn it oan as ah'm overcome wae a vengeful thirst, ma body depleted ay hydration in the last few—how many days wis it?

'Three days we've been oan it mate. Ma heid, man!' Scanlon sais fae oer ma shooder.

Ah eyeball him in the mirror an he looks back at me. Ah feel like ah should say somethin, but the truth is there's nothin ah kin say. Nothin that's gonnae chainge anythin anywaiy.

The door goes.

'Scanlon! You in there? Is that cunt Stevie McShane in there wae ye?' Scanlon puts his finger tae his lips an creeps alang the hallway tae the door.

'It's Mullin.' he whispers back at me, pullin his eye away fae the peep hole, 'Him an two other cunts.'

That's it then. Ah'm fuckin deid.

TWO

¥

Park Strife

The wind's howlin doon the street an a flurry ay snow swarms the place, pepperin the grun wae a light coverin. A wee sparra catches ma attention, tenaciously fightin its waiy through the bitin winter wind until finally, it lands oan the wires that hing between the streetlights, next tae a pair ay moss covered gutties that huv been hingin up there fur as long as ah kin remember. Adidas Tango Kick if ah'm no mistaken—standard eighties fare.

The metallic rattle ay an empty can rollin alang the pavement echoes aff the waws ay the tenements oan either side ay me as ah approach. It trundles alang, rattlin away, afore McDade's heel intervenes an crushes it flat against the asphalt. Pearcey's staunin next tae him, airms wrapped roon himsel, shakin like a shitein dug, 'It's fuckin baltic man.' he sais. Nothin gets by him. Sharp as a fuckin circle, the cunt.

'It's fuckin February ya prick an yer just wearin a trackie tap!' McDade sais, his intolerance fur him etched acroass his face. 'If ye don't know it's gonnae be baltic in the middle ay February then yer mare ay a fuckin daftie than ye look.' Pearcey shakes his heid in grim acceptance ay the statement an looks away assumin his default position ay shitebag. He's long since gied up staunin up fur himsel. They hud their maist recent square go aboot a year ago an McDade punched his cunt in, ever since he's went intae himsel; no quite as vocal as he wance wis. He used tae fight like fuck, the wee man, but he stoapped growin when he wis aboot fifteen. It's been the law ay diminishin returns since. 'Any skins? Ah've goat a hauf dig.' he sais, tryin tae move the conversation oan.

Ah shake ma heid an look tae McDade who shrugs his shooders an hauds his hauns oot in the universal, whit-ye-lookin-at-me-fur? gesture.

'Who rattled your cage anywaiy?' ah sais tae him, 'Ye oan yer period or sumhin?'

'Some junkie bastart blagged ma wee brur's bike. He only just goat it at Christmas there.' he sais, screwin his eyes up, growlin at me like it's ma fuckin fault.

'Sake mate, that's pish. Dae ye know who it wis?' ah sais.

'Naw, but ah seen him. Ah fuckin sais 'awright' tae the cunt as he passed by me oan it in the street ootside the hoose. How wis ah supposed tae know it wis ma wee brur's bike? Ah wis pished.'

Ah need tae fight the compulsion tae burst oot laughin at the stupit cunt, 'Aye, gen up? When wis this?' ah sais, impressed wae ma self-control.

'Last night when ah goat hame fae the boozer efter watchin the gemme. Ah left ma Da wae his mates an came hame masel.'

'Fuck sake mate. Sore yin.' ah sais.

○○○○○

The trees creak and twist above us as we stoat intae the park, their barren, naked branches swayin in the cauld winter wind. It looks clean an fresh, the snow sanitisin the landscape.

We staun, surveyin the slope doon tae the burn, tryin tae see the obvious waiy doon.

'Piece ay piss.' McDade sais, edgin forward, keepin his centre ay gravity low, graspin at weeds an exposed tree roots tae steady himsel. His technique, lackin in grace though it is, works, an we're soon at the bottom ay the hill. Pearcey's drapped the hash an is frantically pattin himself doon an turnin oot his poakits. 'Ah'll boot your baws if ye've loast that.' McDade spits, nonchalantly. Ah leave the two ay them tae sort it oot between them an head tae the big tree at the bank ay the burn. It's hollowed oot at the bottom an is perfect fur settin a wee fire.

Fuckin weird lookin, like a fireplace; the trunk its chimney—except it's no. It disnae seem right ah don't think; that this livin thing that's stood here fur years an grown tae such stature, should be burnt—

ritualistically and gradually at the base, at the very roots where it started its long vertical journey—by indifferent cunts like us.

The inclement weather conditions ur the decidin factor the day though, so ah boot fuck oot ay a widden pallet that's been used as a makeshift seat an get a fire gaun, 'Did yies find it?' ah shout tae the other two who ah kin hear, still bickerin like a couple ay auld tarts.

McDade's took his cap aff an is tryin tae shield his lit lighter wae it, haudin it oot in front ay him as though it's gonnae—in any conceivable waiy—help.

Pearcey's oan aw fours, scuttlin aboot like a gumsy, rabies ridden baboon that's just tumbled through Sports Division.

'Ah've goat it!' he sais, haudin the meagre sliver ay soapbar oot in front ay him in his haun like he's haudin this week's winnin lottery ticket.

As much as ah recognise the pathetic nature ay his joy—that his life (an mine by extension) is so devoid ay any purpose or direction, that bein reacquainted wae a recently departed fifteen poun bit ay hash elicits such a reaction—ah hud tae admit it wis a result. Nae danger.

He's oan the ball, Pearcey, awready burnin the hash oan tae the perforated lid ay the gless boattle ay Irn-Bru fae the bucket that's planked there fur those in the know. Rammin the cunt full tae the brim, he burns it again, gently liftin the boatle up, still burnin the hash as he goes, resultin in a thick, chalky soup ay smoke swirlin aboot inside, trapped in its gless prison. He offers it oot tae us.'Gies that!' McDade sais, snatchin it aff him.

'That's whit ah wis dain, ya prick.' Pearcey, no unreasonably, replies as McDade sooks the milky hash smoke intae his lungs, 'Fuck sake man, that's a dull yin.' he sais, his voice noticeably lower in pitch. We aw take a dig ay it, twice, finishin the hash.

Ah kin feel a whitey comin oan but ah'm fucked if ah'm tellin these cunts who, far fae showin any concern fur the whitey casualty, will take such an admission as the green light tae mercilessly fuck wae the subject, rampin up the anxiety an paranoia a few notches. Ah'd dae the same masel, it's yer sworn duty tae bam yer mates up at any given opportunity. Goat tae be done. Nae danger.

McDade's eyeballin me. 'Here, ur you awrite Danny.' he sais, 'ye look a bit pale.'

'Ah'm bran new.' ah lie, an staun up too fast, which serves only tae negate the statement as ah stumble a wee bit, ma heid spinnin.

'Whitey!' he sais, unwillin tae let it go, like a fuckin snake that's just pounced oan a rodent.

Ah've hud enough ay his patter an make fur the slope, ignorin the cunt. Ma diversionary tactic seems tae work as by the time we scramble back up the bastarn hill, he's drapped the subject.

We walk back alang the main path back taewards the gate we came in, stoned an in silence. Vast sheets ay grey cloud race overheid, high above us, an the wind howls through the many trees ay the park soundin like waves batterin intae a rocky shoreline. Ah'm zoned oot, takin it aw in, the stone fae the hash, heightenin ma senses, seemingly amplifyin the sounds, or at least sharpenin ma awareness ay them. The aw encompassin greyness ay the efternoon seems mare vivid an bright, the snow oan the grun reflectin whit remains ay the daylight.

There's a gaunt lookin, skinny brass monkey walkin taewards us wae a multi-coloured Berghaus jayket oan.

'Ah don't fuckin believe this.' McDade sais, suddenly animated.

'Whit is it?' Pearcey sais.

'That's him. That's the fuckin junkie fae last night.'

'Ye sure? Whit's the fuckin chances?' ah sais.

'Aye ah'm sure. Ah seen him, din't ah? Fuckin junkie bastart. Ma Da just bought the fuckin thing. Took oot a Provie loan fur it an aw. Fuckin five hunner quid it cost. Tap ay the line fuckin mountain bike.' he sais, gettin aw fuckin agitated, 'Ah'm doin this cunt.'

'Calm yer jets man. Ur ye sure?' ah sais, tryin tae process whit ah'm hearin.

'Its fuckin him, ah'm tellin ye. He's wearin that same manky Berghaus jayket he wis wearin last night.. Probably snow-dropped *that* aff some cunt's washin line an aw.' he sais.

The cunt walks by. He's goat a tammy oan, pult doon aboot as low as ye kin waeoot coverin yer eyes. He's goat yer typical junkball complexion, aw fuckin pock marks an oily skin; fuckin skeletal cheekbones burstin oot his dish. He's aulder than us, aboot thirty odds ah'd say. It's hard tae tell wae these cunts right enough.

'Where ye fae mate?' McDade sais tae him but the cunt dinghies him, avoidin eye contact, 'Here, ah'm talkin tae you. Where ye fae?' he sais again.

The cunt turns roon, 'Parkheid.' he sais in that fuckin nasally drawl they aw huv, 'How?'

'Don't get cheeky ya prick! Whereaboots in Parkheid?' Pearcey pipes up.

'Wee Men.' he sais.

'Wee Men? Whit ye dain in Shettleston?'

'Scorin a bit, know whit ah mean?' he sais, backin away fae us as we walk taewards him.

'Scorin a bit?' Pearcey repeats 'Smack? Who aff?'

'Mullin,' he sais.

'Harry Mullin. Fuckin intae everythin, that cunt; charlie, smack, blues—you name it. Loansharkin an aw. Ma Da knows him.' McDade sais oot the side ay his mooth tae us.

'Mere the noo tae ah talk tae ye.' he sais tae the junkie but he's off—turnt oan his heels an sannyin it doon the path like his life depends oan it—oan the balance ay probabilities, it might.

'YOU'RE GETTIN IT YA JUNKIE BASTART!' McDade screams, boundin alang in pursuit, fixated oan only wan thing. Ah've seen him like this afore, eyes glazed oer; vacant. He's goat that tunnel vision thing gaun oan, unwillin or unable tae listen tae any reason.

Ah'm resigned tae it noo. This is happenin. McDade an Pearcey charge efter him an ah'm reluctantly folliein, any semblance ay that mellow wee stone noo eradicated by the adrenalin searin through ma boady. Ah see an empty Mad Dog boatle at the side ay the path an instinctively, crouch doon an lift it as ah go.

McDade's closin the gap doon, his relative fitness to the junkie's smack ravaged body, blatantly apparent. He's reachin oot wae each stride, swipin and scratchin doon the back ay the cunt's jayket as he ducks an weaves aboot desperately tryin tae evade him, 'Goat ye, ya cunt.' he sais an lands a dig tae the side ay junkie's coupon.

The cunt barely flinches, insteid drawin blood fae McDade's beak wae a retaliatory blow. They struggle; a whirlwind ay flailin airms an legs as each ay them try tae establish dominance.

'Fuckin skelp this cunt Pearcey!' McDade pleads, the deceptively weak looking smackheid assertin mare control than hud been anticipated.

Pearcey flings a hauf-arsed attempt at a punch an the smackheid ducks an wriggles free fae McDade's grip at the same time. 'Hink ah'm a fuckin daftie? Yous ur gettin fuckin plugged!' he rasps an pulls a lock-back knife oot his back bin, flickin it open.

He lunges taewards them, stabbin an slashin at them wae the blade. A wummin an her wean see whit's happenin an about turn, fuckin off back the waiy they came.

'Fuckin mone then, ah thoat ah wis gettin it? Come ahead!' he sais. He rushes McDade wae the blade, drawin his airm back, ready tae plunge it right intae him. The boatle leaves ma haun, spinnin an whistlin through the air afore smashin wae a crushin impact intae the side ay his dial, drappin him instantaneously.

'YAAAAASSS DANNY BOY, FUCKIN SHOT MATE! BINGO!' McDade shouts, approachin the poor cunt, lyin sparkled, his eye closed oer, blood pishin oot his heid.

No so fuckin wide noo, ur ye?' Pearcey spits, suddenly the fuckin big man noo the cunt's oot the gemme, an sinks the boot intae his ribs.

'Junkie bastart, think ye could huv the lads. Yaaaaas! Fuckin mone then! Shetto Tigers!' McDade wails intae the cunt's blood spattered dial, rainin doon a volley ay punches oan tae the pulpy mess that used tae be his face.

'Leave it oot McDade. He's fucked up. We done him. Ye happy noo?' ah sais.

'Happy? Aye ah'm happy, another junkie goat whit wis comin tae him. Fuckin result mate.' he sais wae a baleful grin, his eyes still vacuous an hateful.

'Whit dae ye mean, another junkie goat whit's comin tae him. Ye mean cos ay yer brur's bike an that?'

'He's a fuckin junkie. We're dain every cunt a favour. Probably tans hooses aw the time.'

'Whit dae ye mean? Is this the cunt that knocked yer brur's bike or no?' ah sais.

'Probably. Who gies a fuck? We leathered him. Nice one.' he sais, lookin aw fuckin pleased wae himsel.

'See you, yer nothin but a fuckin liberty takin arsehole.' ah sais, ready tae fly fur the fuckin idiot.

'Liberty takin? he tried tae fuckin stab me.'

'Aye, because we chased the poor cunt aw oer the park cos *you* sais he stole yer brur's bike. Made us feel shite cos yer Da's still payin the Provie loan.'

'A junkie's a junkie Danny, who gies a fuck?'

Ah'm staunin lookin at the prick—ma supposed mate, lappin it up like it's aw some sport tae him; like some natural justice's been doled oot cos the guy's a smackheid, his only discernible crime. He didnae blag any fuckin bike, that's fur sure.

There's a groan an some movement fae the boay oan the grun who's goat a big fuckin gash oan his heid as wide as the Clyde streamin blood intae the expandin pool ay reddinin snow. At least ah know he's no fuckin deid.

'Whit a shot man, Danny. Fuckin belter!' McDade sais, slappin ma back an puttin his airm roon me as we get tae fuck taewards the park gate.

'Get tae fuck away fae me.' ah sais, shakin him aff an run acroass the main road ootside the park, dodgin in an oot ay motors flyin alang in the rush hour traffic. He's goat a waiy ay dain this tae ye, McDade. He manipulates ye; makes ye feel like he's the victim an yer only dain whit any good mate wid. He's done it tae me fur the last time, ah'm tellin ye. Ah cannae bring masel tae look at the cunt.

THREE

A Hauf an a Hauf

The cauld air slaps ma cleanly shaven face as ah step oot intae the front gairden. No in a bad way, ye unnerstaun. It's good tae feel such a vibrant sensation in the mornin—well it's good tae feel it anytime, ah suppose. Still here Arthur, still livin the dream. Aye right. Still, it's good to huv a sense ay humour.

Ah'm gaun tae collect ma pension fae the Post Oaffice, ye see. Then ah'm meetin ma auld pal Tam O'Henry—wan ay the only wans left, as a matter ay fact.

The gairden is covered in a thick frost, which gies it that crisp, fresh, sparklin quality. It hus tae be said, it looks better noo than it dis in full summer bloom. At least the overgrown, frost covered grass conceals the rapidly accumulatin collection ay rubbish the local bloody haufwits like tae fling oer the hedge whenever the notion takes them. Bloody animals. Nae respect, the swines. They widnae've dared years ago cos they'd huv goat a bloody good hidin fur that kind ay kerry oan, ah'll tell ye.

It's the gairden ye see, it's no as well looked efter these days. No since ma Jeanie died.

Fur the first few years it was awright. Ah'd be oot weedin and cuttin grass. Trimmin the bushes in the spring an prunin the roses under the windae. Ah actually enjoyed it, kept me busy. Truth be told, ah wish ah'd done mare ay it wae Jeanie—ye know, helped her oot in the gairden—when she wis here. That wis always *her* thing though. Jeanie loved aw things horticultural. We were overjoyed when the Cooncil offered us this hoose. An upper cottage flat they wid cry it noo. Four in a block we cried it. Wan buildin, split into four dwellins. The upper wans each have their ain gairden tae the rear, wae the lower wans huvin wan at the front.

That was it fur us. We hud the hoose wae oor ain gairden an we were happy here. Ah suppose thinkin aboot it noo, the very process ay keepin the gairden as close tae her exactin standards as ah could, made me feel somehow closer tae her.

Whit wis the point ay this again exactly? Aw aye, ah'm no as young as ah used to be. Ah'm no as able fur the gairdenin, ye see. Ah try an dae whit ah kin of course but ah'm seventy-wan years ay age. Ah'll huv to get oan tae the Cooncil an tell them ah need help.

Naw ah won't, in fact. There's no chance ah'm phonin that shower ay bloody arseholes. They just want me oot ma ain hoose so's they kin gie it away tae some bloody work-shy brood ay reprobates. Happenin aw oer, so it is. Ah've seen it!

When Jeanie died it didnae take them long afore it wis 'Mr Coyle you may want to consider the new Sheltered Housing complex on Edrom Street. It's really a marvellous development. If you would just have a look at the brochure here I'm sure you will find it to be most accommodating.' Fat bloody chance! 'Ah'm gaun naewhere!' ah telt them. Ma Jeanie and I staiyed here fur oer forty year. Waited another ten afore that oan the waitin list. 'It's no just somewhere tae staiy.' ah told them. 'It's mare than that.'

This hoose hauds a lot ay memories fur me. Memories ay the times ma Jeanie and I hud here. Yer no getting me intae wan ay they homes. The only waiy ah'm leavin here is in a boax.

That wis five years ago noo. Christ, is it really that long awready? Aye. It must be. The winter ay nineteen ninety-three it wis, when she passed, twelfth ay January. It's February noo, ninety-eight.

Everythin in the hoose is as it wis when Jeanie passed. Ah like it that waiy. Another waiy that ah kin feel close tae her, ah imagine. Ah'll no be here much longer anywaiy. Whit's the point in rearrangin things noo?

An easier objective tae achieve ye might say. Change nothin inside.

Keep it as it wis, thereby conservin her memory. Ah never liked hauf the ornaments an souvenirs she'd amassed oer the years if ah'm completely truthful. That wis the point though; they were *her* ornaments, *her* collection ay tea towels broat back fae anywhere we—or anyone deemed close enough tae us tae warrant askin—ever went. Ah wis the breadwinner, Jeanie wis the homemaker. That's how it wis in oor day. By that definition then, they hud tae staiy.

By a gairden's very definition or at least that ay a livin plant, it hud tae chainge; hud tae grow, expand—encroach even. Only by human manipulation is it tamed; shackled back, neatly pruned an delicately cared fur. Cared fur like Jeanie cared fur this gairden. No this example ay overgrown suburban jungle that remains. Still though, it disnae look hauf as bad wae its mornin frost coverin.

The space in the hedgerow where the gate lies is ever diminishin, the hedge reachin oot through the air oan each side an graspin oot at its opposite number in an attempt tae become wan.

Frost faws aff ay the leaves an layers a dustin oan ma shooders an sleeves as they catch and scrape against the fibre ay ma overcoat.

Ah begin tae tentatively head up the hill taewards the Co-Operative oan Shettleston Road, tryin no tae go oan ma bloody erse. Chic McHendry fell oan this slope last year an broke his bloody hip. The aulder ye get, yer bones turn tae dust, ah'm tellin ye - aboot as rigid an robust as a bloody Weetabix.

ooooo

We approach the Portland Arms, Tam an I. It's just past hauf past wan. The facade ay the buildin husnae changed a bit since it was built in nineteen thirty-eight. Fae the pavement up tae the bottom ay the windae sills an surroundin the door, the waw is comprised ay black an grey granite. Above the doorway is the sign 'Portland Arms' in stainless steel letterin, backlit by red neon light. The remainder ay the waw at the front ay the buildin is constructed wae red facin brick wae stane copin.

Enterin the main door, we immediately arrive in a small vestibule where there ur two doors—wan tae the left and wan tae the right.

These two doors were originally, ah wid surmise, put in place fur ease ay access tae either end ay the circular bar held within.

Part ay Tindal's vision, ye see? Naw well, ah don't suppose ye dae. Jonathan Tindal wis the proprietor back when he built this incarnation ay the pub in nineteen thirty-eight. It wis tae replace the auld pub ay the same name that stood next door. Bit ay a visionary ye see, auld Tindal. He decided that a pub should be expansive wae loads ay room for patrons tae be seated rather than crowded roon a bar as wis the case in many ay the surroundin pubs ay the time. Accordingly, he promptly acquired the tenement block next door tae the auld pub, demolished it and built wan mare attuned to his philosophy.

Where wis ah then? Aw aye, the two doors. As ah said, there ur two doors as ye arrive, wan at either side. We take the wan tae the right. This takes us intae the Celtic end. The other door as ye may or may no have gathered, takes ye intae the Rangers end.

Hardly in keepin wae Tindal's vision fur the modern publican then. He obviously never accounted fur the entrenched sectarian divisions ay this city at the time ay inception.

Ah personally, care not a jot fur such segregation. Ma ain faither wis spat oan in the street as he searched fur work when he came oer fae County Donegal in nineteen twinty-three. Ah've witnessed countless acts ay violence borne fae the ignorance ay bloody eejits oan baith sides ay the fence. They kin bloody keep it! It is however, a segregation ay choice, ah should point oot. Ah mean, there's nae doormen staunin there directin folk tae their delegated section an there's nae real risk involved in croassin tae the other side, as it were. Rather, it's an arrangement that's evolved naturally an organically. It should be applauded in a city wae countless pubs affiliated tae either ay the Auld Firm. Everyone is seemingly happy wae the continued *modus vivendi* an there's nae mare trouble in the Portland than any other pub. Still though, we're creatures ay habit, Tam and I, and wae names like Coyle and O'Henry there wis only wan door we were gaun tae use.

Through the door, the customary aroma ay tobacco smoke an

insipid, stale beer greets us like an auld friend. A strangely comfortin sensation that comes wae familiarity. Horizontal layers ay grey smoke hing in the air like ghostly apparitions, hoverin seemingly indefinitely as each layer is renewed cyclically by the relentless puffin ay the patrons throughout the bar. Tam goes tae the bar tae order oor drinks. A hauf pint ay heavy an a hauf ay Glenfiddich wae watter fur me. Tam's usual is a hauf pint ay Tennents lager an a measure ay varyin whiskies dependin oan baith his mood, an his finances.

Lookin aroon the surroundin tables, ah kin observe aw ay the usual faces. At this time ay the day, it's largely pensioners an unemployed people in fur a couple ay drinks tae while away the ooirs an drudgery ay their day. The sad thing is, occasionally wan ay the faces disappear. People die, life goes oan. Some ay the mare popular characters may even get a commemorative plaque, mounted, *in memoriam*, at their favoured seat or stool at the bar.

Ah acknowledge the friendly faces ah see; ah nod ay the heid or a cursory wink. Maist offer some sort ay recognition; a raised gless or smile in response. Some however, just stare blankly, unwillin tae enter intae any type ay social interaction. Ah've largely gied up tryin tae talk tae the young yins that come in. Maist feign the slightest ay interest in any subject matter ye try tae ignite conversation wae afore buggerin aff as soon as possible. They're no aw as polite as that though. Some ay the youngsters prefer tae blatantly ignore the opinions held by masel an other elderly people, preferrin insteid tae shun ye entirely. The erosion ay common courtesy an respect fur yer elders in this country ah put it doon tae. It just didnae happen in ma day but there ye go, times change. Mibbe it's me though; ah mean who'd want tae listen tae an auld bugger like me rabbitin oan. It's just hard tae accept ah suppose. Ah mean, it wisnae always like this, ye just get aulder an it seems ye become less relevant tae people.

There's wan shinin light though, ma young grandson. Twinty years auld he is, a strappin big lad. Ma only grandchild an the only real faimily ah've goat left. His faither—ma son, died ye see. He goat in wae the wrang crowd an started messin aboot wae the drugs. Died because ay that bloody shite when the boay wis just eleven year auld. Daniel wulnae go doon that road though, ah'm certain ay it. He's a bright lad, that yin an nae mistake; sais he might drap in an see me the day, in fact.

Wan ay the aforementioned ignorant wee bastarts is oan ma seat when ah get tae it. Tam an I ayeways sit here when we're in, 'Dae ye mind shiftin son, yer oan ma seat.' ah sais tae him.

'Aye? Ah don't see yer name oan it.' he sais, ' …ye might huv soon enough when ye croak it though ya auld cunt.' he sais, laughin wae his pal an pointin tae the plaque at the next table.

'You'll huv an embossed imprint ay ma boot oan the cheek ay yer erse if ye don't sling yer hook ya cheeky wee bastart!' ah sais tae him. Nae respect these swines! He stauns up lookin as if he's goat somethin else tae say fur himsel afore pickin up his pint an noddin tae his mate, afore the two ay them bugger aff, movin alang a few tables. Bloody swines.

Ah'm hoachin fur a bloody drink noo efter that kerry oan. Where's Tam went tae fur them, the Wellpark Brewery?

He's staunin at the bar talkin tae some big brute ay a fella, bletherin away. Ah'm ready fur gien him a shout but he starts makin his waiy taewards me kerryin the drinks oan wan ay they wee circular trays ye get in pubs, stoappin tae blether tae mare people sittin at the tables he passes oan the waiy. 'Will you stoap natterin tae every bugger in the bloody place an get oer here wae they drinks.' ah sais tae him oer the hum ay the many voices in the room.

Efter whit seems like an inordinate amount ay time he eventually gets here, puttin the tray oan the table an sittin doon.

'Whit took ye?' ah sais. 'Ah'm bloody parched.'

'Stoap yer moanin Coyle! Ah'm entitled tae say hello tae a few people. That's whit the pub's fur—socialisin.' he sais. Ah take ma drinks an decide against pursuin it any further. He's right, ah suppose. Cannae really argue wae that.

'Who wis the big fella ye were talkin tae at the bar?' ah sais.

'Aw aye, him. Nice big fella, never caught his name.' he sais.

FOUR

¥

Rude Awakenin

She's naked, except fur a pair ay black stockins an stiletto heels; the warm orangey red hue ay the settin sun glistenin oan her soft skin.

Her tousled, moosey broon hair covers her breasts as she sits oan the edge ay the huge, rose-petal adorned bed.

An ostentatious, marble fireplace sits in the coarner, the remnants ay a fire smoulderin within.

She looks at me wae smoky eyes. She disnae need tae say anythin, there's nae need.

She beckons me tae come tae her, playfully flickin her hair oer her shooder, rollin oan tae her back. Ah glide taewards her, suspended in the air like a ghost floatin through the room.

The room's expansive an luxuriant wae French doors leadin oot tae a balcony; views ay an unfamiliar cityscape beyond, revealed intermittently, as the satin drapes flutter open in the evenin breeze.

Ah'm directly above her, takin her in; lettin the majesty ay her imprison ma senses, beholden tae her, her scent, her radiance—her boady. Slowly ah drift doon taewards her, like a snowflake delicately descendin fae the sky.

Ah reach oot tae touch her…

'Daniel! Fur the last time will you get oot ay yer bed an get ready! Ye've goat yer giro tae get an it's gaun oan fur hauf nine.' ma Ma shouts fae the hall just ootside ma room. 'Ye'd sleep through the blitz, so ye wid. Up ye get!' she sais, burstin through the door like the fuckin Gestapo.

Ah sit up straight, bunchin ma covers oer ma hard-on. Fuckin hell man! Casually, ah pull ma pilla roon fae behind ma heid, placin it oan tap ay the covers an fold ma airms, leanin forward.

Ah suspect ma lack ay subtlety may only serve tae highlight the issue as ah notice her gaze honin in oan the mound ay fabric ah've assembled roon masel, 'It's no until twinty tae eleven, whit's the big panic?' ah sais, rubbin ma eyes an stretchin ma leg oot, tryin tae reach ma troosers.

'That's besides the point Daniel. Here!' she sais, pickin the denims up an flingin them at me, 'Ah'm no runnin a hotel here. Get aff yer arse an get ready! Ye take laziness tae a whole new level, so ye dae.' she sais.

Gettin up, ah pull them oan sharpish—ma cock, thankfully subdued. There's nothin like a rude awakenin fae yer Ma tae temper the boady's primal conditions. Nae danger. ' …an another thing—look at the state ay this place! Ah'm no your personal bloody skivvy, Daniel Coyle.' she sais, rampin up the aggro, 'Don't think ah didnae see that letter ye put in the bin sayin if ye miss another appointment they're gonnae stoap yer money.'

'Och—don't start me man, it's a load ay shite, Ma.' ah sais, waeoot thinkin, recognisin she's no gonnae be receptive tae ma perspective, but ah'm fully committed noo; the flair, as they say, is mine, 'Since they broat in this *Joab Seeker's Allowance*, it's aw placements an that, no even minimum wage, maist ay them. The companies just want tae get folk in oan a trainin placement tae dae aw the donkey work naebody else will touch whilst bein subsidised by the Government fur maist, if no aw, ay yer wages. When yer trainin period's nearly up they get rid ay ye, tellin the buroo yer nae good. Then they get another Government subsidised 'trainee' in an start the whole scam oer again. The Buroo? They're no gien a fuck as long as it gets ye aff their books so it looks like they're actually dain somethin other than bein a collective ay condescendin arseholes, which appears tae be the only abidin prerequisite tae workin fur them. It's no ma fault.' ah sais, feelin ah've vindicated ma position.

'Bloody smart arse, eh? It *is* your bloody fault. It became your fault the minute ye decided tae drap oot ay university tae piss aboot wae yer nae good, waster pals.' she fires right back at me, 'Everybody needs tae start somewhere, at least if yer workin, yer no wanderin the streets gettin yersel intae trouble… ' she sais, openin the windae an gazin oot tae the street ootside, as is her wont when she's gaun aff oan wan. Ah leave her tae it an fuck off oot ay it, oot the door an doon the close. Another rant ah kin be dain waeoot.

Ah cannae fault her thinkin—she's right. Ah'd staiyed oan at school, scraped a few Highers thegither an goat two offers fur uni, optin tae go tae Caley tae dae a degree in Social Sciences. Ah enjoyed the course—opened ma eyes tae a few things, like the disparity between the *Bourgeoisie* an the *Proletariat* an how the system is designed tae keep us doon.

They paint a picture, the rulin classes, ay meritocracy an egalitarianism—that there's nae limit tae whit ye kin achieve if ye put yer mind tae it but really that's pish. A false consciousness Marx called it. They tell ye it's a trade aff—yer labour, fur a fair wage—except it's no. The only wans makin any money is they cunts; the owners ay the means ay production, an the rest ay us fight an claw oor waiy tae the table tae see who gets the biggest scraps left oer fae their banquet. It's a relationship ay exploitation an subjugation. Nae cunt's *really* free.

Ye kin chainge employer but the exploitative element ay the relationship remains. It's a constant. Yer a slave tae the wage.

No me. Ah'm no playin their game. Ah'd learned aw ah needed tae.

○○○○○

The curtains ur drawn when ah get tae Pearcey's. Ah press the buzzer a few times but there's nae answer so ah grab a haunfae ay stanes that ur lyin at the side ay the path intae his close an start flingin them up at his windae.

It's aw in the technique. Ye need tae dae it underairm, at an acute angle, staunin in close tae the waw, so as tae just brush the windae wae them. Just enough fur a wee tap. Attempt another throwin technique other than the wan described an ye run the risk ay puttin the windae in. Ah learned that lesson the hard waiy, lets put it like that.

'Pearcey!' ah sais, in that whisperin voice that disnae really drap in volume people dae when they're tryin tae be discreet, 'get oot yer scratcher ya fanny!'

There's still nae response but ah fuckin *know* he's in there. He's naewhere else tae be at ten tae ten oan a Wednesday mornin. Ah'm no gien up yet. 'PEARCEY!' ah shout, steppin back so ah kin see, efter huvin launched another haunfae ay chuckies at the target area.

A couple ay flairs above, tae the right haun side ay the close, ah windae opens an a cunt wearin some fuckin hideous lookin, threadbare, mohair tank top hings oot. 'HAUW! WHIT'S THE FUCKIN SHOUTIN ABOOT? YE JUST WOKE ME UP THERE!' he screams doon at me. Oan closer inspection it becomes apparent he's no wearin a tank top at aw, he's just a big hairy bastart.

Ma first inclination is tae gie him a moothfae ay lip fur stickin his beak in, but seein as he resembles the missin link between apes an *Homo sapiens*, ah think better ay it, 'SORRY BUDDY, AH'M TRYIN TAE WAKE MA MATE… IT'S AN EMERGENCY!' ah lie.

It appears tae work as he mutters somethin tae himsel an promptly slams the windae shut, fuckin off oot ay it—back tae his wankin chariot, nae doubt.

Ah've somethin tae thank the big simian clown fur as Pearcey appears at his windae an opens it, evidently awoken by his boomin voice.

His ginger barnet's wild an unshackled fae the hair gel that usually maintains some sort ay order an his eyes ur puffy an inert. 'Danny? Whit time is it?' he sais, the slack-jawed cunt.

'It's gaun oan fur ten o'cloack. Get oot yer pit ya fuckin deadhead, ah'm gaun tae sign oan.' ah sais.

Screwin his eyes at me, he shakes his heid, unimpressed wae ma buoyant enthusiasm, but gestures wae his fingers that he'll be two minutes an disappears back behind the curtains.

The sun threatens tae break through a ribbon ay clouds above us, partially visible through the canopy, a white discus suspended in the sky.

'Ye seen McDade?' Pearcey sais, stridin oot his close door, his get up egregiously offensive tae ma eyes.

It consists ay a washed oot flourescent green Kappa trackie tap, wae mare pin holes in it than yer average tea bag, an a pair ay maroon joggies.

'Naw, ah've no an ah don't want tae. That cunt is a loose cannon, he's gonnae come a cropper wan ay these days, so he is. Mark ma words mate.' ah sais but we baith know this isnae exactly a revelation. A matter ay *when*, no *if*.

'Whit kin ye dae? He is who he is.' Pearcey opines, an when ye think aboot it whit *kin* ye dae?

No much except gie him a wide berth. If experience has taught me anythin though, it's that ye kin only keep it up fur so long. He's goat an uncanny ability tae worm his waiy back intae yer affections, an a variety ay methods ay pullin it aff. He's nothin, if no persistent, the fuckin balloon.

Happily, he's no came near since the incident at the park, he will though. A fuckin certainty.

Pearcey pulls a shabbily assembled joint oot ay his equally shabby troosers an gies it tae me tae spark. Fair play tae the wee cunt. Just whit's required man, nae danger.

○○○○○

We batter intae the joab centre wae minutes tae spare. The security gerd at the boattom ay the stairs looks up fae his paper.

'Kin ah help ye?' he sais.

'Signin oan.' ah sais, rushin by him, boundin up the stairs.

'Hoaw! Where ye gaun? Name?' he sais, foldin his paper under his airm an walkin oer tae a clipboard that's sittin oan the flair by the windae.

'Daniel Coyle, mate. Ma appointment's at twenty tae. Cuttin it fine.' ah sais, presentin him wae wan ay they, whit-um-ah-like? expressions, rollin ma eyes.

He bends oer an picks up the clipboard, gien it that overstated groan every cunt oer the age ay fifty seems tae at the slightest bit ay physical exertion.

'Daniel Boyle.' he sais.

'*Coyle*!' This cunt's at it man.

'Twinty tae, ye say?' he drums his biro oan the clipboard.

'Aye. Twinty. Tae.' ah sais, tryin tae quell the urge tae take the thing aff him an slap his jaw wae it, cause that's the thing int it? Ye gie some fuckin balloon the slightest bit ay power; the merest wee hint ay authority an they let it go straight tae their heid. A licence tae fuck wae aw an sundry in the name ay exercisin their role tae the fullest extent their poxy station in life allows.

'Here ye're here.' he sais, pointin at a gap oan a list ay scored oot names oan his printoot, 'Twinty past ten ye were meant tae be here… five minutes before that really, ye should be here.' He looks aw sanctimonious an pleased wae himsel like he's just discovered some anomaly ay profound importance, 'They'll no take ye noo, ye'll huv tae phone in an make another appointment… ' he sais, but ah'm awready off, sprintin up the stairs, the drone ay his fuckin monotone voice echoin roon the stairwell behind me.

Ah kin hear him remonstratin wae Pearcey who presumably has foallied ma lead an is makin fur the stairs an aw. Good lad. That should keep the cunt occupied.

Burstin through the door, ah plant ma hauns oan the desk ay the receptionist who, far fae bein in anywaiy rattled by ma entrance, averts her gaze fae her *Bella* magazine momentarily, lookin in ma direction afore continuin as though ah'm no there.

'Excuse me.' ah sais. She closes it oer an sighs, blawin the wee strands ay hair that hing doon at the side ay her face. Whit is it wae these cunts? Fuckin public servants they ur. Ye'd think ah'd just shat in her lunch boax.

'Whit kin ah dae fur ye?' she sais. Ye kin straighten yer fuckin face fur wan.

'Ah've goat an appointment.' ah sais, whit the fuck dae ye think ah'm dain here, fraternisin wae you, ya bint?

'Name?'

'Daniel Coyle.'

'You're late. You were supposed tae be here at twenty past ten, you *do* know that don't you?' she sais, a fully fledged telephone voice noo implemented.

'Naw, ah didnae know. Ah know *noo.* Yer delightful colleague doon the stairs informed me but ah wis under the impression it wis at ten forty.' ah sais.

'I don't appreciate your tone, Mr Coyle.' she sais, tyin her pony tail up intae a wee bun. Ah won't lie, she's gettin me gaun a wee bit here wae the stern schoolmistress routine, 'You'll have to book another appointment and I'm sure I don't have to tell you that this *could* affect your benefits.'

'Look… Angela.' ah sais, readin her name badge, 'Who wis it ah wis supposed tae be seein, if ye don't mind me askin?' ah gie her a wee smile an she smiles back, twirlin wan ay the wee strands ay hair roon her finger. Ye've goat her noo Danny boy. Nae danger.

'Let me have a look.' she sais, flickin through paperwork an runnin doon the pages wae her gold ring laden, fingers, 'It wis *supposed* tae be Mr. Robertson but like ah sais, you're late so… ' she kerries oan but ah'm no really listenin.

Robertson? He's sound, that cunt. Hud him a few times man—sits ye doon, sign here. Done, 'Mr. Coyle?' she sais, expectantly.

'Sorry Ange, ah wis miles away there.'

'I was saying, you may be in luck. His ten forty appointment looks like a no-show. If you'll take a seat, I'll see if he can take you now instead. Fair play Angie, ah hud ye aw wrang. Kudos oan the plummy voice tae. Tap marks hen.

Ah take a seat an wait fur the shout.

○○○○○

Ah'm sittin at Robertson's desk in the middle ay the sprawlin oaffice flair. It's wan ay they wee cubicles that serve nae real practical purpose other than stoappin people gawpin at each other. Listenin in tae the cunt in the neighbourin wan, ah hear him pleadin poverty an beggin fur a crisis loan tae paiy his bills. His request is swiftly rebuffed by the low-level civil servant he's been assigned tae, oan the basis that he still husnae paid back the previous two. He rolls oot the well-worn clichés—aboot his hauns bein tied an if it wis up tae him, he'd gie him it—adeptly straddlin the line between bein an empathetic, fellow human bein, an the aforementioned necessary prerequisite ay bein a condescendin arsehole.

Ma eavesdroppin is interrupted by Robertson melodramatically drappin his manilla folder oan the desk in an act ay faux-outrage, 'Ah, Mr. Coyle. I see you've decided to join us.' he sais, cementin ma point superbly.

'Aye, sorry aboot that. Croassed wires, it seems. Ah never goat the memo aboot the time.'

'Memo?' he sais, contortin his face.

'Ah don't mean literally. It's always at twenty tae eleven, ah assumed it wid be the same the day.'

'If you'd care to look at your claim book, Mr. Coyle, you'll see marked here… ' he points tae the appointment section. ' …It clearly says Ten. Twenty. AM.' he sais, draggin his finger alang the entry tae emphasise the point.

'Sorry aboot that, ah kin only apologise. Lucky fur me ye could fit me in, eh? Ah appreciate yer a busy man so if ye just gie me the book, ah'll sign oan the dotted line an get oot yer hair.' ah sais, regrettin it immediately as ah remember, he's bald as a coot, no wan solitary hair oan his heid.

'Not so fast Mr. Coyle. As you are no doubt aware, the Government brought in the Job Seekers Allowance towards the end of last year. Part of the criteria for claimants is that they demonstrate a willingness to get back into work. Tell me, what have you being doing to address this recently?'

Well done Danny. Well done.

'Ah, eh, regularly scour the recruitment pages ay the papers—*The*

Evenin Times, The Daily Record an that. Goat tae keep yer finger oan the pulse.' ah lie.

'Yes. Quite.' he sais, tappin his keyboard, ' …and what sort of work is it you're looking for, exactly?'

'Eh—somethin that involves workin wae yer hauns. No feart ay a bit ay hard graft, me. Good fur the soul, ye know.' ah sais, sellin it tae him, 'Ma Granda worked just acroass the road there in the Forge.'

'The shopping centre?' he sais, the fuckin lump ay wid.

'Naw, *before* it wis a shoppin centre, when it wis an *actual* Steelworks. Back when this country still *hud* a steel industry.' ah sais, gien the cunt a history lesson. He disnae seem tae appreciate it, right enough. Ah'm gettin the distinct impression this interview's no gaun in ma favour.

'Right, well. Working with your hands you say? Some 'hard graft?' I have a position here; a gentleman, Mr. McGregor looking for a labourer/assistant for his contracting business. Is that something that would interest you? May I remind you of your obligations as a claimant.' This cunt is good. Goat me pinned against the ropes, ready tae execute the final blow.

'Eh—sounds interestin.' ah sais, tryin ma best tae appear absorbed yet non-committal.

'Let's see, 'The candidate should be physically fit, willing to listen to, and understand basic instructions and execute said instructions to a high standard… should be able to work on their own initiative and be a good timekeeper as the position involves early starts.' Think that's you, Mr. Coyle?' he sais wae a smirk.

'Aye, well if yer referrin tae the day, as ah explained that wis a mere oversight. Ah didnae actually *know* ah wis tae be here earlier than usual.'

'Excellent. That's just what I needed to hear. So, presumably you won't object if I go ahead and give Mr. McGregor a phone, on your behalf, to express your interest?' He's done it again man. Technical knockout. Ah'm oan the canvas, sparkled, 'I'll call him later on today. With any luck, this is the last time you'll have to do this for a while.' he sais, slidin the signin oan booklet taewards me, 'I'm sure the job will be yours, I'll call you this afternoon, once I get confirmation.'

Ah sign the book an make ma waiy back oot ay the oaffice an doon the stairs, past the security gerd who's drawin me daggers as he hauds the door open.

Pearcey's staunin, leanin against the waw ootside, smokin a fag. 'How'd ye get oan mate? Sorted?' he sais.

'*Sorted?*' ah sais, belligerently, like it's his fault, 'Mare like shafted mate. Ah think ah've goat a joab.' He looks at me wae an intrinsic unnerstaunin an gets the smokes oot, offerin me wan as we head back taewards the bus stoap.

FIVE

▶

Market Forces

Starin intently at the rear-view mirror, ah watch as another motor appears an turns intae the car park, the beams ay its heidlights cuttin through the inky darkness. It comes tae a stoap, the glare fae the heidlights bouncin aff the mirror, piercin intae ma eyes. Ah scootch doon in the seat.

Openin the door, ah peer oot behind me tae see if it's him. Fuckin jail-bait, this, meetin here. Only wan waiy in an oot. Nae fuckin chance ay gettin away if it's the polis. Ah'll need tae huv a word. This isnae on, man.

The door ay the motor opens an a couple ay auld cunts get oot an amble in the entrance ay the club. A private hire taxi.

The car park ay a snooker club, ay aw places, is where this cunt—some fuckin high-flyin executive cunt fae leafy, affluent Bothwell, nae less—wants tae meet. Derek Campbell-Jones, his name is. The double-barrelled surname should tell ye aw ye need tae know.

Probably enjoys the thrill ay it, the prick; takin a spin intae the East-End in his high-powered Range Rover tae rough it wae the lower classes fur ten minutes afore fuckin off back tae his middle-class bubble where he'll moralise wae other middle-class wankers. They'll lament the erosion ay traditional conservative values, an pontificate aboot how the country's regressin, tae bleaker times, noo the Labour party's enjoyin a resurgence, afore poppin the cork ay a magnum ay Bollinger an choppin oot another few lines that wid choke a fuckin elephant, wae nae discernible awareness ay irony.

It's no filtered doon tae the masses yet, the auld peas an barley, no yet. Just the affluent, trendy cunts. It's gonnae happen though, just a matter ay time. Every cunt an their granny's gonnae be intae it. It's awready started. Demand will dictate supply.

Market forces. That's whit these cunts ur always oan aboot int it? Let the market decide? Well it will, know whit ah mean?

It's the high-rollers, like yer man, Campbell-Jones that ur intae it the noo. The cunts wae money: corporate executives, lawyers, insurance brokers, accountants—fuckin doactors even! Don't kid yersel anythin tae the contrary. It's an eye-opener, this predicament ah find masel in.

Ah'd wondered recently how Mullin hud cunts like this oan his radar; how a fuckin degenerate, psychopathic lump ay excrement like him wid come tae be the ching supplier tae this myriad ay well-heeled charlie bandits? Market forces, man, that's whit it is.

It's the same whether yer a purveyor ay fine wines, a dealer ay classic cars or a pedlar ay Peruvian marchin powder—sell the right product at the right price an the market comes tae you. Like moths tae a flame, man.

ooooo

We'd dinghied the door in Scanlon's flat up tae the point we were convinced they were gonnae come through it.

Scanlon, knowin they'd come in wan waiy or another, eventually relented, lettin them in.

Ah received a couple ay digs tae the jaw, rapid, fae his two lap dugs, Ged an Monty, who then frogmarched me oot ay the gaff, bundlin me intae the back ay a van.

Scanlon goat a pass. It wis only right. Fuck aw tae dae wae him, ah'd broat the grief tae his door an ah telt Mullin as much, 'Leave him oot ay it.' ah sais.

They stuck a bag oer ma heid an drove the van fur miles. Rough as a badger's tadger ah wis an aw; the gear we'd rattled, no tae mention the bevvy we'd tanked. Ah wis like a burst couch, know whit ah mean?

They drove tae a single track road somewhere. Fuckin middle ay naewhere; aw moorland an atmospheric, dramatic skies, as far as the eye could see.

They pult me oot the van an Mullin gave me the full spiel: ah'd forced his haun an it didnae need tae huv come tae this.

Ah pleaded ma case, sayin how ah wis tryin tae get his money, an that wis how me an Scanlon hud been oot an aboot—we were tryin tae sell gear tae make his money back—an that wan line hud led tae another, an things just seemed tae get oot ay haun.

The wan he calls Ged, or big meatbaw heid as ah prefer tae think ay him, an the aulder, skinnier wan, Monty goat tooled up fae the back ay the van.

Ah'd stoapped talkin at that point. In ma heid, ah'm awready deid. Ah wis resigned tae it; just waitin oan it comin.

Ah don't know if whit came next wis premeditated an the whole thing wis an elaborate show ay strength tae get me tae comply, or if he genuinely just chainged his mind, but he sais there's another waiy—ah work fur him noo, puntin gear fur him until such times that he decides the debt's paiyed aff.

Needless tae say ah wis receptive tae this option, given the alternative. The two lackeys were visibly fuckin deflated at the turn ay events, their metal coshes clangin doon oan the flair as they flung them back intae the van in disgust.

They made sure tae rattle ma heid aff the door an waws ay the van another dozen or so times afore fuckin the hood back oer ma heid, drivin back up the road, an arse an neckin me oot tae the kerb near Scanlon's gaff.

An that wis fuckin that. He didnae need tae go aw Hollywood an dae the full abduction routine, as far as ah wis concerned, he awready hud me by the baws.

The thing is, ah don't think it *wis* a routine designed tae scare the shite oot ay me.

It's ma considered opinion that ah wis *supposed* tae be gettin it that day. Done in, buried in a shallow grave, another fitnote in history. Another insignificant, gaun-fuckin-naewhere flicker ay a life, extinguished. Blawn oot like a caunel.

Sounds better like that; poetic even. Better than battered tae death by blunt trauma tae the heid an boady, by crow-bar wieldin, headcases.

ooooo

The wee Nokia 3110 Pay-as-you-go phone they gave me beeps in ma poakit. A text message:

Sorry mate, running l8. be there in 10. D

The tadger ah'm waitin oan; Derek Campbell-Jones, the executive cunt fae Bothwell. He'd spraffed oan the last time ah met him aboot his joab—some fuckin microchip, computer pish, like ah gie a fuck. Too full ay their ain self-importance, these cunts.

Their specialist subject is invariably themsels, an the only thing they're interestit in hearin is their ain voice. Add intae the mix cocaine an ye've created a monster.

Ah developed ma *penchant* fur it through bein involved in the music scene, doon in the big smoke. Aw aye, by East-End ay Glesga standards, ah wis positively bohemian. Ah played bass in a band that shall remain nameless, but were hoverin oan the periphery ay success.

We were good, like, even supported Black Grape at some shows in London last year. That wis foallied up wae a small European tour that oor label arranged, afore the singer an lead guitarist hud a monumental barney, the guitarist bludgeonin the singer's heid wae an Epiphone Les Paul oer some 'artistic differences', an that wis that. Fucked afore it really started. We'd never even made any money tae progress tae Gibson instruments, man. Ma brief foray intae the arts was oer an aw ah hud tae show fur it wis an endurin taste fur cocaine.

Be careful whit ye wish fur kids, that rock an roll kerry oan's no aw it's cracked up tae be, ah'm tellin ye.

When ah came back, Scanlon an aw the boays fae the his fitba bus wurnae slow gettin intae it. Tellin ye, just a matter ay time afore the full place is hoachin wae it. Market forces man.

The ecstasy generation hud arrived an wis ongoin. The acid-house ay the late eighties an the illegal raves we'd aw went tae, pilled up—loved up, hud morphed an evolved intae the clubs.

Up an doon the country, every weekend there's cunts gurnin, oot ay their dials, in near hypnotic states, makin shapes tae aw manner ay electronic music spannin multiple genres, full ay wee white pills.

In amongst these crowds ur yer trendies. Upwardly mobile cunts wae a few bob in their tail an urnae feart tae spend it, an when they get back tae their city centre apartment or their swanky toonhoose in the West End efter the clubs an want tae keep the party gaun, whit dae they want?

Cocaine, that's whit.

No be long tae it trickles doon tae the schemies though. It's awready started. It'll be danced oer, cut wae anythin cunts kin get their hauns oan tae bulk it up an spread it further. This will inevitably result in an inferior product. Cunts won't care though cos by that point they'll be gripped by *charlie fever*. Some ay us ur awready in the midst ay it. Let the market decide. Ah'm tellin ye man, it's comin.

Another motor turns intae the car park, the light burnin in again intensely, illuminatin the motor an the row ay hedges in front ay me as it comes roarin up next tae me, skiddin tae a stoap oan the loose gravel ay the car park.

It's Derek, sittin there wae his floppy fringe, tappin his fingers oan the steerin wheel tae the aural shite he's goat floodin oot the stereo. Fuckin U2's latest offerin, *Discotheque*.

He opens the door, music still blarin, afore he turns the engine aff, gettin oot an dain that self-assured, haun aloft button press oan his car keys that pretentious cunts like him like tae, announcin—tae any cunt that gies a fuck—their arrival. As though the music an the tear-arsin it up the car park wisnae enough, know whit ah mean?

He gets intae the motor. 'Steve, sorry about that. Got caught up there, y'know how it is, yeah?' he sais.

'Never mind that pish, ye ever heard ay bein inconspicuous? Fuck sake, ah'm kerriein a bit here, know whit ah mean?' ah sais, noddin tae the holdall lyin oan the flair.

'Steve… ' he sais, in that innate, haughty tone that rips right oot ay him, 'You gotta just take a chill pill, y'know? Does you no good getting yourself wound up. Here, I've got something for you.' he sais, pushin a wad ay folded notes intae ma haun, then claspin it wae his other wan fur just a bit longer than is comfortable.

'Derek, yer clearly a smart man; obviously successful in yer chosen field.' he nods alang wae me in complete agreement, 'Well, dae ye no agree that this location isnae the best, ay aw locations available, tae conduct oor business?' he stares at me, incredulous.

'No idea what you mean, Steve. This is as good a place as any.' he sais lookin oer his shooders tae somehow illustrate his point. 'Y'know, if it's a problem I can always call Harold—see if he can send someone else.' It takes me a minute tae register who Harold is.

Mullin. Harry, or just Mullin tae me, an every other cunt ah know.

Harold apparently, tae this cunt.

'Naw, there's nae need fur that.' ah sais.

'Good stuff. I like you, Steve. Some of the others have been well… uncouth, to say the least. I feel comfortable dealing with you. Wouldn't want any misunderstandings to get in the way of that, y'know? Harold is a man that comes up with the goods but he lacks… substance, you know?' Aye mate, if ye say so. No lackin in *substances* though, is he? Ah gie him the gear oot ay the holdall oan the flair afore pappin it oan tae the seat in the back.

'Excellent. It's always the best this stuff, that's why I'm a repeat customer!' he sais, openin it up an dabbin his gums wae it, chucklin tae himsel like his patter's fuckin tap drawer.

Ah eye up the gear, ah could be dain wae a straightener if this cunt is any barometer ay the waiy the night's gonnae go.

'Fuckin too right it is Del boy.' ah sais, 'here ye go, get that doon ye.' Ah offer him the ching ah've just scooped oan tae the corner ay ma bank caird fae his gear. He's no gien a fuck, so neither ah'm ah, 'Ye don't mind if ah… ' ah sais, takin a dig masel, no botherin tae wait fur an answer.

It's no long tae ma skin feels like it's meltin aff ma face, fully anaesthetised by the ching, an Derek's patter starts soundin bearable. Ah tell him how U2 ur pish an that the only thing they've ever done ay any real merit is *The Joshua Tree* but he just looks at me an nods in a waiy ah assume he's done many times in his life; that nod cunts dae when they huvnae goat the first inklin ay whit their conversational counterpart's oan aboot. It's a well-known, seldom spoken ay phenomenon where each party in the discussion knows the arrangement; that is, they know fine that the listener has not a fuckin scooby whit their oan aboot, but they magnanimously let the charade play oot, runnin its natural course.

He talks aboot some multi-million poun deal he's goat comin up wae some South Korean computer chip outfit, an how the company he represents ur gonnae be outsourcin the labour tae them cos it wis the only viable thing fur them tae dae, in terms ay maximizin their profit margin.

Ah duly reciprocate an nod alang but the truth is, ah *know* whit he's talkin aboot. Market forces man. Let the market decide.

SIX

¥

Graftin

There's a collection ay spittle spreadin concentrically ootwards fae me. Ah examine their positions studiously: ma creation—a galaxy ay salivary constellations an sputum based planetary forms laid oot in front ay me; me the life gien sun at the centre ay it aw. Ah reckon ah kin quite comfortably take aim an land the vessels ay dribble anywhere within a fifteen feet diameter.

A young burd, professional lookin, strides acroass the platform. She looks at me then tae the flair where some ay ma spit's landed in front ay her. Sensin her contempt, ah whip oot the *Daily Record* fae ma back bin, buryin ma heid in the first page it opens at, feelin her glare searin through afore she gies up an continues oan her waiy.

The train approaches fae the east an ma stomach churns, ma mooth, arid an dry. Ah wonder if it's related tae the reserves ay saliva expended oan the flair or the joint ah'd smoked oan the walk alang tae the station. Baith, ah imagine.

Fuckin nerves. Always happens when ah'm gaun intae the unknown, like afore the exams fur ma Highers, the expectations ay ma Ma an Granda at the forefront ay ma mind. She telt every cunt it wis a foregone conclusion; ah wis gonnae be the first Coyle tae go tae university. Nae pressure then.

The mornin ay ma English exam, McDade an Pearcey hud been oan at me tae sack it an go shopliftin wae them oot the toon.

They'd spent the previous year honin their craft, an by that point were adept in the waiys ay the thievin bastart.

They walked wae me tae school, nippin ma ear aboot how ah wis wastin ma time an ah might as well go wae them an dae a turn.

It culminated in me an McDade huvin a square go ootside the school gates as ah telt him in nae uncertain terms tae get tae fuck.

Ah went intae ma exam, school polo shirt hingin aff ma back, covered in grass stains, stomach gaun like a washin machine, an sat the test. Goat a *B* in the end up, so no a complete wash oot but ah widnae recommend it as a motivational technique.

Ah did join Pearcey oan a later trip watchin him—first, in his bedroom as he lined the interior ay a rucksack wae tin foil, then later, fae acroass the road ay a major High Street fashion outlet—as he nicked in an then back oot in under ten minutes, complete wae said rucksack full ay hauf-inched claes.

He wisnae good at much, Pearcey, but thievin—second tae none, man. Nae danger.

The train pulls away fae Shettleston, each carriage near burstin point, folk coverin aw demographics, aw united in their dread at bein shuttled tae their place ay work tae grind oot another thirty-nine ooirs, minimum, in some soul destroyin role they'd never, even in their darkest moments, dared contemplate they'd wan day facilitate in their idealistic, formative years.

Ah shudder at the realisation that ah'm noo wan ay them; briefly unshackled fae the machine as ah wis, ah'd joined McDade an Pearcey in a flirtation wae the underbelly ay society; the wans that faw between the cracks. The forgotten tribe. Social misfits. The miscreants nae cunt wants, nor needs, cast asunder oan tae the pile ay social security numbers, social worker's case files an ever expandin criminal records—the only documentation tae validate their sorry existence.

McDade just decided graftin's no fur him. He's hud a few short-lived forays intae the world ay work efter his Da pult a few strings doon the masonic lodge but he's successfully sabotaged every wan.

Pearcey? He's nae chance, the poor cunt.

His Ma abandoned him when he wis a baby; left him wae his Granny an fucked off intae the night. Ma Ma sais she wis a junkie; she went tae school wae her, Pearcey's Ma bein the year below at Eastbank. Nice lassie, she sais—afore she goat intae the broon.

Oan the gemme, ah've heard but ah widnae tell Pearcey that. He probably knows himsel, fuck sake. Whit kin ye dae, though? Ye play wae the haun yer dealt, an his wis a shanner.

We were six when we met. The poor cunt wis nibblin the remainin white breid aff ay crusts that hud been flung oan tae the streets fur the birds tae eat. Aw skint knees an snotters he wis, but ah took tae him even then.

McDade came a few years later. Me an Pearcey were oer the park an we saw him gettin bammed up by aulder boays. They took his fitba aff him an were passin it aboot between themsels afore boltin wae it, leavin the young McDade greetin.

We went wae him, Pearcey liberatin a golf club fae another wean's possession, an chased efter them.

'Whit ye gonnae dae wae that wee man?' wan ay them sais when we caught up. He didnae need tae ask again as Pearcey skelpt him aboot wae it, the aulder boay foldin like a pack ay cairds. The wan haudin the baw wisnae slow in gien it back tae McDade efter that.

That's when oor wee gang started. The fuckin three amigos. Been like that ever since.

Ah staun up fae ma seat oan the train wae the rest ay them as the train slows doon, drawin intae Queen Street Station—waitin tae be corralled aff intae a week ay servitude an conformity.

ooooo

Turnin the coarner oan tae Union Street fae Gordon Street ah see it towerin high above the throng ay people scuttlin aboot in the mornin rush—the address Robertson fae the joab centre gave me. He sais ye cannae miss it, he wisnae lyin, man. Every square fit ay the buildin's wrapped in scaffoldin, the scaffoldin is wrapped in nettin, wae various signs where there's none, *Jamieson Construction Ltd* bein the main wan.

Robertson sais ah've tae meet this McGregor cunt at the site oaffice, who's gonnae show me whit's whit.

Ma fuckin arse draps as the mechanical hoist bangs doon intae position at the bottom ay the scaffold, much tae the hilarity ay the workie cunts staunin smokin, huddled roon a door.

Ah sheepishly walk through the middle ay them intae the buildin, the door slammin behind me, silencin the hum ay the street alang wae their chatter.

There's a gloom tae the place, lit as it is wae festoons full ay dull lightbulbs crudely hung alang the waws ay the hallway.

A signin-in book wae a biro cellotaped tae a bit ay string sits oan a table. Oan the waw, *ShITE OFFICE* is spray-painted wae an arra pointin taewards a stairwell. Reachin the first-flair landin, ah step oot oan tae a gantry where the oaffice is.

'HOAW YOU!' a voice comes fae oer ma shooder, 'Aye, it's you ah'm talkin tae!' ah wee five fit, nothin cunt sais, marchin taewards me, full ay business, 'Where dae ye hink *you're* gaun?' he sais, jabbin his finger at me fur the avoidance ay any doubt.

'Ah'm… eh, startin work here the day.' ah sais.

'*Work*?'

'Aye, work.'

'Naw, naw naw. Ye cannae be workin oan *ma* site. If ye were workin oan ma site ye'd huv oan yer Pee-Pee-Eee. Where is it?'

'Where's whit?'

'Yer Pee-Pee-Eeee! Don't start gettin smart, son. Ah'm in nae mood.'

'Ma pee pee whit?'

'Peee-Peee-Eeeee! Personal. Protective. Equipment!' he sprays oer me. Nae danger, man.

'John, ah think that wan's wae me.' a voice comes fae behind the wee pencil moustached prick, 'Daniel, ah take it?' he sais, the name Joe McGregor inked oan tae his fluorescent vest.

'Aye, just call me Danny though.' ah sais, shakin his shovel haun.

Haunshakes, as well as servin their primary purpose as a means ay greetin another, ur also a tradition by which cunts get the measure ay other cunts by establishin dominance oer their counterpart through mercilessly crushin their haun until, unable tae endure the pain anymare, they relent, releasin their grip, thereby submittin tae the superior man.

At least accordin tae Joe.

He smiles an does that wee wink only some cunts kin pull aff an ah try tae act like ma haun disnae need submerged in an ice bucket.

'No gettin aff tae the best ay starts, is he Joe? Ah cannae huv folk stoatin in aff the street an walkin aboot ma site wae nae Pee- Pee-Eeee, kin ah? Nae good tae man nor beast, that. Did ye sign in doon the stair?' he sais, his wee beady eyes trained oan me.

'Sign in? Eh, aye ah did. Definitely.' ah lie.

'Well, that's somethin ah suppose, int it? Joe, get this boay kitted oot an don't let me see ye walkin aboot ma site like that again, right?' he sais, his pencil moustache collectin wee globules ay sweat, addin tae ma intense dislike ay the cunt.

'Nae bother mate.' ah sais.

'It's John. John Draper, Site Manager, if ye don't mind. An ah'm no yer mate!' he sais, walkin away, startin another self-induced, high stress conversation wae whitever poor bastart's oan the receiving end ay his walkie-talkie. 'Sorry aboot that.' Joe sais. 'he's a bit highly strung, hairmless though if ye just leave him tae bump his gums.'

Ah nod, attemptin tae disregard the flaky we've just witnessed.

'Whereaboots ye fae anywaiy?' he sais.

'Shettleston, no too bad, ah just get the train in.'

'Train? Fuck that.' he sais, 'Ah'm up in Cranhill, nae problem tae swing by oan the waiy an get ye.' Nae excuses noo Danny boy. Captured man.

'That's magic Joe. Cheers, ma man, minted.' ah sais wae remarkable conviction.

'First things first. We need tae get ye kitted oot. Ah've goat yer boots an that in the van.' he sais, cuppin his hauns thegither, sparkin the roll-up he hud behind his ear, 'Mone.' he sais, an ah foallie him back doon the stairs intae the site.

ooooo

Loadin the last ay the tools intae the van, ah look doon the street tae the claock oan the sign above Central Station. Ten past six. Gets his pun ay flesh oot ye, this McGregor. Nae danger.

We'd stoapped wance—the quickest ooir ay ma life—then worked oan till Joe sais we'd done enough.

Aw day long ah've kept masel gaun repeatin tae masel internally, *just get tae the end ay the shift, just get tae the end ay the shift* as ma breathin laboured, climbin up an doon stairs wae bags ay plaster an sheets ay gyprock, sweat pishin oot me.

That moment hud come.

Ah pull aff the boots an launch each wan wae venom intae the back ay the van afore lyin doon fur a second oan some auld overalls an a jayket that ur lyin there.

'Fuck sake, will ye check the nick ay this?' Joe sais, drappin a can ay ginger oan tae ma stomach, 'Workin ye too hard, um ah?'

Ignorin the question ah sit up an open the can, voraciously stankin it doon.

'Whit's the matter wae ye, eh? A young boay like you should be ready tae go again, man. Quick break then *boof,* right back intae it.' he sais, like he's considerin it as a viable option, 'Just noisin ye up, kid. Even ah widnae dae that tae ye oan yer first day. There's a grafter in there somewhere though, ah kin tell.'

Oan the drive hame, he pulls doon the visor in the front ay the van an a joint faws doon oan tae his lap, 'Take a toke yersel?' he sais, sparkin it. Ah nod a hauf arsed acknowledgement an he hauns it tae me efter he's hud a few digs.

Ah take a couple ay puffs, inhalin deeply then gie him it back, restin ma eyes. Just fur a wee minute.

'Danny! Wake up, man!' Joe violently shakes me, 'That's us here. Ah'll get ye back here at ten tae seven the morra, awright kid?'

Pourin masel oot the door tae the busy bus stoap where he's stoapped, ah nod again, gien him the thumbs up.

'…an nae rippin the heid aff it the night. Ah need ye tae huv aw yer energy fur the shift the morra. Goat loast grun fae the day tae make up!' he sais, grindin the van intae gear an pullin away laughin, alang wae everybody else at the bus stoap.

SEVEN

Bools

Never gie too much ay yersel away. If ah wis tae gie anybody any advice oan life, aw things considered, that wid be it.

Ma Jeanie used tae say tae me, 'Ye gie too much ay yersel tae people, Arthur. Yer too eager tae please. People take saftness fur daftness, ye know.' She wis right. People *dae*. The thing is though, ye cannae chainge who ye ur. Ye cannae just repel yer natural inclinations; cannae alter yer predisposition tae go wan waiy or the other at any given time. Dae whit ye kin tae help or staun idly by. Lend a haun or turn the other cheek. Drap a coin intae the beggar's cup or step oer him an continue oan yer waiy. Freewill, we've aw goat it. How ye use it's whit counts.

See, ah know whit Jeanie meant. The thing is, life's no as straightforward as that. There's a compromise tae be struck, ye see? These things ur seldom clear cut. Besides, there's mare than enough hard-hearted bastarts in this world tae run the risk ay contributin tae their numbers.

So really, whit ah mean tae say is: gie some ay yersel away where an when required, an oan a case by case basis an efter careful, considered thoat, but at the same time, don't let any bugger take a len ay ye. Ah should've just sais that tae begin wae. That's it. That's ma pearl ay wisdom.

The weight ay the bag containin ma bools pulls at ma airm makin me walk lopsided. If ye blindfolded me an set me aff walkin like this in an open field, ah'd end up back at the same bloody place.

Just up the road, staunin at the bus stoap, there's a bunch ay neds bootin a baw aboot, makin a bloody nuisance ay themsels. Runnin oot oan tae the main road wae it an blooterin it taewards the makeshift goal—the bloody bus stoap! They'll cause an accident if they're no careful.

Ah mind when aw the polis were big bloody hielanders—big, towerin, six fit odd brutes they wur. They'd gie any troublemakers a good bloody hidin afore draggin them doon the road tae their Da's, who'd gie them another hidin fur the humiliation ay bringin the polis tae the door. Ah should know, ah took a few masel. Ye cannae dae that noo though. It's aw social inclusion these days. Gie the bloody swines a cuddle an empathise wae their position.

Ye've tae try an unnerstaun whit makes them behave the waiy they dae. Unnerstaun? Ah unnerstaun awright! It's because they're getting away wae it. Bloody laughin, they ur. Laughin at the social workers, academics, politicians an aw the rest ay the namby-pamby, bloody greetin faced arseholes that let it get tae this in the first place; that actively encouraged it! There's nae deviation taewards the path tae delinquency that cannae be righted wae a swift kick up the arse, ah'm tellin ye.

Keepin ma eyes doon, ah walk slowly by. Nae point in gien them their character, nane ay ma concern. An auld guy like me's better aff mindin his ain business. It's just a shame, this wis a nice area at wan point.

'Any chance ay a fag aff ye, auld yin?' wan ay them sais tae me, a wee midget ay a boay wae a stubbly heid, his sandy, fair hair shaved doon tae the wid.

'Ah don't smoke fags, son. Just goat ma pipe here, see?' ah tell him, pullin it oot ma poakit. Better aff bein congenial wae the wee bastart.

'Whit um ah meant tae dae wae that ya nauld cunt, stick it up ma arse?' he sais, tae a chorus ay sniggers fae his pals.

An that there—that's whit ah'm talkin aboot. Nae bloody respect! Ten year ago ah'd huv cracked his jaw fur that remark, then *ah'd* huv stuck the pipe up his bloody arse fur him an aw, but no noo, mare's the bloody pity. Ah'd be mare likely tae take a hidin masel aff the swines. Ye need tae watch them. Bloody tooled up wae knives an Christ knows whit, maist ay them.

Ah turn away fae them, puttin the pipe back in ma poakit an kerry oan ma waiy. The baw thumps intae ma back an ah stumble forward, drappin the bag. Two bools roll oot ay the partially open leather holdall. The bastarn zip's knackered an ah keep furgettin tae get it fixed, ye see? They roll alang the pavement an doon intae the gutter. When ah look roon the wee bastarts point an stare, laughin at me.

Auld cunt, eh? Auld cunt is it? Ah'd like tae say that it disnae bother me. Ah'd *like* tae. Ah used tae be somebody aboot here; used tae command the respect that shower ay shite huv nae conception ay.

○○○○○

Ah walk intae the bowlin club soor an disenchantit, like ah don't belang in this place anymare. Ah wish ma Jeanie wis still wae me, then we'd huv moved away like we always sais we wid. Christ, ah miss her.

Openin the door tae the member's bar, ah'm pleased Tam's awready there at the wee bar talkin tae auld Alec McEwan, tryin tae cadge a drink aff him, nae doubt. Ah walk oer an offer tae get them baith a drink. Alec politely declines but Tam bein Tam, takes wan, nae bother.

'Ah've no seen ye fur a while, Coyle. Where ye been hidin?' Alec sais.

'Och, ye know how it is Alec, cannae be bloody arsed hauf the time these days, just thoat ah'd meet Tam fur a wee gemme the day bein as the weather's took a turn fur the better.'

'Whit in the name ay Christ huv ye been dain at aw?' Tam sais. Ah've nae idea whit he's talkin aboot an the look oan ma face must suggest as much as he adds, 'The back ay yer coat. If ah didnae know better ah'd say ye've been blootered oan the back wae a boggin fitbaw.'

'Aye, well yer no bloody wrang. Fuckin wee bastarts! The young team there, oot in the street it wis! An fur whit, eh?' They look at me expectantly, shakin their heids. ' …ah'll tell ye fur whit, cos ah didnae gie wan ay the wee bastarts a bloody fag, that's how. Telt them ah didnae huv wan tae gie them!'

'Aye,' Alec sais, takin a drink fae his hauf, contemplatin, ' …there's bastarts oot there awright, but ye cannae let it get ye doon—cannae let *them* get ye doon.'

'Where wis this? Mone, Alec finish yer drink. We'll see whit they're sayin tae it when there's mare ay us!' Tam chimes in.

'Just bloody leave it Tam. Mare hassle than it's worth, so it is. Anywaiy, it's turnt oot nice.' ah sais, gesturin tae the resplendent lookin green, bathed in sunlight, through the windae, 'We're here fur the bools, int we? Hope ye've goat yer shootin boots oan. You're overdue a drubbin, ma boay.'

We finish oor drink an head oot tae the green. Auld Alec disnae join us, sais he's goat tae get doon tae the Post Oaffice afore it shuts fur his pension.

Tam rolls the jack up the green an we're underway.

Ah roll ma bool, cleanly wae a good curlin approach but it overshoots the jack slightly, comin tae rest aboot a fit behind it.

'Bastart!' ah sais, louder than ah mean tae, turnin tae face Tam.

He smirks an ambles oer tae the mat full ay confidence.

'Ah need tae gie ye a wee bit ay a chance,' ah tell him, 'you're pish.'

'Just concentrate oan yer ain gemme, Coyle' he answers, defiantly.

He sends his bool oot tae the left (a corrie fister, is Tam) an it comes swingin in perfect afore stoappin right up agin the jack oan the left haun side. He turns roon aw chuffed wae himsel, 'Aye Coyle, whit wis that ye were sayin?' he sais.

Rollin ma sleeves up, laughin, we get doon tae full competitive mode. 'How'd young Daniel get oan wae his joab he wis startin?' he sais, as ah kneel doon tae take ma shot.

'Eh aye, fine, fine.' ah sais, lyin. Truth is, ah don't know. The bugger's no been near in as long.

'Aye, that's good right enough. Haudin doon a joab'll staun him in good stead, better than hingin aboot the streets like maist ay them.' he sais, attemptin tae sound sincere but we baith know fine, he's just tryin tae put me aff ma gemme.

Ah line up ma shot an let it fly, right doon the middle it goes, smashin Tam's bool wae a glancin blow, sendin it flyin aff the green, while mine rests just next tae where his hud been, a couple ay inches aff the jack.

'Ya bastart ye, Coyle! Ye couldnae huv left it just a bit longer, eh? Hud tae fuckin obliterate the bastarn thing right away.'

'Awright, awright. Keep yer wig oan an play yer ain gemme.' ah sais, in a tone that belies the pang ay sympathy ah'm feelin fur him noo he's throwin his toays oot the pram, 'Whit's the bloody matter wae you anywaiy? It's no like ye tae be so uptight, it's only a gemme fur Christsake.'

'Never mind. Ah'm awright. Oot the waiy an we'll get oan wae it, Coyle.' Ah let him take his shot, his bool trundlin up the green taewards the jack, startin aff lookin good but like an arra loosed by a wan airmed archer, it faws well short ay the mark.

'Aye,' ah sais, inhalin sharply, 'ye didnae gie that yin enough welly Tam.'

'AH FUCKIN KNOW FINE, IT DIDNAE HUV ENOUGH WELLY, COYLE YA FUCKIN WIND UP MERCHANT!' he screams, his face reddenin in concurrence. The club room curtains twitch in response tae the fracas an eyes peer oot, the owners ay which identities unknown; unknown but acknowledged by us baith.

'Calm doon wull ye? Yer causin a bloody scene an gettin yer specs aw steamed up. Ye'll huv us up afore the committee, ya bloody clown!'

He's gettin too bloody wound up. Ah've known the auld bugger fur too long. Ye cannae kid a kidder. He's up fur the banter usually, that's the waiy it is at the club. Christ, maist ay the time *he's* the wan takin the piss. Ah decide tae broach the subject, 'Ye awright, Tam? Ye seem a bit, eh—oot ay sorts.'

He looks at his bool—pickin at a wee mark or somethin wae his finger nail—then tae the jack, afore lettin it go taewards its target, 'Aye Coyle, ah'm awright. Didnae get much sleep last night is aw. Your shot.' he sais, walkin away waeoot seein where it ends up, ' …we'll finish aff this gemme an head back in, eh? Ah could dae wae another hauf.'

ooooo

We sit doon wae oor drinks at the windae ay the club, the efternin sun's rays bathin us in its warmth. Golden particles ay dust float in front ay me like a snowstorm as they catch the light, sent intae the air as we sat doon. Ah get ma baccy oot ma poakit an pinch a wee tate between ma thumb an forefinger, packin it intae ma pipe. O'Henry sits in silence, starin oot tae the green ootside.

Ah puff away, lightin the pipe, focussin ma sight tae the bowl as the tabacca glows bright wae each inhalation, 'Ye sure yer awright noo, Tam? Ye've no been yersel the day at aw, son.' ah sais, catchin his gaze ahent they milk boattle glesses ay his. He breaks eye contact, lookin ootside again as rain starts tae spatter the windae.

'Ah'm fine. Ah'm just—ah'm awright. Thanks fur askin.' he sais, but he's no right. Rarely dae ye see him so morose an dour. Wan ay life's optimists, he is. Well, maist ay the time.

EIGHT

¥

Crianlarich

When we get aff the train at Crianlarich the rain's stoatin aff the grun an cascadin aff the station roof. It overwhelms the gutterin, spewin oer the sides, creatin an aqueous partition between the platform an the stairs leadin tae the path ootside.

Runnin through the watter, we laugh like school weans; the fresh air an expanse ay the surroundins gien us the license, takin us back tae when everyday wis like this; nae cares, nae worries, the cynicism ay adulthood yet tae rear its heid.

Pearcey hud doorstepped me wan night efter work, sais McDade wanted us tae go oan a wee trip thegither tae clear the air, ma avoidance ay him efter the kerry oan in the park evidently hittin hame wae him.

The fact that it wis his twinty-first birthday party comin up, or *the party ay the year* as he'd billed it, might've hud somethin tae dae wae it.

Efter initially dismissin the idea oot ay haun, ah'd eventually relented in the interests ay social harmony. Tae be honest, so far it'd been a good laugh, huvin the craic wae the two ay them oan the train oan the waiy up an that.

It's good tae get away fae things fur a bit. Joe's face hud drapped when ah telt him ah couldnae work the weekend but he came roon tae the idea eventually. Some cunt needs tae tell him that overtime's no compulsory. Nae danger man.

'Where, exactly ur ye takin us McDade?' ah sais, still no privy tae the specifics ay oor destination.

'Wouldn't *you* like tae know?' he sais, pogoin up an doon like a fuckin punk rocker. 'This way chaps, Tallyhoo old boy!' he sais in a put oan upper-class, English accent, pointin alang the road whilst moderatin the pogoin tae a mare recognisable wide-o swagger.

We turn the coarner at the bottom ay the road ootside the hotel an troop purposefully taewards the ootskirts ay the village. A polis motor drives taewards us wae a couple ay coppers in it. Ah instinctively check ma peripheral vision fur an escape route but tae ma surprise the driver gies us a friendly nod ay the heid an they continue oan their waiy.

The rain begins tae abate an the clouds open up, lettin through blades ay sunlight, illuminatin the dreich landscape instantaneously. 'Where ur we gonnae kip then? Ah broat a sleepin bag like ye sais but this isnae the weather fur sleepin under the stars. Nae fuckin danger.' ah sais, apprehension creepin in.

'Aye, that's whit ah wis thinkin.' Pearcey sais, lookin at me in shared concern.

'An how come we didnae bring a tent? Ah don't like where this is gaun.' ah sais, catchin up tae McDade an pullin him back by his shooder.

'We don't need a tent where we're gaun.' he sais, smilin as he lights a joint, inhalin deeply.

'Fuck sake McDade, don't keep us in suspense any longer then, eh? Where *ur* we gaun?'

'Oer there.' he sais, pointin tae the mountain that towers oer us.

'Ah'm no gaun up that bastarn thing, ye aff yer nut?'

'We're no gaun up it Danny, mare… roon it. There's a bit ay a hike involved but it'll be nae bother tae you Danny boy. Widnae huv invited ye otherwise. Ah'm no sure aboot that freckly cunt, mind.' he sais, noddin taewards Pearcey.

'Don't worry aboot me ya clown. Ah'm a wiry cunt, fuckin thoroughbred, me. Just show me the waiy an we'll see if *you* kin keep up porky.' Pearcey sais, pokin him in the stomach an surgin ahead, takin the lead.

He fucks off in front, takin great chafe inducin strides leavin me an McDade tae walk in silence, the crunch ay oor shoes oan the gravelly path an the whistle ay the wind in oor ears the only accompanyin noise.

The early spring sun nears its pinnacle in the sky an bathes the heather strewn mountains in its light, its reach racin across the surface ay them as the clouds part, chased an harried away by the North Atlantic winds blawin in fae the west.

Up high, near the summit, there's a bird ay prey. An eagle ah reckon, hingin in the air in defiance ay the blustery conditions. It hovers, suspended in silent anticipation afore divin fearlessly, drappin like a fuckin stane, vanishin behind the brow ay a lower hill.

Takin a draw oan whit remains ay the soggy joint McDade gied me, ah stare intently—hopefully.

Ah keep whit ah've witnessed tae masel. McDade will only say somethin stupit an destroy the moment.

It rises again suddenly, it's broad wingspan magnificent, their surface area poundin the air, elevatin it effortlessly wae each powerful stroke higher intae the sky.

It kerries somethin in its talons—a hare mibbe—soarin higher an higher, afore drappin it suddenly, swoopin back doon an catchin it in a fluid, wheelin motion.

'Did ye fuckin see that?' McDade sais, excitedly.

'Naw, whit is it?' ah sais, lyin.

'It wis a bird, fuck knows a big fuckin… '

'A *bird?*' ah sais, wae derision an he draps the subject, lookin embarrassed.

Ah don't know whit ah did it fur, other than that's whit he would've done tae me. There's some rarely spoken ay, unwritten code amongst cunts like us that dictates that ye cannae openly express awe an wonder at that in life that elicits such a response; the majestic flight ay a golden eagle; the enrapturin beauty an grandeur ay a misty mountainside; or the skeletal fingers ay light that penetrate through dissipatin cloud an smirr, creatin a fragmented rainbow in their descent intae the glen below.

Tae openly express wonderment at such things, is tae invite ridicule an mockery. That wis the preserve ay poofs an burds.

A load ay fuckin shite if ye ask me but who am ah tae chainge things? The West ay Scotland rules ay workin-class masculinity, man. Conventions established oer time that ur seared intae yer brain. A strange an sometimes ambiguous phenomenon but ingrained in his, nae danger. Etched deep intae the psyche. Nae point in tryin tae understaun it either. It lies beyond the parameters ay rational thinkin.

We come tae a stoap as McDade crouches doon an goes intae his bag. Pearcey's a distant figure, still stridin oan himsel apparently wae some point tae prove.

'Here, is he gaun the right waiy?' ah sais, mildly concerned.

'Mare ur less.' McDade shrugs, pullin oot a boatle ay Bucky fae his rucksack, 'Listen Danny, aboot whit happened in the park… ah just want tae say,' he sais, gesticulatin wae the boatle, ' …that's oan me, ah didnae mean tae get ye involved… ' ah nod ma heid, listenin tae his waffle but ah know as well as he does, that that's *exactly* whit he intended tae dae. Ah feel masel gettin fuckin wound up, replayin it in ma heid, ready tae gie him whit fur, but ah don't. Insteid, ah dae the only thing ah kin tae rescue the situation fae gaun south.

'McDade, furget aboot it. These things happen.' ah sais, feelin the dual sensations ay relief at puttin it tae bed an fuckin annoyance at masel fur lettin the prick get away wae it.

'Really?' he sais, in a pitch unbefittin ay the hard man persona he so desperately tries tae exude as we start walkin again, 'Nice one ar kid. Fancy a wee stank ay vino? Aw the waiy fae Devon ye know.' he sais in an attempt at a Mancunian accent that by the end ay the sentence has raced back up the M6 tae Glesga.

The arid drouth in ma gub makes the decision an easy wan an grabbin the wine aff him, ah take several gulps. Seein his face drap at ma greedy enthusiasm gies me a wee bit ay pleasure, ah won't lie. Small victories an that. 'Is it a long walk tae this pitch then?' ah sais, wipin ma mooth an gien him it back.

'Nah, no really. In fact, this is where we start the real hike noo.' he sais, pointin tae a widden stile at the side ay the road. There's a sign next tae it that sais: 'Ben More', 'Here, look at that ginger cunt.' he sais noddin tae Pearcey who's disappearin roon the bend ay the road, far in the distance, 'HOAW FANNY BAWS! YER AWAY THE WRANG WAIY YA DOBBER!' he shouts efter him.

We climb oer the stile an alang the path a bit afore McDade decides tae skin up while we wait oan Pearcey.

'Here mate, haud that tae ah burn in the hash.' he sais, gien me the three skins he's swiftly stuck thegither.

Ah pull ma airms inside ma Berghaus an haud wan side ay the jayket oot actin as a wind breaker, leavin ma other haun free tae haud the joint.

Lookin taewards the green, boggy contours an sheer, jagged cliff faces ay the Ben ah look again tae the summit, secreted wance mare by thick, rollin cloud, remindin me ay that story, Jack an the Beanstalk ma Ma used tae read me when ah wis a wean. 'This place is somethin else McDade. How'd ye find oot aboot it?' ah sais.

'No bad, eh? Ah used tae come up here wae ma Da an ma uncle Jim fishin an that.' he sais, lickin the gum ay the skins an flippin it, slidin his fingers alang the length ay it tae iron oot any creases.

A group ay walkers appear fae oer the brow ay a dip in the path, comin doon aff the hill, kitted oot in aw the gear as he lights the joint an picks up the boatle ay wine alang wae his bag, 'Awright troops! Good day fur it, int it?' he sais tae them as they approach.

The apparent leader ay the group offers a hauf arsed smile an ushers the rest ay them roon us.

'Fuckin arseholes!' McDade sais, makin sure they hear him, 'Just tryin tae be friendly tae the cunts.'

'They're probably tourists, they'll no know whit the fuck yer sayin. Mibbe next time ye should dae it waeoot wavin a boatle ay tonic aboot.'

'Whit the fuck they dain noo?' he sais, lookin back doon the path.

They're huddled roon the stile. Two or three ay them hurriedly climb oer it, runnin oot ay view behind a hedgerow.

There's some inaudible shoutin afore Pearcey emerges through the centre ay whit remains ay the small crowd flailin his airms aboot. 'WHIT YIES FUCKIN LOOKIN AT?' he shouts at the petrified lookin cunts who scramble oer the fence in pursuit ay their mates.

He's stripped fae the waist doon, wae his troosers tied roon his neck in some lunatic schemie corruption ay country club chic, 'Ya pair ay fuckin arseholes! Whit did ye let me charge oan doon the road like a fuckin bam fur? We're meant tae be up here huvin a laugh an that. Ah'm no here fur yies tae take the cunt oot ay. Ah'll just head back tae the train station the noo ya pricks!' he sais, approachin, his face fuckin beetroot.

'Never mind aw that. Whit ye stripped doon tae yer drawers fur? Nae wonder they walkers bolted. They must've thought ye were a fuckin screwball.' McDade sais, proppin himsel up oan me, tears rollin doon his face laughin.

'Ah'm fuckin roastin an ma legs ur aw chafed tae fuck fae these soakin denims, that's how. Ah don't know whit yies ur laughin at. It's no funny man.'

'Aye it fuckin is.' McDade sais.

'An another thing… ' he sais, 'Who the fuck's *Ben More*?'

ooooo

It's startin tae get dark when we get tae the other side ay the Ben. When McDade sais we didnae huv tae go up it, it wis either blind optimism or a blatant lie. The only waiy we could get tae the other side wis by goin up an back doon the other side. Another couple ay hikers we met further alang the path assured us ay it.

He sais when he checked the map it looked straight forward enough. Under mare intense questionin it became apparent that the map he'd consulted wis his Da's *AA* road map an he hud only a vague idea ay where the digs where.

Ah'd gied Pearcey a pair ay trackie bottoms ah hud in ma bag cos the fuckin tube had neglected tae bring anythin else other than the claes he hud oan, a sleepin bag an a kerry oot.

'There it's there.' McDade sais pointin alang the glen we found oorsel in, 'Dae ye see it?'

Barely visible in the rapidly encroachin darkness, there's a wee cottage, it's white waws the only thing makin it staun oot in the murky landscape. 'That wee hoose? Who's is it?' Pearcey sais, incredulous.

'Nae cunt's—every cunt's. Ye'll see soon enough.' he sais an we foallie oan, aw other options noo redundant.

We open the door tae pitch darkness, the stench ay damp an the fetid, pungent odour ay a burnt oot fire. There's a table an a couple ay chairs that ah discover through walkin intae them.

'Here, a boax ay matches!' McDade sais, pickin them up fae the mantlepiece, lightin wan.

The smell ay its sulphurous tip fills oor nostrils an his face illuminates as he strikes it, dain that Bogeyman face cunts ur inclined tae in such surroundins. 'Get a fire gaun stupit.' he sais, rattlin the boax intae Pearcey's haun.

The crackle ay the fire blazin intae life brings a warmth tae the whole room afore the temperature even begins tae rise. Pearcey hud found a boax ay fire lighters an some kindlin in the drawer ay a sideboard next tae the windae an there was a pile ay fire wid ready tae keep it gaun fur the night, 'So, ye've no answered the question, whose hoose is this?' ah sais, still tryin tae get ma heid aroon the situation.

'It's a bothy, bro. It's fur any cunt tae staiy in.' McDade sais, sagely, enjoyin his position ay superior knowledge fur wance.

'So, ye kin just staiy here fur nuttin like? Nae cunt's gonnae come an pap us oot, ur they?' Pearcey sais, warmin his hauns by the fire.

'Ye cannae just park yer arse furever, but it's fur any cunt that's oot here an needs shelter. Hill walkers, climbers an that, use the bothies tae get them in oot the cauld. They're aw oer Scotland.'

'Fuckin minted man.' ah sais, 'Who looks efter them then—like, keeps them up tae scratch an that?'

'Fuck knows man. Mad hippy cunts ah think. Come up wae wheelbarras an that an dae any repairs that need dain. It's up tae the cunts that visit no tae turn it intae a shitehole though, so nae leavin yer empty boatles an joint ends aw oer the gaff, right?' he sais wae some authority pointin tae the supplies that ur lyin oan the table.

'Here Pearcey, listen tae her. Back hame ye launch yer empties intae the first gairden at haun ya mad bastart.' ah sais.

'Aye but that's different. Where we staiy's awready a shitehole.' he sais wae some perverse reverence.

'He's goat a point there Danny.' Pearcey nods in agreement.

Ah want tae illustrate tae the two dafties that it shouldnae an disnae need tae be like that, if only they implemented the same philosophy when we're there but ah know it's pointless so ah nod ma heid an sit doon an spark ma first boatle ay wine afore skinnin up.

ooooo

Ah wake wae a start, ma neck stiff an sore fae the hard, widden bench that passes fur a bed ah'd went tae sleep oan. Pearcey's oan another wan in the next room, by the kitchen table, his mooth dribblin slabbers intae a wee pool next tae his face.

McDade's curled up in the foetal position, cocooned in the confines ay his sleepin bag, lyin oan the flair by the grey, smoulderin remnants ay the fire.

Ah'd fucked off oot ay it claimin the other room tae masel, leavin the two ay them singin rebel songs efter multiple joints an the best part ay two boatles ay Bucky had taken their toll.

Yawnin loudly, ah convince masel that it's ma usual yawnin style an in nae waiy an attempt tae wake them up. It fails in any case wae McDade seemingly resolutely snorin louder noo than he did aw night an Pearcey garglin, partially submerged in his slavers.

Ah open the door an step ootside tae a thick, soupy mist. There's a wee rowin boat oot oan the lochan tae the front ay the buildin. It sits oan the gless like surface, perfectly still amongst the translucent haze ay vapour that hings above its cauld depth, tethered tae a rudimentary jetty comprised ay oil drums lashed thegither an covered in metal gratin.

It seems fragile, the place—ethereal, like some mad, vivid dream.

There's a noise somewhere in the mist at a higher point ay elevation. A fuckin strange sound, like nothin ah've ever heard afore. Ah look through the windae intae the main room where ah'd left McDade an Pearcey. They're still oot the gemme, sleepin. Hud tae make sure. Ma first inclination wis that it wis wan ay them comin the cunt.

Ah'm drawn tae it. Against aw sound judgement ah walk taewards the steep slope behind the bothy an intae the mist. The grun's boggy an wet, the thick heather an bracken slick wae mornin dew. It sucks an slurps at ma entirely unsuitable canvas trainers as ah edge further up the slope diggin in wae ma heels fur traction.

The sound comes again; louder this time, reverberatin aroon the glen. Adrenalin pulses through ma veins gien me a heightened state ay awareness an ah consider again whit the fuck ah'm dain oan the lower reaches ay a mountain at hauf six in the mornin wae only the alien sound ay somethin unknown fur company.

My heart's beatin oot ma chist when ah see it, hot air burstin oot its nostrils like some upturned geysers spewin steam.

The wild, touseled mane roon its neck glistens in the mornin light wae wee beads ay moisture hingin oan like baubles oan a christmas tree. Its great gnarled antlers staun twisted an proud, the vegetation hingin fae them as though the passage ay time itsel made it so.

Transfixed an hypnotised by its sheer, audacious beauty, ah staun fur a few minutes in silence, takin him in.

Ah reflect oan how ah came tae be here sharin this moment in time wae him. Ah'd be oan ma waiy tae another day ay graft wae Joe oan the buildin site under normal circumstances.

Its ears prick up an it stares at me forlornly, wae its big wide eyes peerin straight intae ma soul afore bowin its heid wance mare.

We've shared a moment, ah feel; a reciprocal acceptance an unnerstaunin ay each other; an equilibrium between man an beast.

Contemplatin ma existence in the scheme ay things, ah notice the big bastart draggin its front hoof backwards, juttin it forward again an draggin it back, repeatin the action. There's a familiarity tae it ah cannae quite place.

Wae a snort ay hot, steamy breath fae its nostrils it bounds doon fae its position above, chargin me.

Ah'm off, hurtlin back doon the hill oer the thick, springy heather interspersed wae loose escarpment. Gravity aids ma descent an each leapin stride is accompanied by visions ay the big bastart just behind me ready tae gore me wae they fuckin antlers.

Aw directional sense is gone. The only thing that matters is doon.

Doon aff this fuckin hill; doon taewards the flat calm ay the glen below, back tae the bothy. Ah think ah kin hear it right behind me, the grunt ay its breath tauntin me as ah scramble an bound. The grun levels aff as ah reach the bottom an ah stumble, ma momentum kerryin me forward. Loose scree beneath ma feet clatters an echoes aboot me as ah try tae stop masel fawin. Ah'm arse oer elbow, tumblin through the opaque greyness ay the mornin. Ah look back as ah spin through the air; back tae where ah've came fae tryin tae see; tae see anythin, but nothin's there, just an eternal greyness risin fae the beach. Ah plunge intae the drink. Submerged. Overwhelmed.

Gaspin, ma heid breaks the surface again, the freezin cauld expellin aw the air fae ma lungs. Ah thrash aboot, tryin tae find the watter's edge. Ma claes ur heavy wae the frigid, icy watter, every fibre ay them conquered by it. Aw warmth an energy ah hud dissipates rapidly. Ah kick oot an try tae swim but ma limbs won't repond. My mooth's open an ah try tae scream oot but nothin comes—a gasp ay a whisper. Ah go under again, the cauld liquid fillin ma open mooth.

ooooo

The fire spits an crackles as Pearcey stokes it wae coal an log cuttins. Me an McDade huddle roon, nestled in a bundle ay sleepin bags an jaykets.

Ah wis unconscious when he pulled me oot. Pearcey hud heard the splash an woken him afore they ran oot tae the watterside. They'd scoured alang the pebble beach afore seein the ripples an bubbles that disturbed the otherwise calm veneer ay the lochan. McDade dived in, swam beneath an pulled me back up tae the surface.

Pearcey gies us baith a cup ay black tea he'd made usin tea bags another visitor hud left in the cupboard.

The warmth ay the tea alang wae the heat fae the fire helps me begin tae come roon tae masel again. Ah want tae speak, tae thank McDade but ma senses ur still numb. He saved ma life, ay that ah've nae doubt.

NINE

▶

The Guru and Zander

Four motors get through the junction afore the traffic lights turn red again. Ah counted them, FOUR! Ah look tae the bag sittin oan the seat next tae me then tae the rear-view mirror. A queue ay drizzled motors sit stationary, floatin in a fog ay spray, exhaust fumes an artificial streetlight, impatiently idlin, waitin their turn.

Frustrated commuters sit within their metal cocoons, drummin fingers oan steerin wheels, fiddlin wae radio stations an screamin obscenities at any counterpart that dares tae chainge lane, indicate that they intend oan dain so, or intimate any other manoeuvre that could interfere wae them gettin promptly hame fae wherever commerce spat them oot fur the week.

Ma hauns ur clammy an ma mooth dry an arid; thon cottonmooth kind ay waiy. Me an Scanlon met up last night wae a few ay the boays an wan thing led tae another—ended up right oan it, so we did. Ah sold a wee bit but took a bit mare oan tap fur me an the big yin, just tae be sociable, know whit ah mean? Ah'll put it back.

There's a gless boatle ay Irn-Bru in the fitwell ay the passenger side that's been there a few weeks. Reachin doon, ah grab it an take a drink. It's flat as a pancake, aw the carbonated goodness long since gone, but it's wet at least.

A horn fae the motor behind me blasts tae tell me tae move forward as the latest meagre allowance ay motors huv driven through. The last three in front ay me. Ah grab the bag an unzip it as ah roll tae a stoap again. Liftin wan ay the freezer bags, each containin an ounce ay coke, an open it. In it sits the wee white block ay devil's dandruff.

Switchin the engine aff, ah draw the key alang the surface ay it, gettin a wee lump oan the end an inhale it up ma right nostril. It dis the trick man, ah'll tell ye. Wis feelin rough as there an aw. Just a wee straightener tae square us up fur the night's draps, man. Goat tae be done.

Horns blast again fae behind me as ah zip the bag back up an fling it oan the flair. Widnae want tae be the wan oan the receivin end ay that. Some cunts need tae learn tae chill oot, know whit ah mean? The driver's windae bangs hard an ah near jump oot ay ma skin.

'Whit ye dain ya fuckin tube? Ye've just sat there through a green light!' a disgruntled lookin tadger in a blue short-sleeved shirt, that's rapidly becomin navy as the rain soaks intae it, sais.

Ah roll doon the windae, noticin his gaze drawn tae the key in ma haun then back tae ma face, 'Sorry aboot that chief. Engine trouble.' ah sais, stickin the key back in an turnin it, the engine roarin intae life, 'Seems tae be awright noo though, whitever it wis.'

Stickin it intae first, ah bolt through the green light up Aitkenheid Road tae another chorus ay horns blastin at the daft prick as he scrambles back tae his motor, an ah watch him gettin gradually wee'er in the rear-view mirror. Turnin it taewards masel, ah wipe away the white powder fae roon ma nose—makin me look like ah've been practicin cunnilingus techniques oan a Duncan's donut—an wipe the clammy sweat fae ma brow.

Ah'm oer the Sou'side tae meet a cunt, Archie—or the Guru as ah've dubbed him—again at his gaff, a flat just aff Kilmarnock Road in Shawlands which also doubles up as his studio. He's a mad yoga instructor, so he is—gies it aw the patter aboot mysticism an white an red tantra; how wan is aboot yer sexual energy an helps create a deeper bond wae yer partner an that, an the other is aboot huvin a deeper bond wae yersel. Shaggin or wankin if ye ask me, an there's nae need tae apportion mysticism tae it, know whit ah mean?

Ah've goat ma reservations aboot his claims, an efter oor first meetin, placed him firmly in the fuckin sexual deviant category. Somethin aboot the lecherous cunt makes ma skin crawl. Ah've seen him leerin at some ay the wee burds that come an go oan previous visits. Ah imagine he's only too keen tae help bend them intae numerous contortions in the name ay health an well-bein.

He's dain somethin right though as he's goat a steady stream ay fuckin daft cunts wae mare money than sense appearin at his door aw day, every day, willin tae part wae their cash. Given he takes two ounce ay gear every Friday night regular as clockwork, ah'd say it's safe tae assume no every transaction under his roof involves rollin aboot oan the gym mats.

The interior ay the close instantly lets ye know yer in a mare affluent area ay the city. The invariable smell ay stale pish tae be found in the closes ay the East-End is replaced wae the aroma ay spices an exotic, middle-class dishes bein prepared. The close still retains the ornate tiles fae when the buildin wis constructed wae a break aboot a third ay the waiy up the waw, where the rich jade green gloss paint ay the tiles meets soft, eggshell emulsion. Impressive stained gless windaes meet ye at the landins oan the waiy up the stairs an wee tables adorned wae ornaments an lanterns containin gently glowin tea lights sit safe an undisturbed.

His wife opens the door as ah get there usherin a chubby, middle-aged cunt oot. He's aw flushed lookin, whit's left ay his barnet stuck in wet strands tae his heid. The grey sweatshirt he's wearin's dark in patches acroass his chist an underairms fae his yogic exertions. 'Thank you so much for coming Mr. Faraday, Guru *Dhadakata dil* looks forward to your next session. *Namaste.*' she sais, claspin her hauns an dain a wee bow.

'*Namaste*' sais the guy an awkwardly bows his heid afore waddlin away doon the stair.

'Is the eh… Guru in?' ah sais tae her. Nora, her name is. A wee waif like wummin, wae long, silver hair that draps doon her back tae the waist ay the tie-dyed, woven hemp tunic she's wearin.

'Ah, of course, Stevie, is it?' she asks again, like she hus every time ah've been. Ah nod an smile at her an she gestures fur me tae go wae her intae the flat. She's wearin they Jesus sandal numbers aw these hippy cunts seem tae dig, only they're no the usual fuckin Roman lookin efforts ye'd expect. They're mad purple nubuck, cushioned wans; hideous lookin, but ah take it they're made fur comfort—certainly no the climate.

'Stevie! How are you? Come in. Sit down.' he sais as we enter the lounge where he dis his stuff. Nora dis her wee bow again an leaves the room, shuttin the door behind her. He's sittin oan the flair wae his legs croassed, nae shirt oan, gien it the full routine, 'I was just about to meditate there. Forgot you were coming.' he sais, kiddin himsel oan.

'Aye, ye'd be as well gettin a bit ay that in the noo. Ye'll be dain fuck all meditatin efter ye get this up yer schnozzle.' ah sais, haunin him the freezer bag wae his gear.

'Ah, excellent.' he sais, takin it fae me an placin it in a wee widden box he pulls oot fae a sideboard. He goes intae another drawer an pulls oot a wad ay dough, leafin through it.

'So Archie… or is that Guru *Dai - quiri?'*

'No Steve, that's a rum-based cocktail. My yogic name is Guru *Dhadakata dil.'* he sais, derisively.

'That's whit ah meant. Where'd ye pluck that wan fae anywaiy?'

'Oh no, I didn't choose the name, Steve. The name chose *me.* It can be approximately translated as *Beating Heart.*' he sais, dain his best tae appear earnest.

'You're huvin a fuckin laugh Archie. *Beatin heart*?' ah sais, noddin tae the sideboard, 'You'll know aw aboot that, fuck sake.' he smiles a reluctant acknowledgement an pulls the boax oot.

'It's an image ah'm conveying here Steve… ' he sais, openin it an settin a couple ay lines up oan the lid. ' …more than that, in truth—it's a lifestyle. The punters go in for it in a big way. What do you think carries more mystique and reverence, Guru *Dhadakata dil* or Archie bloody Hamilton?' he sais tappin his temple an snortin a line, offerin me the lid wae a neatly chopped Patsy oan it which ah duly blast up ma beak. Fuckin nae flies oan this cunt, know whit ah mean? A sleekit, snake oil salesman is Archie, ay the auldest kind. Only it's Eastern enlightenment an tantric well-bein he's puntin wae a sideline in ching—or is it the other waiy aboot?

Ah leave him dain his stretches—the Prayin Mantis an aw that shite—in preparation fur the next mug that comes through the door an head off.

Nora lets me oot an ah'm fuckin sure she gies us a wink as she dis the wee *Namaste* bit again. Fuckin wide-os the pair ay them. Who's fuckin kiddin who, know whit ah mean?

ooooo

The next drap is back in the East-End, some new build estate oot by Mount Vernon. Zander, the boay's name is. He's intae another gemme aw thegither. Fitted Kitchens.

Goat a fleet ay vans aw kitted oot, oot there oan the roads, travellin aw oer the country batterin aw manner ay worktaps, integrated oven and hob combinations an bespoke, made-tae-measure units an drawers intae a gaff near you. Fuckin loaded, the cunt an likes his sniff an aw, ah'll tell ye. Another part-time charlie dealer. Cuts aboot wae some dodgy types, know whit ah mean?

He's yer classic fuckin *nouveau riche* local-boy-done-good. Ye might think that ah'd get oan wae him then, another workin class guy fae the East-End?

Well ye'd be wrang. The trouble wae cunts like Zander is that they put too much effort intae remindin every cunt how loaded they ur. That Derek Campbell-Jones, the computer cunt's bad enough but at least wae the middle classes, they usually lack the necessary self-awareness tae register how much ay a smug prick they're bein. Ye know whit tae expect wae them at least.

Cunts fae the scheme that make a load ay money, they've goat nae aff button, nae filter. It's like they cannae help it.

Zander Patterson's yer archetypal example.

ooooo

The driveway's full ay motors wae mare parked oan the street ootside so ah park up alang the road an walk back.

His gaff's wan ay they new build kit-hooses they fling up these days; a five bedroom number, as he's telt me oan mare than wan occasion, looks the part but ah widnae paiy the money. Ah've worked oan some ay they new build sites. Ye could fuckin spit through the waws in them, know whit ah mean?

Below the quarter open garage door, a bar ay yella light beams oan tae the driveway, the sound ay music an loud chatter spillin oot as ah approach. Pullin the door up ah'm faced wae a skwad ay cunts huvin a party, every wan ay which ur noo lookin at me. Ah clatter intae a collection ay empty boatles ay beer sittin oan the flair at the feet ay three burds sittin oan a settee next tae the door. *Daft Punk - Around the World* blares oot the stereo oan the bar at the back end ay the room an Zander appears fae behind it, promptly makin his waiy taewards me, 'Stevo! That you makin aw that racket? Ah just aboot shat masel there!' he sais, gesticulatin fur effect. He's wearin a pair ay three-quarter length cargo troosers, boatin shoes an a blue Paul & Shark polo shirt despite the typically shite weather ootside, makin it hard tae take him seriously.

'The door wis open a bit so ah… ' ah begin.

'Ye just thought ye'd announce yer arrival by clatterin yer waiy in? Jesus man! Ah telt yous no tae open that!' he sais tae wan ay the lassies despite her protestations that it wis fuck aw tae dae wae her.

'AH DON'T WANT TAE HEAR IT!' he shouts oer her, 'Stevie… forget it ma bro-ski. No your fault ma china, mone in.' he sais, lookin shiftily oot tae the street afore pullin the door screechin back doon, 'Ye want a drink or that?' he sais, walkin me oer tae the bar. He's knoacked a section ay waw oot, openin up the double garages intae wan big space.

'Good joab ye came, every cunt's like a burst couch in here. The gear ran oot hours ago. They've been burstin ma baws man.' he sais, offerin us a cauld can oot the fridge but ah decline. Ah've nae intention ay hingin aboot. It's only noo ah realise, this *soiree* is in its second night. Ah knew there wis a bit ay a deflated bouncy castle vibe aboot the pitch when ah came in but ah just put it doon tae ma entrance.

'Whit took ye so long? Ah messaged ye,' he makes a show ay lookin at his big, daft chunky gold watch. ' …an hour an a half ago.'

That much is true but ah elected tae go tae the Guru's first. Fucked if ah'm chaingin ma plans fur this prick.

'Goat held up elsewhere, ye know how it is.' ah sais, evasively.

A haun oer his gear an a few cunts come hoverin aboot the bar, like flies roon shite man. They're aw wired lookin, that waiy ye get when ye've been oan it fur twenty-four ooirs.

'You the guy wae the gear then?' the biggest wan ay the group sais. They've aw goat the uniform ay casual leisure troosers an polo shirts oan, a size too wee seemingly bein the preference.

'Aye.' ah sais, annoyed that ah huv tae explain, 'Zander, you goat the paper fur that?'

'Must be a lot ay money yer carryin?' the big cunt sais, fuckin starin me doon, aw intense as fuck, the veins oan his heid pulsatin. The mad vibes he's gien aff seem tae envelope the room an they're aw starin at me waitin oan confirmation. These cunts ur far gone man, unhinged.

'Coln, behave yersel. Huv a line. Stevie, come wae me.' Zander sais, comin fae behind the bar, puttin his hauns oan ma shooders an usherin me oot. The big cunt eyeballs me aw the waiy, through the other party goers in the next room an intae the hoose, 'Wait here.' he sais tae me in the hallway afore disappearin up the stairs.

Ah'm oan edge, like ah'm bein set up for somethin an ah peer back through the kitchen tae see every cunt kerryin oan, music turnt up, gettin back oan it.

'Sure ye don't want tae stay a bit?' Zander sais, creepin up behind me, 'Here ye are, it's aw there.' he sais, tuckin the cash intae ma haun.

'Naw, ah need tae get oan. Whit's that big cunt's problem in there?' ah sais, fannin the notes oot quickly.

'Who, Coln? don't mind him. He's just oot ay it. Disnae know whit he's sayin.'

'Colin? Is that his name?'

'Naw. It's Coln, wae nae *i.* He's wan ay ma associates, fae the traveller community. An it's mibbe better he disnae know who you're workin wae. Think it would be for the best.' he sais, conspiratorially, 'Ye kin leave this way.' he sais openin the front door, leadin me oot tae the porch, 'Watch the Beemer, as yer passing, we just got it, 'Fifty grand, just oot the wrapper.' he sais, although ah never asked.

'Ye must be dain awright, eh? Tae pick wan ay them up, ah mean.'

'No bad, Stevie but there's always room for more. She's got her eyes on a Mercedes CLK coupe,' he rolls his eyes, 'See you later ma bro-ski, eh?'

'Aye, catch ye, Zander.'

'Oh, an Stevie, don't have me waitin like that again.' he sais, shuttin the door.

TEN

¥

Just Another Minute

We're up the Castle Street end ay the Royal Infirmary, a crumblin Victorian relic ay a hoaspital. The stuff ay nightmares, the place, encrusted as it is wae two hunner years' worth ay the thick black soot ay heavy industry. It stauns proud, alangside Glasgow Cathedral, their dark imposin silhouettes—oan even the clearest ay days—dominatin the skyline.

A statue ay Queen Victoria, sittin oan her throne, aw stern faced lookin, sits above the door surveyin aw who enter an leave.

Inside is a tall atrium that passes through balconies at each flair, the curvature ay which rests oan huge oak beams spannin the room, leavin a vertical, oval cylinder ay space aw the waiy up tae the domed, gless roof.

The thick slabs ay granite that comprise the stairs meet us through the open doors tae the rear ay the hall, worn doon in the middle tae a polished sheen fae the sheer numbers ay feet that have passed oer them.

Ubiquitous florescent strip lights emit a migraine inducin light that seems tae compliment the sickly yella paint that's been slathered oan everythin fae the ceilin tae the huge cast iron radiators that cling precariously tae the waws.

The smell ay disinfectant hings in the air, the only sensory reminder ay the buildin's purpose.

Pearcey's been up every day this week awready. His granny's no farin well. Her lung cancer's re-emerged efter her gettin the all clear a few months back.

Just the other week when ah wis roon his gaff, she'd looked much better; oan the mend man, nae danger.

She'd been back tae her auld self he sais, makin jokes wan minute an gien him an earfae the next.

He sais he's no been sleepin since she's been back in, just lyin night efter night, thinkin.

That's where the valium hud come in. *Benzodiazepine.* Wee blue pills tae attenuate the anguish. Somethin tae distract him fae his, or anybody's, inability tae alter her fatalistic journey tae death.

Normally ah'd go through the daft cunt fur batterin the vallies but noo's no the time, ah don't like seein him like this.

He takes us intae a private room aff the main ward, noddin at the nurse who's sittin at the desk further alang the waiy.

His wee granny's goat fuckin tubes comin oot her nose an throat hooked up tae oxygen. The purpley yella bruise oan the inside ay her airm where the drip is inserted under her skin draws yer eyes tae it. Her skin's near translucent; her veins an bones' definition protrudin through like covered furniture, upsetting the clear, crisp lines ay a sheet flung oer it. A liberty, man, so it is.

She lies motionless, just her shallow breath an the intermittent beep fae the machine diplayin her vital signs—the only indication that she's still here at aw.

The wee man sits in silent contemplation, fleetin between gazin doon oer her sleepin an glancin oot oer the Gothic grandeur ay the Necropolis ootside, wae the drizzled rooftops ay the city beyond.

Ah nod ma heid tae the doactor who's entered the room but Pearcey's elsewhere, loast in his thoats.

'Mr Pearce… Mr Pearce, could I speak to you for a moment out in the ward?'

'Pearcey.' ah sais, 'The doactor's wantin ye.'

Gesturin fur me tae come wae him, ah foallie him oot the room, glancin back tae the frail auld ghost ay a wummin lyin there as ah close the door. The dank air seems tae accompany the sense ay forbodin at whit's tae come. The wee man's eyes fill wae salt watter an ah imagine the doactor as he must appear tae him; blurred an hazy as the tear ducts flood his eyes, causin a cruel kaleidoscope ay colour afore him until it's gone, wiped away in a single motion, bringin him back tae impending reality.

'Mr Pearce, as I'm sure you are aware, your grandmother is now at an advanced stage of the illness.' the doactor sais.

'Aye ah know but she'll pick up again, she's a fighter, ye should've seen her the other week at hame... ' Pearcey replies, hopefully.

'The cancer has spread at an aggressive rate Mr. Pearce. It has reached the stage where increasing the dosage of chemotherapy would be further detrimental to her. She's very frail. I know it's difficult but perhaps you should now be considering whether she should be at home where she would feel more... comfortable in the coming weeks.'

'Weeks? Whit dae ye mean weeks? How long has she goat, Doc?'

'It really is difficult to say... In some cases maybe a month, two isn't unheard of.'

'Isnae unheard ay?' Pearcey repeats, angrily, 'Right Doc. She'll be better aff wae me anywaiy, Ah'll look efter her.'

'Listen, I really am sorry. If there's anyone you feel you need to talk to... there are counsellors available.'

'She's no fuckin deid yet, man.' Pearcey sais, wellin up again.

'Of course. I'll leave you with Nurse Callaghan over there. She'll help make the necessary arrangements with you to take your gran home.'

'Just another minute then, ah want tae be wae her again fur a minute.' he replies an goes back intae the room closin the door quietly behind him.

ELEVEN

▶

Carpe Diem

Rumour has it that he's goat a bent copper oan his payroll, Mullin. Gets the heids up whenever the trail starts tae lead tae his door an takes the necessary steps tae circumvent prosecution. Been raided fuck knows how many times but every time, he's clean as a whistle.

Makes sense ah suppose. Certainly explains a few things. It's an open secret—ye want tae score, ye go tae him. Aw ooirs ay the day an night there's smackheids gaun in an oot the close. Been like that fur years. Would depress the fuck oot ay ye if ye let it.

The close is a fuckin shitehole, even the cooncil gie it a wide berth. Every other flat bar the shoap, as he calls it, is boarded up wae steel shutterin, the windaes, doors, the lot. Couldnae be any mare obvious if he hud a fuckin neon light in the windae. Some cunt's takin a backhander somewhere man.

Maist ay the cunts that staiy aboot here ur either ootright indifferent tae it or if they're no, they're too feart tae dae anythin. A combination ay baith, ah suspect. The acceptance ay the status quo through fear ay bein branded a grass an aw that goes wae it, breeds apathy. Cunts ur resigned tae it. In real terms, naebody gies a fuck.

Scannin up an doon the road first, makin sure it's quiet, ah grab the bag fae the passenger seat an head intae the close. The grey sandstane tenement's as grim lookin as it sounds wae green streaks ay mossy stains runnin parallel tae corroded cast iron downpipes oan either side ay the main door. It's rain sodden essence seems tae absorb any exuberance ye might huv, as efficiently as it dis, the rain watter.

Pressin the buzzer ah wait fur a reply, 'Who is it?' the voice comes through the intercom.

‘It’s me, McShane.’ The door clicks open an ah head in. A scamperin noise comin fae up the stair comes echoin roon the close, the sound ay scratchin paws scuttlin roon the stairwell. An pantin. Then ah see it. Wan ay they fuckin mental lookin bull terriers, like that cunt oot ay *Oliver Twist’s* dug, growlin at me fae the first landin.

Its goat they black, deid eyes like a shark, vacant an inscrutable. It bares its teeth, drool slebberin aff them an poolin oan the concrete flair, ‘Good boay.’ ah sais, ‘there’s a nice dug.’ an try tae edge slowly taewards it, haudin the leather holdall oot in front ay me like a matador. It lets oot a boomin bark that rattles up the close, amplifyin the effect like the crash ay thunder, ‘Good boay.’ ah sais again, tryin tae placate the cunt wae ma free haun outstretched like fuckin *Crocodile Dundee,* deludin masel that it might actually help.

It snarls again, interspersed wae barkin, only louder this time, afore a sharp whistle fae up the close summons it back, an it fucks off just as quick as it arrived.

At the next landin the interior light’s ripped aff the waw so the only semblance ay illumination is the dull amber glow ay the city’s streetlights, reflected aff the low clouds, percolatin in through the shuttered windae at the next flair up.

The door tae the flat’s open so ah walk in. The hallway’s dark wae red an black striped wallpaper, the kind that wis fashionable fur aboot six months in the late eighties. The carpet underfit is threadbare wae folds an tears in it exposin the flairboards underneath an the full place is bowfin ay the smell ay wet dug.

Daytime tellie comes dronin fae the livin room, the accompanyin glow radiatin oot fae the massive rear projection screen in the coarner, reflectin aff Mullin’s gless eye an the silvery scar below it; the hallmark ay the mental street surgeon that hud performed the ocular extraction.

‘Look who it is Ged.’ he sais tae his mate, wan ay his sidekicks fae the wee hooded excursion they took me oan eight weeks ago, ‘It’s yer pal, Stevie. Ye sayin hello?’ Ged stares right through me. Ah’m still gettin the feelin he disnae like me very much.

The dug snarls in solidarity wae its master, snappin its teeth an pullin away fae him, the tension oan the chain-link leash Ged's haudin lookin like its gonnae snap under the strain.

Mullin laughs at me, frozen as ah um tae the spot. 'That bag fur me, is it?' he sais.

'Aye. It's aw there.' ah sais, haunin it tae him.

'Here, count that.' he sais, flingin it tae Ged. Ah dae ma best no tae laugh as it skites aff his fuckin baw heid.

'Here, you take that.' he sais, gien me another holdall.

'Ah'll get rid ay this in nae time Harry, this gear's flyin oot the door. Word's gettin oot.'

'Good. That's whit ah broat ye in fur Stevie. Ye've a certain waiy wae people. Never doubted ye fur a minute. Ged there wisnae so sure but then, he's never been a good judge ay character.' he looks tae the fuckin drongo who's leafin through the money, too engrossed in simple addition tae hear whit's bein said.

'Aw aye? Where's the other wan? Away dain yer messages?' ah sais, regrettin ma impudence immediately. He looks at me, that gammy gless eye puttin the shitters up me as though that's its sole purpose; like the waiy Ivan the Terrible would put his enemies heids on pikes tae warn any other potential adversaries whit would happen tae them if they came the cunt.

'That's a good wan Stevie. Ah like yer patter.' he sais, grinnin, 'In a manner ay speakin, aye, he is away dain a message fur me. Monty's oot collectin.'

'Whit like? Tic money?' ah sais, pushin ma luck.

'Naw, naw. The drugs ur oan a cash only basis noo. Ye lay it oan fur the cunts, an as sure as fuck they take advantage, then ah need tae hurt them. Unless of course, other arrangements kin be found, an you'd know aw aboot that noo, win't ye Stevie?' he flashes a fuckin glakit grin at me an ah nearly jump oot ma skin as the intercom buzzer rasps in the hallway. 'Ged, get that!' he sais tae big meatbaw heid who flings the wad ay twenties in his haun doon, ragin, 'Naw, Stevie ma other area ay business is the breid an butter. A community service, if ye like… '

The fact that ah've no goat the first fuckin inklin ay whit he's talkin aboot must show oan ma face as he elaborates, ' …aw these fuckin deadbeats aboot here, fuckin degenerate wasters—the cunts that couldnae fill oot an application fur a bank account never mind huv wan, where dae they go when they need money eh? Ye ever thoat ay that? Like ah sais, just dain ma bit.'

The sound ay the front door slammin wrenches ma attention fae Mullin's attempt tae justify his incontrovertible place in the world as a soulless, black hearted cunt.

Big meatbaw heid's nae sooner sat doon fae gettin the buzzer an there's a plukey faced burd staunin in the doorwaiy ay the livin room wearin a Sergio Tacchini trackie. She's goat brown greasy hair scraped back intae a ponytail which reveals her woeful inability tae evenly apply the Wotsit colour foundation she's slapped oan tae her dish in a futile attempt at hidin the aforementioned plukes. Wavin a score note in her haun, she stauns there sayin nothin, like a Brit pissheid tryin tae get a drink at a foreign bar. It's no a drink she's wantin though, know whit ah mean?

She's strung oot, rattlin man. Two tenner bags required. Ah take it as ma cue tae get tae fuck.

'Right, ah'll no keep yies any longer.' ah sais, grabbin the holdall an makin fur the door, gien Ged a wink as ah go. The devil dug makes another lunge, gnashin its teeth, an me an the burd recoil as it gags, chokin itsel wae its collar in its attempt tae get at me. This gies meatbaw heid nae end ay amusement as he chuckles tae himsel afore gaun aw cross-eyed again as he realises he's loast count again.

'Stevie!' Mullin shouts efter me as ah'm stridin doon the hallway. 'Keep it comin!'

ooooo

Ah put the bag doon an collapse oan tae Scanlon's couch, 'Ah'm no cut oot fur this pish.' ah sais. He looks at me in the waiy a parent wid tae a recalcitrant wean an turns the tellie oan, 'Ah don't know whit you're lookin so fuckin holier-than-thou fur, ah didnae see you knockin the lines back when they were gettin dished oot that weekend.' ah sais.

'Here, don't blame me fur you makin a rip-roarin cunt ay it. Ah fuckin telt ye no tae go doon that road. Ye were awready in the shit afore that. There wis only ever wan waiy that wis gonnae pan oot. Just think yersel lucky yer still breathin ya prick.' he sais, puffin his chist oot.

'Aye? Must be fuckin cauld up there oan the moral high grun.' ah sais, ragin but equally aware that ah'm aimin ma vitriol in the wrang direction, 'Know whit he sais tae me there—Mullin? Keep it comin! The prick thinks ah'm workin fur him in-fuckin-definitely. Workin? That's a laugh, int it? That implies that ah'm actually makin somethin oot ay this arrangement.'

'Look, calm doon.' he sais, 'here, get a blast oan that.' he hauns me a joint that's sittin oan the coffee table, 'Ah'm gonnae make a cup ay tea, ye wantin wan?' he sais.

'Naw ah don't. Ye any fuckin beer in there?'

He goes intae the kitchen an ah open the holdall, gettin a block ay the gear oot. Cuttin a corner ay it aff wae his penknife that's lyin oan the table, ah chop a few lines oot, takin the biggest wan fur masel. Goat tae be done, know whit ah mean?

Scanlon walks back intae the room an hauns me a can ay Miller Pilsner—fuckin piss watter but it'll need tae dae. That petroleum fuckin taste fae the gear needs washed away.

'You're a fuckin glutton fur punishment, ya cunt.' Scanlon sais, sittin doon, pickin up the note an snortin a line.

'Fuck him anywaiy. Ah'll bulk it oot. If he thinks ah'm jumpin aboot like fuckin *Don Kiddie-on-ay* wae a holdall full ay gear, dain his biddin an no gettin a sniff, then he's on tae plums.' Scanlon draws his beak alang the table takin another wan—in whit ah kin only assume is a show ay support—while he considers whit ah'm sayin.

'So, no fur the first time, it begs the question: Whit's the exit strategy, eh? Whit ur ye gonnae dae?' he sais, tryin tae perfect a fuckin whimsical expression he dis when he thinks he's bein profound.

'Ah'm huvin another Patsy, that's whit ah'm gonnae dae.' ah sais, 'Ah'll think ay somethin.'

The video for *North Country Boy,* by The Charlatans comes oan the tellie an gets me right in the mood fur a blow oot. Underrated, they boays. Their keyboardist died durin the makin ay the album the single's taken fae, a fuckin shame man, so it is. Ye never know the minute dae ye? *Carpe Diem* that's whit ah say. Ah make a mental note tae buy the record as soon as it's released.

The lines that Scanlon hud so effortlessly hoovered huv the desired effect, emboldened, an wae renewed vigour, he's away tae the shoap tae get a kerry oot.

Ah check the paiy-as-ye-go phone Mullin gied us fur messages. There's nothin there yet but there will be. Turnin it aff an puttin it back in ma poakit ah reflect oan whether this is the best course ay action, promptly decidin that it is. Ah'm fucked if ah'm gaun oot meetin cunts. They kin wait. We're gettin oan it!

Leafin through Scanlon's C.D. collection ah pick oot *Second Coming* by The Stone Roses an stick it oan tae his recently acquired Bose stereo, crankin it up a bit. Best ay gear man; the big yin disnae fuck aboot when it comes tae his tunes, the waiy it should be, know whit ah mean? The long intro at the start ay the album emanates fae the speaker, fillin the room wae mad exotic jungle sounds messin wae ma buzz afore *Breaking into Heaven* kicks in.

Ye've goat tae let it play through, the album as a medium is no tae be trifled wae. It's how it should be listened tae—in its entirety.

That internet is gonnae huv an influence oan it. Fuck knows how, but it will, know whit ah mean?

Loads ay cunts say this album's pish compared tae their first wan but they're missin the fuckin point. It's no meant tae sound like the first wan! Like aw good bands they've evolved, explorin other musical avenues, surgin onwards. Fuckin been listenin tae their Da's Led Zeppelin albums afore they startit this wan if ye ask me. Like, they've moved in a linear direction insteid ay advancin tae the next stage or whitever. Still fuckin good but, know whit ah mean?

Scanlon's staunin behind me wae a bag ay cans, laughin at ma enthusiastic chantin as a turn roon, dain that mad Manc kinda dance—mare ay a swagger, really.

He's no long in joinin in though, an as we belt oot the lyrics alang wae the bold yin, the Broony boy—fuckin King Monkey—it crystallises fur me, oot ay naewhere like some sonic epiphany. It sais it aw there in the lyrics: we're the architects ay oor ain destiny, aw ay us, ye've just goat tae make it happen, man. It might be the gear talkin, but ah'm right on board wae it. Ah don't go in fur aw that whit's fur ye'll no go by ye pish, the future's no been written yet, know whit ah mean?

TWELVE

¥

Party ay the Year

Ma haunwritin, which is shite at the best ay times, is rendered illegible an closer tae the reading ay a seismograph in appearance as ah attempt tae fill in the birthday caird while the taxi weaves in an oot ay the back streets tae get me tae the Masonic Hall. Ah stick a score note in it, safe in the knowledge that it's the only part ay the ritual he really gies a fuck aboot.

Just under two weeks huv passed since the trip tae the bothy wae McDade an Pearcey, an *the incident.* Ah'd tried tae keep it under wraps, embarrassed an ashamed as ah um.

Driven intae the murky depths by Bambi's big brother. A deer—the maist placid, docile fuckin representative example ay an animal conceivable—wis the trigger fur the auld fight or flight response, flight bein the selected option. No that gaun ahead wae the cunt would've been any less shameful.

Ah'd decided against telling ma Ma, knowin she'd huv went right through me, tellin me whit a stupit prick ah'd been. Ah know that much masel awready. It wis ay little consequence, as Trisha McDade phoned a few days efter we goat back, sayin how lucky it'd been that her Paul hud been there, makin sure tae fill her in oan the precise sequence ay events leadin up tae the gallantry.

This didnae surprise me much. Tae keep quiet aboot such a thing, as ah'd asked him tae, wis an insurmountable task fur McDade. Nae danger, man.

It's no that ah don't appreciate whit he did fur me, that goes waeout sayin; rather, ah just wish it'd been any cunt but him.

The digital cloack oan the taxi's dashboard reads 7:56 as it draws up tae the Masonic Lodge.

'Cheers driver, keep the chainge.' ah sais, haunin oer a ten poun note.

'Cheers son. You make sure an enjoy yersel, eh?' the driver sais tae me, ma lack ay conversation evidently bein read as dourness. He might be oan tae somethin.

The hall's rammed tae capacity; a maelstrom ay sovereign rings, fake tan, wet perms and chib marks. No necessarily in that order, right enough.

Walkin acroass the room ah'm greeted by the openin bars ay *Build me up Buttercup* by The Foundations blaring oot fae the DJ's P.A. system.

'Daniel… Danny! Mere a wee minute son.' a voice comes fae wan ay the tables that surround the dance flair.

McDade's Ma, Trisha. She's sittin wae a group ay her pals an evidently well oan her waiy tae roisterin inebriation. Oan the *mad-wae-it* scale—where wan is say, huvin a civilised conversation in likeminded company, an ten is slidin alang the danceflair, tits oot, wae yer bra tied in yer hair as some mad, inexplicable bauble—this table's hittin a solid four.

Her peroxide blonde hair's scraped back tightly intae a bun. She's goat piercin ice-like bluish eyes an a boady younger women wid be envious ay but wae aged, sun beaten skin that's loast the vitality an elasticity ay earlier years. 'Mere an sit doon a minute Daniel.' she gestures tae the chair next tae her, patting it fur the avoidance ay doubt, 'He's a handsome boay this yin, eh Mary?' she sais, lookin tae another ay the wummin at the table.

'Aw aye, Trish. He's a looker awright.' Mary sais.

'Well you keep yer eyes aff him. This wan's mine ya nauld tart, ye!' the wummin erupt in a fit ay cackles wae the exception ay Mary, who flushes in embarrassment, 'Right, ah'm gaun tae get a round in!' she sais, grabbin the kitty aff the table an stormin away.

Ah feel a certain empathy wae Mary an ah'm squirmin in ma seat, ma eyes dartin roon the darkened expanse ay the hall lookin fur a familiar face; some cunt—fuckin any cunt, ah kin latch oan tae.

'How ur you Mrs. McDade? How's Ronnie gettin oan?' ah sais, steerin the conversation away fae me.

'Please Danny, it's Trisha… you know that.' she sais, starin at me intently, 'Ah don't know where *he* is. Probably proppin up the bar, fuckin waste ay space that he is. Never mind that miserable bastart. Tell me though, Danny, how ur *you* efter yer wee fright?' she sais, placin her haun oan ma leg, lettin it remain there fur just a bit longer than is comfortable.

'Eh, aye. Fine noo. Bloody stupit really. Ah mean, imagine runnin right intae the watter like that. Mental!'

'Ye see, Danny hud a bit ay a scare there the other week.' she sais, addressin the rest ay the wummin at the table, 'He fell in the watter an ma Paul hud tae rescue him, int that right Danny?' she sais, lookin tae me fur confirmation.

'Aye, that's right. McDade… ah mean, Paul, pult me oot. Don't know whit ah'd huv done if he hudnae been there.' ah reluctantly concede.

'How'd ye faw in the watter son? Where ye oan a boat or somehin?' wan ay the wummin asks.

'Naw… ah… eh… '

'He wis gettin chased.' Trisha sais. 'Win't ye gettin chased, Danny?'

'Eh, aye. Ah wis gettin chased.' ah sais, tryin tae gie it the casually unperturbed vibe. This is exactly the type ay conversation ah feared ah'd huv tae endure the night; the kind that pores oer every minute detail, cementing ma place as the prized fuckin prick ay the piece whilst simultaneously ensurin McDade's lauded as some sort ay ned action man.

'Who wis chasin ye son?' the same wummin enquires.

'A reindeer it wis, Michelle, win't it Danny? A big bastarn thing tae.' Trisha answers.

'A reindeer?' Michelle replies, astonished. 'Who set it oan ye? Santa Claus?' The table erupts again intae riotous laughter an ma baws shrivel up intae the wee raisins they deserve tae be.

'Naw. It wisnae a reindeer. It *wis* a deer. A red deer ah think, a stag though. A huge fuckin thing wae antlers an that, an it charged me' ah sais, painfully aware ma status as a complete fuckin clown is further assured wae each additional sentence ah append in ma futile attempt tae retain some dignity.

'Never you mind them son, ah'd like tae see any ay them wae a big bloody reindeer chasin them.' Trisha sais, starin intae ma eyes, ostensibly tae ease ma discomfort but makin me feel mare anxious still, as she places her haun oan ma leg again, squeezing it, dangerously close tae ma baws.

'PAUL!' ah blurt oot, staunin up, 'Ah've goat his caird here. It's his birthday efter aw. Ah cannae sit here bletherin aw night, much as ah'd like tae.' ah sais, 'Ah think ah see him oer there actually, ah better go an gie him this. See ye later.'

'Don't you disappear noo, ye hear? Ye've tae get me up fur a dance later!' Trisha shouts efter me. *Nae fuckin danger man, the wummin's sex mad.* Ah allow masel a wry smile as ah consider whit McDade would make ay it.

'Danny boy, how's it gaun wee man? Whit ye drinkin?' a voice comes fae the bar. Through the jostlin crowd, vyin fur the attention ay the overworked barmaid is McDade's cousin, Johnny Scanlon and his mate, Stevie McShane.

'Fuckin hell big man, how ye doin man? Ah'll take a lager please mate.' ah sais, as happy as ah've ever been tae see the cunt, McDade's Ma's advances still seared in ma mind.

'Bran new ma man. Ye know ma mate Stevie, eh?' Scanlon sais noddin tae McShane, who raises his gless in recognition.

We manoeuvre through the crowd findin a wee ledge at the edge ay the room where we kin hear oorselves properly.

'That's better man. Been chokin fur that aw day.' ah sais, efter takin a large moothfae ay the cauld lager, feelin at ease fur the first time since ah goat here an in good company, 'Where the fuck's yer cousin anywaiy? Ah've been walkin aboot wae this caird fae ah goat here.' ah sais.

'Take a look oer there.' Scanlon sais, noddin tae the dance flair.

Oot oan the strobe light spattered, worn varnished parquet ay the dance flair, there in the middle ay the hall, is a lone figure. Loast in the music, he rhythmically moves tae the beat, which is bein provided by Donna Summer wae *I Feel Love.*

Ah take another stank ay the lager, watchin the silhouetted frame ay the boady that's so entranced by, an subservient tae, the pulsin bass ay the track.

'GAUN YERSEL MA MAN!' ah shout tae the cunt, 'Gien it fuckin laldy int he? Who is it?' ah sais.

'That's the birthday boay. He's mad wae the ectos.' Scanlon sais.

'No fuckin danger man! He's aff his tits! How many's he hud?'

'A fuckin few ah'd say, judgin by the nick ay him.' McShane sais.

Wae the three ay us starin at the dance flair, the song fades oot an the main lights come oan. 'HEY HEY, LOOKS LIKE SOMEONE'S HAVIN A GOOD TIME OUT THERE! TRY AN SAVE SOME ENERGY FOR THE REST OF THE NIGHT BIG GUY, EH? HA HA! THE BUFFET IS NOW OPEN GUYS AN GALS. I'LL BE BACK WITH SOME MORE PARTY HITS IN FIVE WEE MINUTES!' the DJ announces in a mid-atlantic drawl ay his ain fabrication as McDade stoats taewards us, drenched in sweat, wae a chemically enhanced grin oan his dish, 'Whit's happenin troops?' he sais, puttin an airm roon me an Scanlon.

'Many ay them huv ye hud?' McShane sais tae him, 'Ah fuckin telt ye tae watch whit ye were dain wae them.'

'It's sound, Stevie. Bran new. Sound man.' McDade sais.

'Ah fuckin telt him they were mad double dipped, mental wans.' McShane sais tae Scanlon, who shrugs his shooders wae indifference.

McDade leans in an whispers in ma ear, 'Danny, how dae ah look? Be honest, dae ye think any cunt will know ah'm oan the eccies?'

'Eh, naw mate. Ye look bran new,' ah lie, 'just make sure an drink plenty watter, eh?' ah sais, puttin ma airm roon him, gien him his caird,

'Happy birthday ya mad cunt, ye.' Ah try tae hide ma revulsion as ah pat his soakin, sweat drenched heid, an wipe ma haun oan ma troosers.

'Here! Did he tell ye ah'm a hero? Jumped in the watter an pult him oot.' McDade blurts oot.

'When wis that, five minutes ago? Cos ye look like ye've just crawled oot the Clyde.' Scanlon sais, laughin an wipin sweat fae McDade's brow, flickin the perspiration aff his haun in mock outrage. McShane chimes in an ye kin tell he's in fur a poundin, 'Same again is it? Ah'll get them in.' ah sais, leavin McDade tae suffer a verbal onslaught he's ill-equipped fur.

ooooo

The urinal is a waw ay stainless steel sheet metal that draps doon tae a wee gutter oan the flair wae a step in front, runnin the length ay it. The room's baltic an steam fae ma breath as well as the jet ay pish ah'm firin aw oer the metallic surface rises like dry ice. The metal waw bevels ootwards, flickin pish taewards me just as the door crashes aff the waw an Pearcey enters, disappearin straight intae a cubicle.

He's been actin weird, the wee cunt. No been aboot much. His granny an the cancer an that must be takin its toll oan him. 'You no talkin tae me or somethin?' ah sais tae him, through the door.

'Is that you Danny? Ah'll be oot in a minute mate.'

'Ye awright man, ah've no seen ye aw night?' ah sais, but there's nae answer.

Openin the door ah see him bent oer the cistern.

A wave ay noise fae the hall comes floodin in alang wae Scanlon an McShane as the door opens.

'Some fuckin boay him man, int he?' McShane sais, 'Where the fuck did he go?' The absence ay McDade leaves me in nae doubt who they're talkin aboot.

'Fuck knows. His auld man'll part his baws if he sees him in that nick.' Scanlon sais, 'There yer there Danny. Thoat ye were gettin the beers in?'

'Aye, ah um. Ye know Pearcey daint ye? ah sais.

Scanlon stares him doon an it's hard tae say if it's a deliberate act ay intimidation or if he's just hauf cut, 'Fuck sake, Pearcey, so it is! Whit yous two dain in there? Ye gettin the lines oot?' he sais, breezin by me tae investigate. 'Here McShane! Get oer here!' he sais, 'wee Pearcey's goat some ching, mone check it fur quality assurance.'

He comes in an shuts the door oer, 'Where'd ye get this fae?' he sais, haudin the wee bag up, lookin at it accusingly like he's a polis or somethin.

'Just goat it aff a guy ah know.' Pearcey sais.

'Mullin.' McShane sais, as a statement ay fact, 'ah fuckin knew ah'd seen ye afore. The other day, ye bumped intae me in the close. Dae yersel a favour wee man an staiy away fae that cunt. He's bad news.'

Ah'm processin whit ah'm hearin an lookin at Pearcey who's dain his best tae avoid eye contact wae me.

'Aye, well whit were you dain there, well?' Pearcey pipes up, suddenly. McShane looks at Scanlon an they smile. 'It's a long story. Just take it fae me, that cunt is a bad bastart an if he get his claws intae ye… '

'Right, gies that you.' Scanlon sais, bulldozin Pearcey oot his road, 'this isnae gonnae arrange itsel intae lines, ya cunt.' he pours the gram oot oan tae the cistern an fucks it intae four lines, greedily snortin wan up afore gien the note tae Pearcey, 'Get that doon ye son.' he sais tae him.

'That wis tae last me aw night.' Pearcey meekly protests afore takin the note aff him.

'Away ye go ya cunt, ye'll get wan back. Fuckin proper lines get dished oot in oor company.' Scanlon sais wae conviction.

Stevie filled us in oan his situation wae Mullin; how he'd ran up five grand worth ay debt wae him an wis workin fur him noo tae paiy it aff. Some fuckin bother tae get yersel intae aw the same, nae danger. He disnae strike ye as the sort ay cunt tae get embroiled in that sort ay grief. He's goat an air ay confidence aboot him that belies his predicament.

He batters oot another line each fur us aw fae a bag he whips oot his poakit an it becomes apparent where the confidence comes fae.

A surge ay dopamine races through me, an ah'm in a state ay hyper-alertness, scannin every cunts' face as they contribute tae the fuckin tide ay nonsense bein spoken.

Scanlon's pupils ur huge; black holes wae their ain gravity pullin at me, an he stares right intae the core ay ma bein, it seems, when he's talkin, pure intense as fuck. Ah'm startin tae get para that ah'm starin at *him*, or mare precisely, the wee bit ay white foam that's formin roon the side ay his mooth. It becomes ma only abidin thought, tae the extent ah cannae properly register whit's bein sais. Conscious ay it, ah keep lookin away fae him, eyes fleetin aboot the place.

Ah've hud a line ay gear afore but it wisnae like this. A cunt wis dishin it oot at a hoose we ended up in oer Finnieston waiy last year efter the dancin wan night. Must've been fuckin speed.

A cunt that's been loiterin aboot the sinks comes oer an attempts tae ingratiate himsel tae Scanlon who's enthusiastically rackin mare lines up oan the cistern whilst simultaneously haudin court in the debate. '…an ah telt the cunt, 'if Jörg Albertz isnae the best attackin midfielder in Scotland, then ah don't know who is?' an know whit he sais?'

'The Hammer! Some player man, right enough. That a wee bit ay ching yous boays ur intae there, eh?' the loiterer sais.

'Correct! He is some player. Aye it is, an naw, ye cannae huv wan.' Scanlon sais, waeoot avertin his gaze an kerries oan wae whit he wis sayin, 'He sais, 'Morten Wieghorst!' Kin ye believe that? Bead rattlin bastart! Sorry lads, nae offence if yies ur Jungle Jims yersels but there's nae fuckin arguments, Albertz takes it every fuckin time, know whit ah'm sayin?' the cunt looks like he's gonnae try another approach efter the swift rebuttal, but lookin roon the four ay us—wild eyed an intemperate lookin—he thinks better ay it, an slinks away, oot the door tae the hall, a blast ay *Sweet Caroline* by Neil Diamond sweepin oer us as the door opens an swiftly shuts.

He's the first ay a few tae either dae the same, or gie us a disapprovin look fur staunin roon the cubicle gibberin fuckin nonsense, an soon the decision's made tae head back intae the hall tae the bar.

ooooo

'Another four pints ay lager, an four sambucas please hen.' ah sais, buoyant fae the gear.

'Who ye callin hen ya cheeky wee bastart?' the barmaid, who looks tae be in her early thirties sais, wae a scowl.

'Hink yer in there wee man.' Scanlon sais.

'Na, she's too auld fur a young buck like me, you're welcome tae her.' ah sais, defiantly.

'Young buck? Is that no whit you were boltin fae the other week an this cunt… *this* cunt here hud tae come an save ye fae. Must've been terrifyin right enough.' McShane sais, sarcastically puttin his airm roon McDade who's come back doon slightly, save fur his inane grin.

The danceflair's hoachin as the flowin alcohol makes its influence known. There's three generations ay the McDade clan an their affiliates gaun mental tae that *Encore Une Fois* by Sash. Trisha McDade waves oer at us fae the midst ay the drunken troupe.

'Here McDade, huv ye seen Pearcey yet? He wis wae us in the toilet. He hud a bit ay gear that he goat aff that Mullin. He's no actin himsel.' ah sais.

'He's goat gear? Wee wanker, he better be here somewhere. Haudin oot oan the birthday boay. This is the party ay the year, man.' he sais, still firmly believin it tae be true.

'Aye well he's gaun through a lot, mind. His granny's took a turn fur the worse. She's no goat long tae go.'

He stares wae that blank expression oan his face that he's perfected oer the years. The kind where ye don't know if he's thinkin intently or if a gentle breeze is passin through his ears, 'Ah know man, his granny. Ah'm gaun tae look fur him, ah love that wee guy man. Ah love aw ma mates. You tae, bro!' he sais wae the degree ay certainty only those deep in the throes ay an ecstasy binge kin.

Ah reluctantly accept the bear hug he's goat me in, patting his back in reciprocation an wipin his sweat oan an auld guy that happens tae be walkin by. Oer McDade's shooder Stevie McShane mimes flickin a pill intae the air an catchin it in his mooth.

'Fuckin belters man, ah telt ye!' he sais, laughin vociferously wae Scanlon.

ooooo

The air ay the night is cool, though no cauld, as ah shut the thick exterior door ay the Lodge behind me, mufflin the music tae a contained, rhythmic throb. It might just be the gear but ah think McDade's maw wis makin eyes at me fae the dance flair.

Aw kiddin aside, Ronnie McDade's a fuckin screwball so there's nae danger ah'm twirlin his wife aboot, trippin the light fantastic. If ah did, it'd be purely tae annoy McDade an given he's leased his soul tae MDMA fur the night, it'd be a pointless exercise.

Ah spark a fag fae the crushed ten deck ah've goat in ma poakit an rest against the waw, the cauld sandstane coolin ma back doon.

A couple fight ootside the chippie, wae the wummin screamin at her man aboot some phone call she'd overheard him huvin. Callin him fur everythin, so she is. *Hooer-maister* seems tae be a favourite. Mare evidence fur ma internal, mental dossier against ever gettin merrit. Ah don't need a wummin addin tae ma grief, ah provide mare than enough ay ma ain.

The fresh air hus the desired effect in clearin ma heid slightly an ah lean back savourin the smoke, in nae real hurry tae get back inside.

'Excuse me, dae ye huv a light please?' a voice comes fae next tae me.

Turning roon, ah'm faced wae a lassie ay similar age tae me. She's beautiful, man. Knockout. Her hair's long and broon, hingin perfectly in wee, delicately arranged, curled locks. Ah staun, slack-jawed an silent fur a couple ay seconds, 'Well?' she sais, 'Huv ye?'

"Eh, sorry. Aye, course. Here ye are.' ah sais, igniting the flame and offerin it tae her.

'Thanks.' she sais, smilin afore turnin away, embarrassed.

'You've goat a lovely smile, ye know.' ah sais, waeoot thinkin. *Nice one ya fuckin knob. Ye couldnae huv thoat ay a schmaltzier line tae hit oot wae.*

'Thanks, so have you. At least ah imagine ye have, ah widnae know right enough. Ah've no seen it yet.' she replies.

She's nae sooner sais it an ah've goat this daft grin oan ma coupon as though she hus the power tae influence me so.

'There, see. Ah knew ye had a nice smile, just had tae coax it oot ye.'

'Whit's your name?' ah ask her.

'Whit's yours?' she replies, defensively.

'Sorry… ma name's Danny… Danny Coyle, ah'm McDade's mate.'

'Oh, ye mean Paul? Ah'm Tracey, Paul's cousin.'

The door ay the lodge bursts open an a fuckin rammie spills oot intae the carpark. Ronnie McDade's takin his jayket aff an bein held back by cunts. 'That cunt—him there wae the Fred Perry polo shirt—is in there hingin oer ma wife an ah'm supposed tae dae fuck all? Whit um ah? A daftie?' he sais.

'Away ye go Ronnie! Wis he fuck! He wis just dancin. We aw wur!' Scanlon sais.

Stevie McShane's pacin up an doon, gettin himsel aw worked up, 'Scanlon, keep that cunt away fae me or ah'll no be held responsible.' he sais.

'Whit's that ya cunt? If ye've goat somethin tae say, come oer here an say it!' Ronnie sais.

'RONNIE! YOU LEAVE THAT BOAY ALANE YA MISERABLE BASTART! He's only huvin a good time. It's a party! Your boay's twinty-first, or huv ye furgoat that!' Trisha McDade sais.

'C'MERE YA CUNT, WHIT YE DAIN HIDIN BEHIND HIM?' Ronnie sais tae McShane who's bein held back by Scanlon.

'Ronnie! Away back inside an we'll huv a drink. Ye've goat the wrang end ay the stick.' Scanlon sais, tryin tae pacify the cunt.

'Fuck him Scanlon, ah know it's yer uncle an that but he's fuckin miles oot man. He took a fuckin swing fur me in there. Ah'm off afore ah dae somethin ah'm gonnae regret.' McShane sais, an fucks off taewards the gate.

McDade emerges fae the folk that ur still spillin oot the door, 'Stevie!

Wait! Don't go mate!' he sais, but it's too late. McShane's awready oot ay it, away doon the road.

Ah turn tae speak tae Tracey but she's no there anymare. Scanlon's oer gien McDade's Da whit fur, callin him fur everythin an tellin him he's finished wae him. McDade's maw is greetin, mascara runnin doon her face, shooders gaun up an doon, bein consoled by her pals, 'Hoaw McDade, whit the fuck wis aw that aboot?' ah sais tae him.

'Fuck knows man, yer askin the wrang guy. Ah don't know if ah need a shite or a haircut, man.' he sais, an lookin at his saucer eyes, ah firmly believe it, 'Ah'm wired man. Scanlon gied us some ay that gear tae put a line oot an when ah goat back fae the toilet every cunt wis chargin ootside. Some cunt sais ma Da thinks McShane wis tryin tae batter intae ma maw.'

'Away ye go man. No chance.' ah sais.

'Telt ye din't ah? Nae party like a McDade party man. Fuckin party ay the year!' he sais, as we join oan the end ay the queue ay every cunt headin back inside.

THIRTEEN

Sharks

There's still nae answer. Ah've been chappin the door noo fur oer five minutes. He's no answered the phone either. Ah've been tryin aw mornin an aw.

He's no been doon tae the club or The Portland or that. No heard fae him fur days. No since last week, come tae it. He's no right the noo, ah'm tellin ye. Mare insular an distracted, so he is.

Leanin doon tae the letterboax ah peer through an shout, 'Tam! Open the bloody door, it's freezin oot here!'

If he's flingin me the proverbial deifie mibbe a bit ay emotional blackmail will convince him tae stoap playin silly buggers an let me in.

There's still nae answer so ah take a walk roon the back tae see if ah kin see in the windae. He's gettin me worried noo, ye see. It's no like him, no like him at aw.

There's an auld wheelbarra sittin in the coarner ay the gairden next tae the shed, so ah wheel it oer tae the windae. There's nae chance ah'll haul the auld bones up there waeoot some sort ay step, ah'll tell ye.

Ah drag masel up tae see an he's sittin there, right enough. Just starin at the tellie, only there's nothin oan the bloody thing, just thon interference ye get when there's nae signal; like sittin watchin a blizzard, only less entertainin.

Ma fingernails dig intae the pointed mortar gap at the tap ay the brick, an ma legs scrape against the roughcast as ah try tae get some leverage tae reach up.

The barra's awfy shoogly, but then, so's ma legs these days, come tae mention it. Ah reach oot, gettin some contact wae the gless an scuff ma haun doon its surface. Encouraged by ma success, ah go tae dae it again but the bastarn wheelbarra slips away fae me.

Ah'm bloody arse oer elbow in a heap oan the grun, the barra lyin a few fit away fae me efter huvin collided wae an assortment ay Barr's gingies he must be savin fur a rainy day.

Ma back's loupin. Ah've tain a sore yin awright, believe you me. Tryin tae catch a breath, ah stare at the low sheet ay clouds flung oer the city sky. Never let it be said, there's nae romance tae be found in lyin oan yer back oan a dug shite covered back green, appreciatin the subtle beauty in a cloud strewn, ash grey sky.

Ah'm beginnin tae resign masel tae lyin here aw bastarn night, an mare than likely dyin ay exposure tae the elements when ah hear some footerin aboot comin fae inside the hoose an the keys jinglin ahent the door, 'Right yous bastarts! Awaiy an get tae fuck! Ah've telt yies aboot hingin aboot roon here!' It's Tam, rantin an ravin, wavin aboot a broom haunel.

'Tam! Doon here! It's me, Arthur! Gies a haun fur Christsake.'

'Whit the fuck ur ye dain doon there? Wis that you makin aw that racket? Ya bloody clown, ye! Here, gies yer haun.'

○○○○○

We go in, ben the kitchen an he puts the kettle oan. The place is a bloody riot—ah mean, even mare than usual. He's tae shift a mountain ay auld plates an pots oot ay the sink tae get watter in the kettle, 'Here, haud that.' he sais, haunin me a mug.

'Ah sincerely hope yer gonnae wash this afore ye put a tea bag an boilin watter in it. It's goat a bloody beard!' ah sais, starin aghast at the mould gethered in the boattom.

He reluctantly washes it an gets just enough milk oot ay whit's left in the carton tae make a hauf presentable cup ay tea.

Foallien him intae the livin room, ah've tae dodge the washin hingin oer the sideboard an radiators.

'Ah'll need tae open the windae, Tam. It's howlin in here, son.' ah sais tae him, no meanin tae sound dictatorial but at the same time, it needs tae be sais.

Ah open it wide tae the world, an a fresh blast ay early spring air gies the room an instant atmospheric cleanse, the foul odours at least partially neutralised. Squeezin masel intae a sliver ay free space amongst aw the claes, ah take a seat oan the couch.

'Whit's up wae ye pal? Yer no answerin yer phone an ye've no been up The Portland or doon the bowlin club. Folk huv been askin fur ye. We need tae stick thegither, you an me. Apart fae you wae Jacqueline an the weans, an me wae Stephanie an young Daniel, aw we've goat is each other.'

'Awright Coyle! Yer an awfy man. Cannae just leave it alane kin ye? Ah'll tell ye if ye promise no tae go stickin yer oar in. Ah kin deal wae this ma ain waiy.' he sais, tremulously wae a kind ay crack in his voice but he's tryin no tae let oan.

'Ah'm in trouble, Coyle an ah don't know whit tae dae.' he sais, 'It aw startit a few months ago. They stoapped ma money. Welfare reform they cried it, sais there'll be others like me. The Government ur clampin doon they sais. Its doon tae the chaingin ay the *Invalidity Benefit* tae *Incapacity Benefit* the other year there. They're sayin ah'm awright tae work, Coyle! A sixty-three year auld Welder wae a gammy airm. Whit ah'm ah gonnae dae, eh?'

'Ye never sais anythin Tam… still, it's no the end ay the world. Is that whit this is aw aboot, loackin yersel awaiy?' ah sais, tryin tae allay his fears.

'Will you let me finish, Coyle? That's you oer the back, that is. Jumpin in thinkin ye know it aw. Naw, that's no fuckin aw it is. Dae ye think ah'd be that stressed oot oer that? That wis just the beginnin ay it.'

ooooo

He goes oan tae tell me aboot how his daughter, Jacqueline's been strugglin fur money an how he likes tae help her oot when he kin. His grandson needed a new jayket fur the school an she asked if he could gie her a tap, just till she goat paid, like.

He wis in The Portland tellin auld Chic McHendry aboot the situation an Chic sais the same thing hud happened tae his neighbour.

Sixty year auld an hud his *Incapacity Benefit* stoapped an wis chased oot the door tae work.

Ye gie the best years ay yer life tae the bastarts an they hound ye like a common criminal! Tam toiled in the white-hot heat ay the Parkheid Forge an the bloody wild west ay the Yarrow's shipyard in Scotstoun wae me, man an boay, makin munitions an ships fur them tae keep a haud ay their colonial conquests. Fur their Empire! An this is how he's repaid. It wid scunner ye, so it wid.

He sais he left Chic an went an goat a seat wae *The Racing Post*, mindin his ain business, nursin a hauf when somebody pult oot a seat at the table an sat doon.

Big stocky fella, goes by the name Mullin. He sais ah'd know him tae see; goat a big bastarn chib doon his face wae a gless eye, but ah cannae place him. Anywaiy, he sais tae him, he couldnae help overhearin him talkin, an how it's a fuckin liberty messin aboot wae a man ay his age fur his money. Sais they tried the same shite wae his auld man. Ye just need tae know how tae talk tae them he sais; get up tae speed wae the lingo an that an they'll soon back doon.

He gave him a hunner an fifty quid fae a wad ay notes he pult fae his poakit tellin him tae get the wean his coat fur school. Sais he could paiy him back when he gets his money sorted oot wae the Social.

Ah'm sittin here, packin some baccy intae ma pipe, digestin everythin he's sayin tae me, 'Whit did ye no come tae me fur if ye were short? Ur we no pals? It wis decent enough ay the fella but ye cannae go takin charity fae strangers. Huv ye paid him back yet?' Ah kin tell by his demeanour an the hesitation tae answer, that there's mare tae it than he's thus far divulged.

'Well, that's the thing, int it? It wisnae charity or a random act ay bloody kindness. Efter he gied me it ah sorted oot a few things; a leccy bill ah wis late wae, an ah gave Jacquie fifty quid so's she could get the wean his jayket.

'Ah never saw the boay, Mullin again fur a few weeks. Ah wis lookin fur him whenever ah wis in The Portland. Christ, Arthur, ye were wae me maist ay the time.'

'How wis ah supposed tae know but, eh? You never sais nothin,' ah sais.

'Ah just thoat he'd make an appearance soon enough. When he needed it back, like. Ah mean, he did say tae gie him it when ah wis back oan ma feet. Five weeks passed waeoot hide nor hair ay the cunt. Ah'd hauf furgoat aboot it tae tell ye the truth, then wan day oot ay the blue, just as ah get back fae the bools, ah turn roon an he's staunin there.'

'So whit happened then, did ye gie him his money back? Don't tell me ye didnae huv it… Fur Christsake Tam, ye must've known he'd be back at some point.' ah sais.

'Aye ah fuckin hud it, well, maist ay it. A hunner poun. Ye always think the worst ay me, Coyle. Dae ye really think ah'd huv the brass neck tae rattle the guy's dough an no gie him it back? Ah hud a hunner an ah telt him as much; telt him ah'd been lookin oot fur him, drappin in tae The Portland regular, like.

'He sais he found that strange cos he's been lookin oot fur me, made me feel like ah wis at it, know? 'Here ye go,' ah sais, 'there's only a hunner there but ma giro goes in next Wednesday noo… ah'll gie ye the rest then if ye want… just come by or ah kin meet ye if ye'd prefer.'

'He took the money aff me an smiled, flashin they crookit teeth like ah'd just telt him a joke. Starin at me—starin right through me as though ah wisnae even there.

''It's a start,' he sais. 'that's just another two hunner an seventy-five tae go an we're aw square.'

'Ah didnae know if he wis pullin ma leg or no, so ah startit laughin alang wae him, ye know, nervously.

''Don't act aw naïve noo Tam,' he sais, addin the hunner poun ah'd gied him tae a bundle fae his poakit. 'Interest, auld yin. Ye don't get nothin fur nothin, every cunt knows that.' he smiled again an ah could tell the bastart wis gettin a kick oot ay it. Sais it's thirty percent a week interest. Bog standard stuff, an ah should huv done ma homework afore enterin intae a transaction. Kin ye believe the swine Coyle?

'Five weeks it hud been. Mullin sais he'd let the fact he'd hud nae payments so far slide.

"Ye cannae dae this.' ah sais tae him but he just ignored me an pult a wee notepad oot an startit writin it doon. Then he sais that cos another week will huv passed afore ah see him again, he'd be addin another week's interest, amountin tae three hunner an twinty quid! Where ah'm ah gonnae get that, eh? Ah'm askin ye, where?'

'So, when wis this? Here, Tam, it's bloody Wednesday the day!' ah sais.

'Noo the penny bloody draps, eh? Whit dae ye think ah'm dain sittin here fur, in the dark, like the bastarn invisible man?'

There's a squeal fae the rusty hinges ay the gate in the gairden afore it bangs aff the fence as it slams shut. Tam sits bolt upright, listenin intently. 'Don't make a sound.' he sais.

FOURTEEN

▶

Expendable

Ah wake suddenly wae a start, piecin thegither whit wee fragments ay memory ah kin fae the night afore, any wee vignettes ay whit happened. Ah mind staunin wae Scanlon an the boay, Danny Coyle. Scanlon's cousin an aw, McDade. He wis aff his tits, that daft cunt. Should never huv goat they pills fur him aff wee Franny Mulhearn. Some cunts ur better aff stickin tae the Babysham.

His Da but, Ronnie! Took a fuckin swing fur me. The fuck wis that aw aboot? Ah'll need tae phone Scanlon an put the feelers oot—try an smooth it oer.

The rattle ay the Venetian blinds in the kitchenette fae the opened windae cuts through the air, gaun right fuckin through me; an unremittin, raspin assault tae the ear, like a fuckin fly buzzin aboot in yer heid.

Boundin oer the coffee table in the front room, ah cut intae the kitchen an shut the windae oer, immediately silencin the source ay ma torment. Ah pull the blinds up an look tae the busy street below, bathed in sunlight, vibrant an alive wae the Saturday mornin bustle ay people.

Auld biddies amble intae the fruit an veg shoap an the Co-Op fur their messages; punters stride purposefully intae the bookies tae put oan fitba coupons, the projected winnings awready spent in their heids; an jakies hover aboot near pub doors, casually readin newspapers, waitin oan doors openin, their attempts at clandestine loiterin servin only tae emphasise their thirst.

Clickin the kettle oan, ah turn the phone oan fur the first time since afore the party an it beeps incessantly, last night's text messages an missed calls landin. Four ay them ur fae that Zander prick, each wan mare tetchy than the last. Sais he telt me no tae keep him waitin an that ah'd left him nae choice, he'd be talkin tae Mullin aboot it. Fuckin bam. They've goat me right by the baws, these cunts. How ah goat masel intae this situation, ah'll never know.

Efter ah've stanked ma tea, ah stick oot a wee straightener oan the kitchen worktap, just tae take the edge aff ma burstin heidache. The phone rings an Mullin's name flashes up oan the screen. Fuck off man, 'Hullo?'

'Where the fuck've ye been? Ah've hud cunts phonin me aw night lookin fur ye. Whit part ay this arrangement ur ye no gettin Stevie?' he sais.

'Ah couldnae work last night. Somethin came up.' ah sais.

'Somethin came up?' he repeats, incredulously. *'Whit, ye oan fuckin flexi-time? Friday night's oor busiest night. Ye don't get tae cloack oot when it fuckin suits ye. You hearin whit ah'm sayin?'* he sais.

'Look… '

'Look, fuck all! Get up here the noo. Ah want tae talk tae you.' he sais, hingin up the phone.

Somethin came up? That's a good wan int it? A fuckin poxy birthday party ah'd nae business bein at in the first place, full ay fuckin mad-heids like Scanlon's uncle. Just come, he sais, it'll help ye keep yer mind aff things. Nae bother mate. Cheers.

○○○○○

The bright mornin ah'd observed fae the windae is a memory noo, an April rain batters doon, bouncin aff the grun as ah step oot ay the close door oan tae the street. People huddle in doorways takin shelter fae it an the windaes ay buses lined up at the traffic lights ur clouded, almost impenetrably, by condensation.

The same thing happens in the motor an ah wipe it away wae ma sleeve, remindin me ay that day in Fife wae Scanlon, the day the motor fucked, expeditin the doonward trajectory ah continue tae descend.

Turnin the key in the ignition, the wee Corsa bursts intae life an ah head straight oer tae see Mullin. Just get it oot the waiy, know whit ah mean? Fuckin *Carpe Diem* an aw that shite.

There's a junkie comin oot the door ay the close as ah pull up, wearin a pair ay Bermuda shorts an an auld bomber jayket, partially zipped up, exposin his emaciated, pasty torso. Spaced oot his dial. Wasted.

'Here mate! Haud that door fur me!' ah shout oer at him but he just stoats oot an skites aff the railins oan either side ay the path like the fuckin empty vessel he is, 'Here you, fuckin moon-man, did ye no hear me?' ah sais.

The glakit lookin cunt glides by, in a methadone induced bubble, oblivious tae me. The sad thing is, he cannae be much aulder than me but ah've nae time fur sentimentality an tryin the door, ah'm relieved tae find its oan the snib an push it open, 'Any chance ay a snout aff ye big chap?' ah hear the walkin corpse shout efter me but it's too late as ah click the door shut, makin sure it's loacked this time, an fuck off up the stairs.

The door's ajar when ah get there—nae doubt the junkball fae doon the stair's fault—so ah head in, slowin doon as ah approach the livin room tae listen in tae the conversation gaun oan.

'Whit aboot this wan here? There's just a dash next tae the name.'

'Aw aye, that's a new wan. Ah went roon—a couple ay auld guys, prolly a couple ay bent-shots. Never hud nothin this week so ah telt them the craic, it gets put oan tae the principle an kerried oer tae next week. Ye should've seen them. Thoat they were gonnae burst oot greetin… '

Ah haud ma breath an listen, intently, fur anythin ay note—anythin ah kin use. Any leverage.

Peerin through the gap ay the partially closed door, ah see Ged an the other stupit lookin cunt, Monty, sittin at the table, money lyin spread oot in front ay them. The dug lies in the coarner snorin, its chist risin an fawin as it lies oan its back, heid tilted, droolin oan tae the flair.

Its nose twitches an eyes open. Startled lookin, it jumps up, snarlin an intemperate, an comes fur me, its wee short-arse legs scuttlin oer the boggin, pish-stained cairpet taewards the door.

It pounds intae it as ah shut it, pushin back at me, its claws tearin doon the surface at the other side. It manages tae get its heid through an gnashes an snarls, snappin its jaws at me.

Ah'm jammin the cunt's heid wae the door so that it's splutterin an chokin wae the pressure oan its throat but it's insatiable, unrelentin.

'Yer fuckin chokin him!' Let go ay the door!' some cunt shouts fae the other side.

'Um ah fuck letting go! Get a haud ay that bastart!'

The door bursts open wae a boot fae the other side an ah'm flung back intae the opposite waw.

'Look who it fuckin is! How long ye been staunin there fur ya sneaky wee cunt?' Monty sais, staunin oer me. The dug splutters an coughs, gaspin fur air, 'Whit ye dain tae Ged's dug? Here, Ged, ye seen whit this cunt's dain tae yer dug?' he sais.

'Pebbles!' Ged sais, appearin fae naewhere, pickin the bastart up an rockin it in his airms, like a wee wean.

'Pebbles? You're huvin a fuckin laugh. That fuckin thing should be loacked up!' ah sais, 'It fuckin went fur me.'

'Of course it went fur ye, yer sneakin aboot like a fuckin copper. An whit's wrang wae Pebbles?' Ged sais, incredulously.

'Mullin phoned. Sais he wanted tae see me.' ah sais, ignorin his question.

'He dis. Where wur ye last night? We should've done you in when we hud the chance. Yer a fuckin liability.' Monty sais.

'Awright lads, keep the heid. Nae need fur aw that. Like ah told him, somethin came up. Couldnae be helped.' ah sais, feelin the colour drainin oot ma face.

'He's no here. Mone, ah'll take ye tae him.' Monty sais. 'Well, don't just staun there, fuckin move!' he sais, pushin me again. Ah feel ma temper rise an just as quickly dissipate as ah assess the likelihood ay me gettin oot ay there in wan piece should ah retaliate, 'FUCKIN MOVE!'

He gets in the brief wae me an directs me taewards an auld industrial area doon by the railway. In a quiet street where factories wance stood, we pull up next tae wastegrun surrounded by a high perimeter fence made ay chipboard hoardin.

We get oot the motor an he bowls oer tae the fence, wrenchin a loose sheet ay chipboard open gien us access through tae the other side, 'Through there.' he nods tae the space in the fence.

Alarm bells ur ringin noo. Ah don't like the look ay this.

'Ah'll no tell ye again, get fuckin through there!' he spits.

Steppin through, ah near shite masel as the hoardin slams back intae place again when he lets it go.

'Ye no comin wae me?' ah sais, but there's nae answer, 'Whit yies playin at? Where um ah meant tae be gaun, eh?' ah sais tae silence, the rustlin ay the wind blawin through the long grass an weeds ma only company. The motor door slams shut.

Ah shiver as a cauld sweat runs doon ma back in tandem wae ma racin thoats as tae whit ah might be walkin intae. That Monty prick seemed awfy eager tae get me here, know whit ah mean?

A muddy trail snakes through the nettles an foliage until ah see it in front ay me, staunin like a sentry post in some bleak, dystopian landscape, a tower comprised ay corrugated iron an green, painted timber, risin fae the concrete foundation slab ay the long since demolished factory: a doocot.

There's nothin else in the vicinity; nothin but the doocot, weeds, industrial remnants an rubble reachin doon tae the railway track. The door's closed oer but the hasp is open wae nae padlock oan it. Ah climb the crudely constructed steps up tae the door an pull it open.

Inside there's a caunel, placed in tap ay an empty wine boatle, the flame ay which flickers in the breeze. There's a frenetic flappin ay wings, an dust an wee white feathers fill the small space as ah squint ma eyes tae see through the pitch darkness.

'Ah see ye found it.' a voice comes fae the gloom, 'Come in an shut the door oer behind ye.'

Ah step aff the ladder an go inside, shuttin the door oer.

'There's a bit ay rope there, tie it roon the nails tae keep it shut.' he sais.

Wrappin the rope roon the corroded nails bunched thegither an driven intae the door frame, ah turn roon tae see him, emergin fae the shadows, cuppin a doo in his haun, 'There's another caunel there, just next tae that wan. Light it.'

Hardened streaks ay wax break aff in ma haun as ah tilt the boatle oer the flame ay the lit caunel.

'Whit happened last night? Ah've goat Zander Patterson oan the phone, sais he's wantin hauf a bar an cannae get a haud ay ye?' he sais.

'Like ah sais, somethin came up. It'll no happen again.'

'Whit wis that exactly, that came up?' he sais.

'Eh, a commitment ah couldnae get oot ay.' ah sais.

'Let's get wan thing straight ya wee prick,' he sais, 'your only commitment's tae me.'

'Aye well, aboot that,' ah sais, 'how much longer dae ye expect me tae dae this, eh? Ah've made ye thousands noo—tens ay thousands.'

'You've made fuck all. That gear yer movin's made the money. Whit exactly dae ye think you're dain in aw ay this, eh? You're just a fuckin donkey; a medium ah kin exploit tae make money, dae ye get it?' he sais, the words evisceratin fae his mooth.

Ah know it shouldnae be a revelation tae me, but tae hear it so casually framed really hammers it hame, know whit ah mean?

'Dae ye see this here?' he sais, haudin up the doo in his haun tae the caunel light.

'Aye whit aboot it?' ah sais.

'This here is ma best hen, or it wis.' he sais, 'She's caught me some fuckin belters, so she hus. Two ay that Andy Chalmers' best doos, another few ay Sandy Gresham's fae Cranhill… '

'Aye, that's smashin, but if that's us, ah'm just gonnae… ' ah nod tae the door.

'That'll be us when ah fuckin say it's us, right?' he sais, hissin the words oot, the tendons in his neck taut, 'The thing is, she's broke her wing. Cannae fly anymare,' he sais, revertin back tae a measured calmness, 'aye, ye kin try an splint it up fur her, let it set again but they're never the same. The doo's kin sense it. Damaged goods.' he hauds the hen oot in front ay him by the neck an it flaps its wings frantically, its beady eyes bulgin oot its heid.

Aw the other doos in their cages flap their wings in a panicked frenzy, whippin up aw the dust an feathers an fuckin dried bird shite intae a cloud ay fine particles. They coo an jump aboot mental, flyin intae the wire mesh ay their cages. The hen flaps the fiercest ay them aw, seemingly knowin whit's aboot tae happen when he wrings its neck, squeezin every bit ay life oot the bastart like watter fae a wet towel. Its wings flutter long efter it's deid. He flings it oan the table where it flaps a bit mare afore eventually, efter a final twitch, it flops oer, motionless. 'Whit the fuck did ye dae that fur? You're no right in the fuckin heid.' ah sais tae him, whit ah'd witnessed huvin the required effect.

'Nae good tae me anymare, Stevie. It's served its purpose. Ye get me?' he sais.

Through the caunel light, thousands ay dust particles swirl roon aboot him an some ay the wee feathers lodge oan the stubbly growth oan his face.

'Open the door.' he sais, lightin a fag an offerin me wan.

Ah take it an unwind the rope fae the nails, shooderin the heavy door open tae the bright daylight. 'Ah want ye tae remember the lesson learned here McShane. Yer useful, nae doubt, but yer expendable. Be under nae illusions, you're gonnae continue shiftin this gear fur me until *ah* decide yer no, okay? If yer no fully on board though,' he lifts the deid doo aff the coonter by the leg danglin it between his thumb an forefinger.

'Right, ah get it.' ah sais.

'Good. Noo go an see Zander. Efter aw his greetin, he sais he'll haud aff an wait fur ye but ye've tae go the day. Ah wis gonnae send Monty doon tae see him but he insisted it wis you he wanted. Who um ah tae argue, eh? He's a good customer. Get doon there.' he sais an flings the deid pigeon doon oan the concrete as he shuts the door back oer.

When ah get tae the fence ah wedge the hoardin open wae ma fit an squeeze masel through, back on tae the street. The motor's away an Monty wae it, just as the heavy, pummellin rain starts again.

FIFTEEN

Clyde Built

Silence. Mibbe he's gied up. Christ, he wisnae very persistent. The only sound is the tickin ay the cloack oan the mantelpiece. The door goes again, louder this time: The doorbell first, then a succession ay forceful knoacks.

'Open up, ye know whit day it is?' a voice comes through the letterboax.

'Don't move, ah'm tellin ye. Ah'm no answerin it.' Tam sais, grabbin ma airm, haudin me back. Ah keek doon the hallway tae the door. A shadowy blur moves aboot behind the frosted glass ay the hauf moon shaped, panelled windae oan the door.

'Here, is that him?' ah whisper.

'How am ah supposed tae bloody know eh? It'd need tae be some coincidence if it wisnae.' he sais.

'Awright, awright. Nae need tae be so sarcastic aboot it.'

He puts a finger up tae his mooth, 'Ssshh,' he sais, pullin at me, '… get back here oot the waiy, he'll see ye.'

Ah dae as he asks an we staun huddled next tae the sideboard in his livin room feart tae bloody breathe. When ah think aboot aw the times we've hud thegither; times at work at the Forge, an the shipyerds efter that ah feel a pang ay shame at the ridiculousness ay the situation.

We served oor time thegither, ye see? That's how we goat tae know each other an ended up pals. We stood side by side at the Clydeside work-in in nineteen seventy-wan when Jimmy Reid gave his speech: '*…we don't only build ships on the Clyde, we build men…*'

He wis right. The sentiment bloody remains.

We've been through enough shite thegither through the years tae be hidin like a couple ay big lassies, 'Ah'm gaun tae answer it.' ah sais, an make fur the door.

'Naw yer no Coyle! Dae as yer bloody telt. Ah've no goat the money fur him!' he sais, grabbin me.

There's a clatter ay gless boatles fae roon the back, 'Quick, the windae. He'll see us.' he sais, flingin himsel tae the flair.

'Whit ye bloody playin at ya clown, get up!' ah sais, turnin tae the windae, an sure enough, he's there, gawpin in at us, this bloody arsehole, his greasy foreheid smearin the windae.

'Ah kin see yies!' he sais, laughin, like we're weans playin hide an bloody seek, 'Open the door, ah just want tae talk tae ye!' he sais, an draps back tae the grun.

'Right, you.' ah sais tae Tam, 'oan yer feet. That's enough ay the bloody silly buggers fur wan day.'

Ah take aff, marchin doon the hall, an unloack the mortice then go tae take the chain aff so's ah kin turn the snib oan the Yale loack, 'Leave that oan.' Tam sais, 'See whit he wants first.'

'See whit he bloody wants? We know whit he wants!' ah sais, an dae as he asks, leavin the chain oan. 'Whit is it yer wantin?' ah sais, openin the door as far as the chain'll allow.

'Whit ye dain? Take the chain aff, ah just want tae talk tae ye. Dae ye think ah couldnae boot the fuckin thing aff its hinges if ah wanted tae?' he sais. He's staunin, airms croassed, wae wan ay they big bubble jaykets oan like the bloody Michelin Man. It's hard tae say where he ends an the jayket begins. Slidin the chain aff, ah open the door.

'Just whit in the bloody hell dae ye think yer playin at, eh? This is harassment, this!' ah sais tae the bastart. Boof! Right in there. Ah'm in nae mood fur it; buggered if ah'm puttin up wae it, 'See this man here, see this man! He's worth a hunner ay you. Think yer a big man, eh? Doon here extortin money aff folk! Think yer a hard ticket dae ye?'

'You better calm yersel doon auld yin, ye'll gie yersel a coronary.' he sais, smirkin, 'You Tam, ur ye?'

'Whit de ye mean? Naw ah'm no bloody Tam. Here, Tam is this the bloody swine yer talkin aboot?' ah sais, steppin tae the side. He comes oot fae behind me, aw timorous, like a wee boay.

'Naw, that's no him.'

'So who ur you, eh? You the hired help? Ye ever thoat aboot gettin a bloody real joab ya hauf-wit, ye?' ah sais.

'You're startin tae get oan ma tits ya auld goat. Keep it shut.' he sais, 'You, hidin behind him, Tam is it? You goat anythin fur me?'

'Who ur you? Where's the other wan, the wan wae the eye?' Tam sais.

'Ah'll be dain his collections fae noo oan, did he no say? Must've slipped his mind. Anywaiy, ah've no goat aw day. It sais here, yer intae him fur three hunner an twinty. Ye goat it?' he sais, lookin at us studiously fae oer the tap ay his wee notebook.

'Naw, he's no goat it! Whit dae ye think it bloody is, eh? He's oan invalidity benefit fur Christsake. No very clever ur ye? Gien money tae folk that cannae bloody paiy it back!' ah sais.

'Ah'm sure ye'll find a waiy. Ye'd be surprised at how resourceful ye kin be when push comes tae shove.' he sais, 'Right, Ye know how this works, eh? This gets put doon as non-paiyment, the balance gets tacked oan tae the principle, so it'll be another week's interest oan the lot ay it. Same time next week.'

'Wait, listen son. There's goat tae be a waiy we kin work this oot. See, ah've no goat that sort ay money lyin aboot.' Tam sais.

'No ma problem mate. A word tae the wise, ah'd get a grip ay this thing if ah wis you or it'll no be long tae we're comin through that door an emptyin it, an fae whit ah seen through that windae, it'll no scratch the surface.' he sais, backin awaiy doon the path.

Tam looks at me an bows his heid, embarrassed. Ashamed. An he's nae need tae be; nae business being ashamed, neither he hus. It's no his fault. He stares intae the middle distance, oot oer the neighbourin gairdens an rooftops, his eyes deadened by it aw. His pride's hurt mare than anythin an that's worth mare tae a man like Tam than money. Efter a point, it becomes the only measure ay worth ye've really goat left.

He's always been an impetuous yin, right enough, an nae mistake. It's no the first time ah've hud tae bail him oot ay trouble, ah'll tell ye, 'Whit ur we gonnae dae wae you, eh?' ah sais tae him, puttin ma haun oan his shooder. He's shakin like a bloody leaf an it's hard tae tell if it's wae fear or the fact he's no hud a drink. The balance ay probabilities tellin me it's the latter, ah get oor coats, ready fur the walk up The Portland.

SIXTEEN

¥

Liberties

'HAIL HAIL, THE CELTS ARE HERE, WHAT THE HELL DO WE CARE, WHAT THE HELL DO WE CARE!' loud singin comes boomin intae ma room fae the street below. The time oan the alarm cloack reads 10:33.

'COYLE! LET US IN YA FANNY!'

Openin the curtain wide, ah shield ma eyes fae the daylight an see McDade, wan airm roon Pearcey, the other aloft, haudin a kerry oot in a poly bag. Fuckin mad wae it, they ur.

Ah wave them in, buzzin them intae the buildin at the intercom. The jinglin ay boatles latticed wae a murmur ay drunken sniggers meets me when ah open the door.

'Fuck sake, dae yies know whit time it is?' ah sais, as they appear oan the landin. McDade's wearin a bran new green an white Lacoste trackie, wae a pair ay matchin green an white Adidas, Stan Smith trainies an a Notre Dame, Fightin Irish basebaw cap. He's no widely acknowledged fur understatement, oor McDade.

'Aye ah know whit time it is. Do you know whit *day* it is? Oh, Danny boy… ' he sais, dain the last bit like the song, ' …the pipes, the pipes are calling!' Pearcey joins in.

They must've been oan it right through fae McDade's birthday. Ah'd managed tae catch up wae that burd, Tracey—the wan ah'd been talkin tae afore aw the handbags spilt oot intae the car park—an goat her number. Ah phoned her, an took her fur a drink last night.

Floppin doon oan tae the bed, Pearcey lies back, shuttin his eyes an mutterin somehin aboot just restin them. McDade's openin a boatle ay Bud Ice wae his teeth that he gies us afore adeptly spittin the lid back intae the poly bag.

'We'll go six points clear at the tap ay the table if we beat them the day Danny boy!' McDade sais, hoarsely, 'Ye gettin on it?'

This disnae really require an answer. The chance tae go six points clear at the tap ay the table, beatin the currant buns at their grun in an unprecedented season; wan wae the opportunity tae stoap them gettin ten-in-a-row; the same ten-in-a-row that wid eclipse an surpass oor record set in that glorious run fae 1966 - 1974—afore ah wis even born. Dis a duck wae wan leg swim in circles?

'Course ah'm ur, but fuck sake man, it's the back ay ten in the mornin. Pearcey, you're lyin there like a burst couch. Huv yous even been tae sleep since Friday?' ah sais, posin another question that requires nae answer.

'Aaahhh you don't know! PEARCEY, HE DISNAE KNOW!'

'Don't know whit? Fuckin tell me then.' ah sais.

'Ah've goat the three ay us a ticket fur the gemme.' he sais.

'Aye right, hink ah'm daft? Huv ye fuck, it's at Ibrox.' ah sais.

'He hinks ah'm at it Pearcey, tell him.' he sais tae Pearcey, sittin up noo, takin a stank ay his wine.

'He's no at it, he's goat us tickets. Mone the tic!' Pearcey sais, hiccupin.

'How the fuck did ye manage that? They'll be like gold dust.'

'Ma Uncle John goat them in the ballot. Him, his mate an his mate's boay but they're away tae a stag weekend in Benidorm so cannae go, well the boay's no but he sais it's awright if we huv his an aw. Ah've awready squared them up aff ma birthday money. Fuckin intae these cunts man. Yaaaasss!'

'We're gaun tae the gemme?'

'We're gaun tae the gemme!' he sais, fannin the tickets oot in front ay his face like wan ay they game show cunts, 'FOR IT'S A GRAND OLD TEAM TO PLAY FOR... ' the three ay us start singin an ah'm jumpin aboot wae McDade an Pearcey's bouncin aboot oan ma bed gien it laldy.

'Whit in the hell's gaun oan in here Daniel!' ah turn roon an ma Ma's staunin in her housecoat at the door, 'Is that a beer you've goat in yer haun? It's no even eleven in the effin mornin.' she sais, dain the no-really-sweerin, sweerin she dis. She's goat tae be the full fuckin ragin tae commit tae *actual* profanity.

'McDade's goat us tickets fur the gemme, Ma. Rangers. At Ibrox.' ah sais.

'At Ibrox? Yous better be careful oer there, dae ye hear me? An ye better get somethin tae eat in yer stomach afore ye start aw that boozin. Ur yies hungry, boays? Get yer claes oan Daniel an away doon tae the shoap an get rolls, *McGhee's* wans. Ah've goat some square sausage an haggis, an bacon an eggs in the fridge.' ma Ma sais afore anybody kin answer. No that it wid matter—she's decided that's whit's happenin, so it is. Ah widnae say naw tae a roll an sausage an haggis anywaiy, it's yer duty oan a Sunday mornin, nae danger.

ooooo

When ah get back fae the shoap wae the rolls (they two arseholes staiyed in ma room smokin a joint an watchin the cartoons), ma Ma sorts us oot wae some breakfast an ah get a shower an get ma gear oan. Ah'm just takin ma scarf cos ye kin just take that aff an put in in yer poakit if the need arises.

We skin up a couple ay pre-rollers each an me an McDade grab another few boatles. Ah end up wae his an aw cos ah'm the only cunt wae the fuckin sense tae be takin a jayket wae me. Pearcey sais he's no wantin any, he's just gonnae stick wae his wine. 'Yous watch whit yer dain oer there,' ma Ma shouts efter us as we head oot the door, ' … there's ayeways trouble at they gemmes.'

ooooo

We head roon tae the bus stoap oan Shettleston Road, the plan bein that we'll head intae the toon an take it fae there, which is as comprehensive a plan as kin reasonably be expected, the state these two ur in.

A motor rolls alang the street wae aw that sash bashin shite blarin oot the windaes; flutes an military drums. It rolls tae a stoap, the traffic backin up fae the lights forcin it tae. There's two cunts in the motor, ages wae us, Rangers scarfs adornin the dashboard, drummin their hauns oan the side ay the motor in vague acknowledgement ay the beat.

They're starin straight aheid, oblivious tae whit's happenin ootside their wee hateful vacuum in their Vauxhall Nova an McDade's glarin at thum, his stare burnin intae the side ay their heids, willin wan ay them tae turn roon.

The passenger turns an catches his gaze. He stoaps drummin his haun an eyeballs him fur a couple ay seconds afore drappin his heid an turnin, face front again. Shitein cunt. Say whit ye want aboot McDade but he's goat that look doon tae a tee; that scowl that invites cunts—naw, that fuckin dares thum—tae say somehin. The motors in front start tae pull away as the lights chainge an they're off, beepin the horn an bangin the doors an roof again, suddenly fuckin wide cunts noo that thur disappearin doon the road.

'Get it up yies, fuckin Orange bastarts! Tiocfaidh ár lá!' McDade sais, gien thum the 'wanker' haun signal.

Pearcey's trailin behind tryin tae light a joint, staggerin aff the pavement oan tae the road when a van buzzes by his arse, pullin oer tae the kerb, 'Whit's this fuckin cunt wantin?' McDade sais.

'Fuckin nearly hit me there, that prick!' Pearcey slurs.

Joggin ahead, ah tell they two tae hing back an ah approach the passenger door. Ah kin see Joe's big coupon, laughin in the side mirror. Ah thoat it wis him.

'Joe, ma man! Whit ye up tae? Ye watchin the gemme?' ah sais. He's goat his wife wae him, she's aw done up, pristine an immaculate, in stark contrast tae the interior ay the van. She's goat jet black hair in a wee bob kind ay do an she's wearin tight denims, mare like leggings, wae hunners ay prints ay Marilyn Munroe aw oer thum, alang wae a leather jayket. She's goat a face like thunder though an ah'm gettin the distinct impression she's no diggin the pleasantries. Joe's goat the same mastic blootered denims an rigger boots he's hud oan every day since ah met him.

'Ah'll need tae make dae wae listenin tae it oan the trannie.' he nods tae the dashboard, 'She's goat plans fur me the day. Whit yies dain yersels?'

'We're gaun tae it!' ah sais, a bit too excitedly fur ma, or his wife's liking, judgin by the look she gies me. She's tidy though, in a stuck-up cow kind ay waiy, ah mean ah'd ride her, nae danger. Well, ah widnae cos it's Joe's wife but ah still *wid*, 'Ma mate managed tae get the three ay us a ticket.' ah sais.

'Aye? Result wee man. That'll be you a non-runner fur the morra, nae doubt.' he sais, revertin tae the gaffer / worker dynamic fur a minute.

'Ah've no let ye doon yet, huv ah? Ah'll be there, nae danger.' ah sais.

'Yer big mate's takin a chance cuttin aboot like that, is he no? He might as well be dressed up like a bastarn leprechaun. Listen, we're oan wur waiy oer tae Hillington tae that big industrial estate; a builders' merchants, she's wantin the kitchen done. We go right by Ibrox. Jump in the back if yies want.' he sais, tae his Misses' obvious annoyance.

○○○○○

Ah flick oan the wee interior light an McDade opens another couple ay beers wae his teeth, Miller Genuine Draught this time. He'd tanned his auld boay's gairden shed, where he keeps his swally. If he just takes two or three boatles ay different kinds, he's never any the wiser, hence the varied assortment ay piss watter.

Ah'd be surprised if his Da even knows he's gaun, never mind that he's tannin his beer. His auld man's a High-heid-yin in the Masons. Broke his heart when McDade announced his allegiance tae the tic when he wis a wean, ah dare say he tried tae knoack it oot him mare than wance. McDade was resolute though, cos me an Pearcey hud Celtic taps, he wanted wan. His Ma hud wanted him tae be raised a Catholic like she wis, so he went tae St. Paul's same as us. His Da wis pissin in the wind fae then oan, if ye ask me.

Staunin up, he goes tae gie us a beer oer but he flies through the air, landin oan tap ay me, when Joe flings it roon a coarner.

'Get aff us ya fuckin fat cunt. Much dae you weigh fur fuck sake?' ah sais, strugglin tae push his carcass aff me.

'Fuckin pure Scotch beef, ya cunt.' he sais, an Pearcey spits oot the moothfae ay wine he's guzzlin in response, the crimson liquid pishin oot his nose.

Ah'm fuckin burstin fur a pish but ah'm keepin a knot in it. Ah'm fucked if ah'm mentionin it either, they two cunts will just make it worse. There's an empty turpentine container ah'm eyein up as a possible receptacle.

Ah'm tryin tae keep ma mind aff it, just huvin the craic wae them an sippin the beer, nursin it like, but it's just makin it worse an ah'm startin tae gie serious consideration tae the empty turps boatle, when we come tae a stoap.

The back door opens an ah rush by Joe, oot tae the street where there's wee poakits ay supporters millin aboot, aw Huns, ye kin smell the cunts. We're doon Govan Road waiy, near tae the auld dockyerds.

A wee boay walks by wae his Da wavin a Union Jack wae an image ay Brian Laudrup printed oan it an ah think aboot *ma* Da, an wonder if we'd huv still be gaun tae the fitbaw thegither like them if he hudnae died when ah wis a wean. The Da gies me a funny look but ah've awready spied the wee lane next tae some industrial unit ah need fur ma purposes an ah sprint oer tae it, ma bladder feelin three times its normal size.

Sheer relief overcomes me as ah expend the pish tae the cobbled stanes ay the lane, so much so that ah miss the commotion at the van. McDade's oot, swingin a sweepin brush aboot at a cunt an Joe's pullin him back. It's a couple ay currant buns but wan's no interestit in fightin an he's haudin his mate back, gesticulatin at the cunt an shoutin, tellin him tae leave it.

There's another group ay them that ah walk straight intae as ah exit the lane. 'Here, check this Fenian bastart. You fuckin loast ya Micky cunt?' wan ay them sais, a big speccy, ginger cunt wae a Stone Island jayket oan, an ah realise ah'm still wearin ma scarf.

Breakin intae a sprint, ah race through them, shooderin wan ay them oot ma waiy, intae the wire mesh fence ay the warehoose, 'GET THAT WEE TARRIER CUNT!' ah hear fae behind me an a hauf brick flies by ma heid, hittin a parked motor.

The other scuffle at the van's calmed doon an the two currants ur walkin away. Joe seems tae huv just aboot convinced McDade tae get back in the van.

'Hurry up, get fuckin in. Move!' he sais, an ah dive in the back, the door slammin shut behind me an the engine roarin intae life moments later.

'Danny! Whit the fuck ye dain runnin oot there wae yer scarf oan? Ah wis just stoappin tae tell ye where ah'm drappin ye.' Joe shouts through the partition that separates the cab fae the back ay the van, 'she's shakin like a fuckin leaf in here. Ah'm no much better!'

'Sorry, ah didnae mean tae. Ah wis burstin fur a pish.' ah feebly reply.

'Ah'm gonnae drap ye as close tae the Cellic end as ah kin. Tell big fuckin rent-a-riot in there tae take that hat aff, an you take that scarf aff an gie him yer jayket. Fuck me man. Yous fuckin daft, yous cunts?'

Ah assume it's a rhetorical question cause oan the evidence ay the last few ooirs, it needs nae answer. We dae as he asks an he stoaps again, openin the door, slightly at first, till he's satisfied we're aw kosher, then wide open.

Gettin oot the van ah notice a look fae Joe, like he's disappointed or somehin; like ah've let him doon, 'Fuckin mad bastarts. Watch whit yies ur dain.' he sais, smilin but he's still goat that despondent kind ay demeanour aboot him an ah cannae place whether it *is* disappointment or if he's just internally lamentin the times when he'd be gaun tae the gemme, like us, rather than signin oan the dotted line fur a kitchen he probably disnae even fuckin want, fur his soor-faced wife.

His Misses is gien him whit fur in the van, gien it aw the amateur dramatics—inaudibly, right enough—as we walk taewards oor entrance.

'He's awright your gaffer, eh?' Pearcey sais.

'Fuckin bran new.' McDade sais, 'Fuckin Colin McRae in that van, by the way.'

Turnin roon, ah see the van burlin roon the roondaboot, 'HOPE YIES GET PUMPED!' he shouts, hingin oot the windae, laughin, an fucks off alang the road.

'He kept that quiet, the fuckin dark horse.' Pearcey sais.

'Ah don't think he really bothers wae it, he's just at the noise up.' ah sais.

We mingle through the crowd, gettin taewards the Broomloan Rear, where McDade sais we're sittin, 'That reminds me,' he sais, 'You're the wean Pearcey. Ticket sais yer fourteen.' an he hauns him the ticket an me, mine.

'Aye right! How'ma gettin hit wae the juvenile ticket. They'll no let me through.' Pearcey protests, pointlessly.

'Just haun it in tae the cunt, he'll rip the stub aff an gie ye it back. They're no gien a fuck whit age ye ur.' McDade replies, wae some authority an that's exactly whit happens when we get tae the turnstile an we're in.

ooooo

We're beyond fuckin scunnered when we come back oot. We'd ran right oer the tap ay thum, dominatin possession, runnin thum fuckin ragged but we wur caught oot an put tae the sword by two goals oan the break. Jonas Tern an that big German prick, Jorg Albertz, it wis. Literally a fuckin Hun! Kin ye believe that? Ah wis gonnae point oot the irony tae Pearcey an McDade but couldnae be bothered wae the in-depth explanation it wid inevitably necessitate.

Pearcey, inexplicably an quite fuckin remarkably, hus managed tae get us a run back oer tae the East-End oan a bus gaun tae the Cellic Supporters' Club oan London Road through some cunt he'd met in the toilet. He sais some ay the boays ur jumpin oot at the Gorbals an walkin oer the bridge tae the Gallowgate fur a swally an aw.

It's a result, nae danger; better than the wan we came tae this shitehole fur anywaiy.

Oan the bus, the boay Pearcey goat us the lift aff gies us aw a tin fae a slab ay Tennents that's gettin passed aboot like a scud book.

'Ah'm Stenzo,' he sais, puttin his haun oot tae each ay us tae shake, 'whit's yer names lads?' Pearcey dis the introductions an Stenzo asks us where we're fae an that; whereaboots at Parkheid we usually sit when we go; an we aw agree that as much as the club needs tae progress an get wae the times, the grun's never been the same since they demolished The Jungle tae make waiy fur mare seatin.

Before too long the bus stoaps at the Gorbals, pullin intae a street just aff Ballater Street. We elect tae join the splinter group gaun up the Gallowgate fur consolatory pints an say cheers tae Stenzo an his mates, who ur gaun oan tae the Cellic Club fur a few.

No really knowin any cunt, we tag alang at the end ay the skwad, maist ay thum still wearin their colours—includin McDade, who'd took aff ma jayket an stuck his hat back oan as soon as we'd goat by the turnstiles an wur walkin up the stairs tae oor seats—an head oer the wee fit bridge tae Glesga Green.

Ah spark the last ay the joints ah'd broat, takin a few digs an offerin it tae McDade who uncharacteristically, knocks it back an runs ahead tae ask wan ay the other boays where he goat his trainies fae—some mad, obscure Nike Air Max he's adamant ye cannae get in this country. Pearcey's fuckin aboot tryin tae tie his laces so ah hing back, waitin fur him tae gie him a toke ay the joint.

By the time he's goat his act thegither the rest ay the troops ur aff the bridge, oot ay sight, maist probably stridin acroass the Green, as the craw flies, their collective thirst, a lump ay solid iron, an the pubs ay the Gallowgate, a fuckin electromagnet.

Ah'm puffin the last ay the number as we walk aff the other side, flickin it tae the grun as we step oan tae the tarmac path. It lands at the feet ay a boay who's hingin aboot wae his mates. The boay's the auldest there; aboot ma age, fuckin five o'cloak shadow an that, but the rest ay thum ur wee guys, cannae be much aulder than sixteen or seventeen.

'Here, wis that a joint?' he sais, inspectin the dowt at his fit, 'gies a bit fur wan aff ye mate, eh?'

'Ah cannae mate, that wis the last wan.' ah sais, lookin back. He looks at us fur a second, like he's thinkin ay whit tae say next.

'Sound ma man,' he sais an puts a fag tae his mooth, 'gies a light then, wull ye?'

Ah look acroass the Green tae the rest ay the group who ur away in the distance; a green an white blancmange wobblin oer the crest ay the hill.

Walkin back taewards him, ah go intae ma poakit an get ma lighter oot, offerin it tae him. He cups the flame ay the lighter in his hauns, sparkin his snout an ah put the lighter back in ma poakit.

'Here, is that a Cellic scarf ah just seen in there?'

'Naw.' ah immediately an waeoot thinkin say, an zip it back up.

'Aye it fuckin is, you're wae the rest ay they bead rattlin bastarts that just came by here, int ye? Brigton Derry, ya bam.' the cunt sais an belts us, right square in the mooth afore ah even know whit's happenin.

Wee Pearcey sees it an tae be fair tae him, he's steamin right in, jabbin cunts, any cunt he kin get a haud ay while ah'm registerin whit the fuck's gaun oan.

Efter ma initial shock, ah've goat a haud ay the cunt, gien him ten rapid tae the dish. His gang ay wee fuckin piranhas ur flingin in sly punches an kicks though, as ah scuffle aboot wae the cunt. Bootin an elbowin the bastarts as ah go, ah try tae keep thum at bay while tryin tae assert some control oer ma assailant. He's no gaun doon though, an mountin somethin ay a robust defence as he lands another two dull yins tae the side ay ma heid.

Pearcey's chasin three ay the younger wans alang the path efter punchin thum aboot like empty tracksuits, leavin me wae the other two an their apparent leader.

The tide's turnin an ah'm gettin the upper haun, feelin that he's tirin. Pearcey makes his waiy back taewards us, the wee bams he's dispersed tentatively foallien at a safe distance, the fuckin shitebags that they ur.

Ah've goat the cunt noo, haudin him back against the railins. He's no fur gien up though, still strugglin, unwillin tae leave it when McDade rushes in fae naewhere an digs him in the jaw.

It's no until ah take a step back that ah see the blood. The right side ay his face is wide open, right acroass his cheek, exposin the inside ay his mooth.

His teeth ur cherry red, blood drippin aff thum an gushin doon oer his shooder an chist as the shroud ay flesh an skin that is his face, is sliced open, like an envelope, revealin a seldom seen profile.

It looks like another mooth oan the side ay his face; horrific an unnatural an the boay's goat his haun up tae it, feelin the blood stream oer his fingers an ye kin see it slowly dawnin oan him whit's just happened.

'He's slashed him.' wan ay the younger wans shouts, 'that cunt's just slashed Clarky!', he goes.

ooooo

We bolt alang the Clyde path an McDade launches the blade intae the river as we go. 'He didnae see that comin, the fuckin cunt, eh? Did ye see the state ay his dial man?' McDade sais, breathlessly as we slow doon tae a jog.

'Aye ah seen his fuckin face! Whit did ye dae that fur?' ah sais, 'ah hud the cunt oan the back fit.'

'Whit fur? Cos that's whit ye dae—ye back up yer mates.' he sais, lookin genuinely perplexed at the question.

'Ah never fuckin asked ye tae. Ah wis dealin wae it.'

'Aye, it fuckin looked like it.' he sais.

'Whit's that supposed tae mean?' ah sais, slowin doon tae a standstill, 'let's get wan thing straight the noo, you chibbin that boay's oan you. Nae cunt asked ye tae. Where did ye get the knife?' He shuffles awkwardly like a wee boay, the spatters ay blood oan his trackie tap pronounced against the crisp white ay the fabric.

'In the back ay yer gaffer's van. It wis just lyin there so ah tailed it.' he sais.

Ah don't fuckin believe whit ah'm hearin an ma heid's spinnin an ah'm just wishin tae fuck that ah'd never answered the door tae the cunt this mornin an ah'm thinkin aboot ma Ma, an ma Granda an whit ah've just witnessed, an whit they'd think ay me, 'We need tae get oot ay here. We need tae split up. Ah'd get rid ay that trackie tap if ah wis you.' ah sais tae McDade, comin back tae ma senses.

'How? Fuck that! Ah'm still gaun fur a pint, ye intae it Pearcey?' he sais an ah look at him, grinnin, laughin; fuckin indifferent tae it aw.

'Fuck this!' ah sais, an ah'm off, runnin full pelt away fae the mad bastart. Pearcey kin dae whit he wants, ah'm oot ay it.

'AH ONLY DID WHIT YOU DID FUR ME IN THE PARK THAT DAY!' McDade shouts efter me, an ah feel even worse cos that's it: in his heid he's done the right thing, the *only* thing he could, an ah'm fuckin guilty by association. Ye try an dae yer best by cunts—yer mates, an gradually, whether ye like it or no, they pull ye deeper intae their shite; like walkin oan quicksaun, it sucks ye in, slowly, incrementally, until yer fuckin droonin in it.

The polis helicopter thunders overheid, patrollin the sky, an ah'm para that it's fur us so keep runnin, eyes doon. Oan ma trainies, there's mare spatters ay the boay's blood an ah tell masel tae mind an wash it aff.

Croassin Springy Road at Parkheid, ah slow it doon tae a walk as a polis motor swings roon fae London Road wae it's siren an lights gaun. Ah keep ma heid doon, avoidin eye contact an as soon as they're away an ah've goat ma breath back, start runnin again.

ooooo

It's early evenin when ah get tae ma Granda's, he's sittin in the gairden oan his bench starin at the fire he's goat blazin in a metal dustbin. His face an boady glow a fierce orange, reflectin the risin flames as he feeds it mare fuel.

He cannae see me; disnae even know ah'm here. He's too absorbed in his ain wee world.

Ah've been meanin tae drap by an see the auld yin, that's whit ah'm tellin masel anywaiy. He's forever sayin tae drap by fur a cup ay tea or intae The Portland fur a pint wae him an auld Tam an Chic McHendry an that, like ah used tae.

Took me in there fur ma first pint when ah wis seventeen, so he did. He sais that's whit a Da's meant tae dae, take ye fur yer first pint, only ma auld man isnae here anymare so the onus wis oan him. He's a diamond, ma Granda, that's how ah feel like a piece ay shite fur showin up noo, like this.

The truth is, ah couldnae face ma Ma, the fuckin state ay me. Ma denims ur guttit in clabber an blood as well as ma trainies. Ah'll sneak in later when she's sleepin.

Ah walk oer, tae just behind the bench, close tae him, feelin the heat wash oer me, 'Room fur a wee wan oan there.' ah sais.

SEVENTEEN

▶

A Proposition

The walk back tae the motor is slow an contemplative. An wet.

Scanlon's right. Ah'm in too deep wae this cunt. He's goat his claws in an he's no fur lettin go. At least no until ah'm ay nae further use tae him, which means ah need tae kerry oan earnin; takin aw the risk, dain aw his draps an bringin in the dough. Firin aboot meetin aw sorts ay cunts who, fur aw ah know, could be rid hoat.

The coppers could be tailin thum. At any given time, fuck knows whit yer walkin intae. Every drap, every car park ye pull intae, every coarner ye turn, is a risk, an if yer in the wrang place at the wrang time kerryin a bag—wae anythin between an ounce, an a bar ay ching—an a poakit full ay used notes oan ye, yer fucked.

Serious time ah'll dae, cos it's oan me. He *knows* ah'll no grass. If he thoat that, ah widnae be dain this. He's awready takin a chance placin trust in me no tae just fuck off oer the horizon wae his gear, never tae be seen again, every time ah pick it up.

He knows ah'll no though. Ah'm no that fuckin stupit. Shaftin cunts like that, wae connections (the fuckin Templetons fae Barmulloch he gets it fae!) inevitably leads tae ye gettin done in somewhere doon the line. Ye kin fuck off, aye; bolt doon tae the big smoke or whitever but sooner or later ye'll huv tae come back fur somehin. Family matters: a funeral, yer sister's weddin—fuck knows. Ye'll tell yersel it'll be awright, it's just this wance, naebody will find oot. Ye'll keep tellin yersel that until ye turn a coarner wan day an—BANG, done in. Yer tea's oot.

Ye'll no even see it comin.

Naw, ye cannae run away fae yer problems. Keep it comin he sais. That's aw that matters tae cunts like Mullin, so fur the time bein, that's whit ah'll dae.

ooooo

The motor's sittin oan the street ootside the flat when ah get there wae a wee guy; a wean just, sittin oan the kerb, flingin chuckies oot oan tae the road. Seein me approach, he stauns up, 'You McShane?' he sais.

'Aye.' ah sais, lookin aboot fur whitever next the day's goat tae throw at me.

'Here,' he sais, flingin me the car keys, 'Big Monty sais ah wis tae wait an a guy called McShane wid come an get the motor. He sais ye might no though. Ah wis tae gie it an ooir an if ye didnae show, take the keys up the stair an post them through the door.'

He turns an walks away, the boay, an ah'm left staunin, wonderin whit tae make ay it. Whit the fuck did he mean, 'ye might no though?'

It'll just be that fuckin Monty bastart tryin tae put the shitters up me ah tell masel, an turn the key in the ignition.

Efter stoappin an gettin a couple ay rolls an sausage an a boatle ay Irn-Bru at The Roll Inn, ah head back tae ma gaff tae get masel squared up afore gaun tae see this fuckin Zander Patterson arsehole that's caused me aw this grief, the greetin faced cunt.

There's a level ay entitlement that comes wae these small-time coke dealers, the wans that dae it tae support their habit. Wans like Zander.

He hoovers enough ay it up his ain beak every week wae his parties—showin aff tae his cohorts he tries tae impress wae the Billy-big-baws act—that whit he punts just aboot covers whit he's usin. An so the cycle continues.

The problems happen when there's a break in the cycle. If they're runnin low or worse—they've run oot.

See, charlie bandits think they're sophisticated, like they're a cut above other recreational drug users. *Posh*, some cunts call it, daint they? Well no aboot here, ye'd get yer baws parted fur that patter, but its perceived as bein the drug ay choice fur cunts wae a bit ay dough. Synonymous wae bright lights an glamour an aw that shite.

Mibbe it *is* associated wae aw that Hollywood pish but when ye get doon tae it, a cokeheid might no be jaggin it in thur airm but they're as much ay a fuckin addict as any other, know whit ah mean? It just so happens that the drug itsel propagates such lofty ideas ay wan's self-importance. It's a cycle awright—a self-perpetuatin wan.

Ah text the fuckin slimy bastart an tell him ah've spoke tae Mullin an ah'll be there soon, afore stickin another line oot. Just a wee wan, tae keep me oan ma toes. Ah need ma wits aboot me dealin wae this cunt.

○○○○○

When ah pull up tae his hoose, the street's quiet. Nae party's in full swing this time, that's fur sure. He's awready staunin in the porch when ah get tae the door, wearin another two-sizes-too-wee Lacoste polo shirt an some fuckin wanky three quarter length cargo troosers wae they wee lassie's ankle soacks cunts huv startit wearin. Ah think the concept is that the wearer will nae longer huv tae endure the horrors ay an unwanted tan line where the soacks wid usually be; no a particularly manifest problem in the Glesga area, in ma experience.

'Stevie, ma bro-ski, mone in son!' he sais, like we're bosom buddies.

He directs me through the kitchen an oot tae the bar set-up he's goat in the garage, gesturin taewards a stool, 'Sit doon,' he sais, pourin a gless ay MacAllan single malt an gien us it oer.

'Single malt, eh? Never let it be sais, that ye deprive yersel ay the finer things in life, Zander.' ah sais, haudin the amber liquid up in the gless tae the light, inspectin it, as if ah know whit the fuck ah'm dain.

'Whit, this? A client gied us it as a wee thank you fur a joab we done fur him. A small boutique hotel, as they're callin them these days, oot in Bridge of Weir. All the windows, doors and a state of the art kitchen fit-out. Ah kin take it or leave it personally, but ah thought, seein as ah've goat a bit ay a proposition fur ye, ah'd break it oot.'

'Whit dae ye mean *proposition?* Ah thoat ye were just efter yer usual… ah've goat it here.' ah sais, noddin taewards the bag. Ah'm never sure if it's the best idea, kerryin it aboot wae me everywhere, but the truth is, apart fae when ah know it's left in the hoose, behind loack an key, ah'm feart tae let it oot ma sight.

'Aye, well ah dae, we'll get tae that soon enough. It's another matter ah really needed tae see ye about.' he sais, conspiratorially.

'Enough tae phone Mullin an kick up fuck because ye couldnae get me immediately last night? Oot ay fuckin order, by the way. Somethin came up. The phone wis aff fur a reason! Ma coat's oan a shaky nail as it is wae him.' ah reply, indignantly. Ah get the feelin he's no used tae bein talked tae like this as he shuffles awkwardly oan the bar stool he's sat doon oan, next tae me.

He runs his finger roon the rim ay the gless like he's thinkin ay whit his comeback should be, 'You're right Steve', he sais, business voice fully implemented, 'It's just that, this proposal I've got… it needs tae be for your ears only.' He looks me in the eye, presumably tae drive it hame, 'It's delicate, but I don't see how a couple ay smart fellas like us cannae work it oot between us?' he sais.

'Look, Zander. Ye'll huv tae stoap talkin in fuckin riddles fur a start. Whit is this proposition yer oan aboot an where dae ah fit intae it?' ah sais, tirin ay his pish.

Sensin this, he pulls a bit closer an lowers his voice, though ah've nae idea why, there's nae other cunt here, 'Ye see, whit ah'm proposin here's delicate, like ah sais. Ye remember Coln that wis here the other week there?'

'Big growlin bastart, wired oot his dial, stood just here makin me feel aboot as welcome as a dose ay syphilis? That Coln?'

'He'd been on it fur days that time. He's alright when ye get to know him. Really, he is but aye, that's the one. He's lookin tae buy some gear.'

'Is that it? Fuck sake, ye hud me gaun there fur a minute.' ah sais, feelin relieved.

'Aye, but it's no as straightforward as that, mind ah told ye no to mention where this gear wis comin fae—who you're sellin it fur?'

'It rings a bell, so he disnae like Mullin. Join the fuckin club.'

'It's worse than that Stevie, he disnae just dislike him, he fuckin despises him. There's a lot ay bad blood there fae years ago. Coln an his brothers were in a 'dispute' wae him, to put it mildly. Tit-fur-tat stuff.

A sizeable debt ay some kind. Ah didn't go intae details. Don't know if it's ever been settled. Goin on nothin other than the fuckin sheer, unadulterated hatred in his eyes when ye mention his name though, ah'd say not.'

'Look, money's aw that matters tae Mullin. Ah'll sort Coln oot wae whit he needs, an nae names need tae be mentioned, how's that?'

'Good. That's whit ah thought you'd say. Look, Coln's a business partner ay mine. We make a lot of money together an in order tae ensure that continues tae be the case, ah want tae help him secure this stuff. You dae this fur me, an ah'll see ye alright. How does five ton sound?'

'No as good as a bag ay sand.' ah reply, the words leavin ma mooth faster than ma brain kin keep up wae.

He starts dain this wee nervous laugh, 'Okay, seven hundred, an remember you're the man here. You're settin the price, as long as we're in the right ballpark; the going rate or thereaboots—whit ah'm sayin is, fur an enterprisin individual, there's mare money to be made here? Ye followin me?'

Ah'm foalliein him loud an clear, but it's no sittin well wae me. Whit dis this cunt want tae help me oot fur, know whit ah mean?

He continues, 'Thing is though, it's a bit of a larger quantity than we've been dealing wae. In fact, ah think at this juncture, it's probably better he explains himself. COLN! YOU CAN COME IN NOW!' he shouts, oot ay the blue, 'Now remember, you're the guy. Don't fuckin mention Mullin's name.' he sais, his voice a low growl again.

The big Coln character comes in the same waiy we did, through the kitchen. He must've been sittin in the front room or up the stair or somethin the whole time.

'Stevie McShane!' he sais, 'You're the man that can, ah'm hearin.'

'How's it gaun?' ah sais, tryin tae keep it calm an collected, like ah really *um* the man. He shakes ma haun, lookin me straight in the eye. Ah fuckin hate that, like he's tryin tae get the measure ay me by lookin right intae ma bein. It's probably ma auld Dutch's fault, but ah'm a bit wary roon the gypos. Curses an aw that shit. No that ah think this big bruisin bastart's capable ay aw that caper. Is anybody? He's mare than capable ay dain the intimidatory routine though as he squeezes ma haun like he's wringin oot a wet sponge.

He's goat mad sparklers man, teeth pure gleamin. Ah think he's hud them chemically fuckin bleached or somehin. They're no right lookin, fuckin luminescent, they ur. Ah'm imaginin whit they'd look like under wan ay they dark lights when he sais, 'Stevo, ah'm looking for some of that cocaine yer floggin. Zander here sais you're the man.'

'Aye, he mentioned. Of course, if ah kin help ye, then ah will.' ah sais, gien a reassurin glance in Zander's direction, 'whit is it yer lookin fur?'

'A box.' he sais, casually, 'if ye can dae that initially, then we'll see where we go from there.'

'A boax? A kilo?' ah sais, takin a large moothfae ay the whisky fur the first time, 'that's a heavy lump ay ching Coln. Mare than ah usually deal wae in a week. By a considerable margin.' ah sais.

'But you *can* get it?' he sais, 'from the Templeton's, Zander's filled me in on the supply chain. See, I—we, don't know them. Never had dealings but you—*You*,' he sais, pointin at me like ah don't know who he fuckin means, '*You* do, and that makes you a very useful friend to me.' he sais, 'Zander, the man's glass is empty, we can't have that.' an wae that, Zander's oan his feet, pourin another hauf intae the gless.

'Supposin ah *could* get this fur ye, whit dae ye intend oan dain wae it… '

'Stevie! Ah don't see how that's any ay your concern.' Zander cuts in, makin wee understated shakes ay the heid as if tae say ma line ay questionin is oot ay order.

'Naw? A key ay high quality gear, just aff the fuckin boat suddenly hittin the streets. Ah kin think ay a few people, the Templeton's included, that huv a vested interest in knowin where it ends up, know whit ah mean?' ah sais, feelin it's in everybody's interests tae know an it's *exactly* the kind ay thing a guy in ma position should be askin.

'No, Zander yer out of order there. Stevo's every right to ask the question.' Coln sais, vindicatin ma position, 'It's goin through to the East, Edinburgh mainly—we've family connections through there. Some of it might make its way to Fife.' Ah dae everythin in ma power no tae burst oot laughin at that. Ye'd dae well tae find twinty Fifers willin tae hauf in fur a gram, 'So, now you know. We good? Can you do this for me?' Coln sais, lookin aw intense an serious, awaitin ma answer.

Ah take another big stank ay whisky. Fuck that savourin the flavour shite, every nerve in ma boady feels like it's coursin wae electricity.

'Aye, ah kin dae it. It won't be the morra though. Ye'll huv tae leave it wae me' ah sais.

'Fair enough, Stevo. We'll leave it with you.' Coln sais, 'Slàinte mhath.' We raise oor glesses an ah feel a hoat flush ay trepidation wash oer me, foallied sharply by a cauld, spine tinglin sweat as ah consider the nature ay whit ah'm gettin masel intae.

Aw ah know is, if ah play ma cairds right, this represents ma best chance tae get oot ay this mess wance an fur aw. It's just like ah'm always tellin Scanlon, *Carpe Diem*, man. Seize the day, know whit ah mean?

EIGHTEEN

Dyin Embers

The flames huv died doon an receded when ah look in the metal dustbin. Ah'd punctured holes in it the previous summer tae make a wee incinerator fur aw the deid twigs an leaves an other combustible material ah came acroass in the gairden. There's plenty ay that, believe you me.

There's no much mare than ash an embers noo, smoulderin away at the boattom ay the thing. It glows rid hoat when ah blow intae it, sendin grey ash swirlin roon the interior, afore risin upwards wae the smoke an away, kerried aff by the breeze. No afore coverin ma face wae the bloody stuff in the process, mind you. Ah knew it wis gonnae happen. Empirical knowledge. It in nae waiy dissuaded me fae gien it a lungfae ay air aw the same. Hud tae be sure, ye see.

Scoopin up an airm fae ay the deid leaves ah've raked up, ah fling them intae the fire. Thick, white smoke comes chuffin oot ay it like the funnel oan the bloody Waverley Steamer. Ah batter in another haunfae fur good measure an get ma barra tae gether up mare shite ah've stowed doon by the shed.

Mrs McClymont fae acroass the back ay me's getherin in her washin tuttin tae hersel. Ah gie her a wee wave as ah set aboot shovellin mare refuse intae the barra. Ah suspect the tuttin's fur ma benefit, ah doubt the earthy musk ay burnin leaves is the fragrance she wis hopin fur oan her washin. Greetin faced bloody wummin.

A man's a right tae huv a wee, controlled fire in his gairden for purposes ay regeneration. Get rid ay the auld, encourage the new tae bud an blossom. Aw the nutrients in the deid foliage ur released when its broken doon, as ye burn it, making excellent fertiliser tae be used tae stimulate new growth. Bloody simple enough.

The unrelentin smoke tumbles oot ay the bin, rollin oot like white watter, in some gravity defyin, frothy deluge as ah approach wae the barra. Ah coup the deid brambles ah've gethered next tae it, an sit doon oan ma bench. It's needin a bit ay attention. A sand doon an a new coat ay varnish. It wis Jeanie's favourite place in the world. Oan this bench, in this gairden. Bloody smoke. Ma eyes ur watterin.

Ah grab a bundle ay the branches an bind them tightly thegither wae some string, forcin them intae the bin. The flames rise quickly, crackin an snappin the brittle, bound cuttins until they spring apart, the string burnin away in the heat.

The blaze roars in the bin, tearin through the bracken insatiably an fur a minute, ah'm beholden tae it; hypnotised, watchin the flames dance an spit wee burnin embers ay ash intae the evenin sky.

'Room fur a wee wan oan there?' ah hear fae behind me. Ah squint ma eyes in the encroachin gloamin ay the day tae see. 'Daniel! C'mere ma boay. Of course there's room. There's always room wae yer auld Granda.' It took me a second tae adjust tae the light. Ah thoat fur a second, just a wee moment in time that it wis his faither; ma son, John. 'Christ son, yer awfy like yer Da—ah hud tae take a second look there.' ah sais. He sits doon next tae me.

'Ma Da, eh? There's a blast fae the past.' he sais. Ah kin smell the drink aff him an his face looks swollen, oan the right side, grazed, wae speckles ay dried blood.

'Whit happened tae yer face? ah sais.

'Just a daft fight.'

'Did ye start it?'

'Naw.'

'Did ye finish it, then?'

'Aye, it wis finished awright.' he sais, shufflin, kind ay awkwardly in his seat.

'As long as it wisnae your fault son. A fair fight's a fair fight.' His face glows orange in the light fae the fire, the accompanying shadows movin acroass his features. There's a sadness there. Ah recognise it. Ah'd seen it afore in his faither. Christ, ah'd seen it in me. Ah put ma airm roon his shooder an pull him close tae me. 'We worry aboot ye ye know, yer mother an me. Yer aw we've goat.'

'Ah wish ah could remember him. Ah mean, mare than ah dae', he sais, efter a silence, breaking up a twig he hud in his haun an flingin the wee pieces intae the flames.

It's been a long time since he's mentioned him. He wis just a boay when the Polis came tae the door that night; only just beginnin tae know him.

The last ay the sun, sinks away, ahent the rooftoaps tae the west as ah go ben the hoose tae make us baith a cup ay tea. Vast streaks ay crimson an orange splash the clouds above as ah look back at him, loast in his ain thoats, ardent in the light fae the fire.

○○○○○

'Whit wis he like, ma Da?' he sais tae me as ah haun him his mug. This day wis always oan the cairds; the day when he'd want tae know aw aboot his faither. It's only right. He'd asked wance or twice when he wis wee an we'd telt him, Jeanie an I; telt him that he wis a good man, a fine man an that he loved him mare than anythin in the world, an that God hud needed him tae go up tae heaven tae help him an he'd see him again wan day—the kind ay stuff ye tell a wean. He's no a wean anymare though, that's the thing.

○○○○○

'Yer Da wis born in nineteen sixty wan. July the twinty-second, it wis. It wis a great summer. We'd just been gied the keys tae the hoose, yer Granny an me, the year afore. She wis so excited at becoming a mammy that she painted his room hersel. In her bloody state!

Aye, she wis a headstrong wummin, yer Granny. Wance she'd set her mind oan somethin, she'd see it through, an hell mend anybody that goat in her waiy.

So we hud oor wee hoose an a baby oan the waiy. Then the day came. When the foreman came tae tell me she'd went intae labour ah near faintit. He'd tae get me a nip ay whisky tae settle ma nerves an then ah wis off.

Ah goat ma push bike an peddled aw the waiy tae the Rottenrow fae Parkheid like the bloody clappers.

The midwife sais it wis wan ay the fastest examples ay labour she'd dealt wae in some time. It didnae stop her fae gien me the daggers fur no bein there sooner, right enough, but things were different back then. The time word hud goat tae me at work an ah'd made ma waiy there, it wis aw oer. It didnae matter. No really, because when ah saw him lyin there in yer Granny's airms, *nothin* else mattered. Nothin in the world except this wee tiny thing lookin back at me. Ah did well tae haud back the tears. Better than ah'm dain the noo anywaiy.' Daniel hauns me a tissue fae his pocket. Bloody stupit auld bugger. 'Its awright Granda, ye were sayin… ' he sais tae me.

'Aye, of course son. It's just been a long time since ah spoke tae anybody aboot this. It aw comes back.' he nods an ah know he understauns. 'So that wis us, soon yer Granny wis allowed tae come hame wae the baby an that's whit she did.

It wisnae always easy. Ah'd be lyin if ah sais different, but then, it wisnae easy for anybody in they days but ah took work oer in Scotstoun in the shipyerds, where there wis plenty ay overtime so's ah could provide aw the things a man should.

He wis a wee toerag, yer auld man. Always oot playin wae his pals an comin hame manky black. His bloody erse wis hingin oot troosers maist ay the time. Yer Granny wis furever clippin his ear fur the state he came hame in. Ah telt her tae leave him be, 'There'd be somethin wrang if he didnae come hame like that, ye cannae wrap them in cotton wool.' ah sais.

He wis a good boay though, ah'll tell ye. Did yer Mammy tell ye he could've been a professional fitba player? Hud trials fur Rangers, so he did. Wan ay their scouts watched him play at under fifteens. Never happened in the end. He went awright, hud a good trial by aw accounts but nothin ever came ay it. Ah suspect it wis his second name. Back then ye hud barriers tae entry fur every profession wae a name like Coyle, no just fitba.

No long efter, he startit gettin intae the drugs. The wacky baccy at first. Christ, they were aw dain it. *You're* no intae aw that shite, in't ye no son?'

'Naw Granda, no me. Ah just like a pint wae the boays at the weekend, ye know that.' Daniel sais.

'Aye. That's whit ah thoat. Sorry son, just hud tae ask, ye know? Where wis ah then? Aw aye, the drugs. Well, efter a while it wis the hard stuff. Bloody heroin! Ah don't know where we went wrang wae him.' ah feel the tears wellin in ma eyes an ah try tae stoap masel, ye know, fur the boay, but it's a struggle.

'Ye awright Granda? Ye want another cup ay tea or somethin?' he sais tae me, but it's awright. Sometimes, every so oaften, the pent up emotion that ye tie in a knot an bury somewhere deep inside ye, comes tae the surface. Just tae remind ye that it's there, that yer human; that people that meant so much tae ye, still dae, even if it's only memories. 'Aye well, don't waste yer tears oan a junkie bastart like him.' he sais, wae a fervant, caustic hostility ah've never seen in him. Christ, ah've rarely seen it in anybody.

'That's ma son you're talkin aboot. *Your* Da! He wisnae aw bad ye know! He'd turnt a coarner. When he met yer Ma an they hud you, he squared himsel up. He wis a workin man, like me! It wis years later it happened. Nineteen eighty-nine. A relapse they cry it, when they go back tae it efter years ay sobriety. He wis dain so bloody well an aw.'

'Aye? Well he went an fucked everythin right up, din't he? Just like he always did.'

'It's no as straight forward as that.' ah sais, snappin back at him.

'Seems straightforward enough tae me. He goes oot wan night efter bein oan the straight an narra fur years, leavin his wife an wean in the hoose an proceeds tae get full ay smack. Predictably, he overdoses an dies, leavin us tae fend fur oorsel… '

'He never bloody overdosed! Yer faither kilt himsel Daniel!' ah interject, cuttin him aff, 'Jumped oot ay the veranda oan the ninth flair ay the high flats.' ah continue. He looks at me, dumbfounded. Ah didnae mean fur him tae hear it like this.

'But ma Ma sais it wis the drugs that done him. That's aw she ever sais. Refuses, point blank, tae talk aboot it. Whit did she mean by that, eh?'

'They did a toxicology report, a post-mortem, an he wis as high as a kite again apparently. Efter aw they years he bloody threw it aw awaiy gettin full ay that shite again. Who knows where his heid wis at, whit it dis tae them. He probably thoat there wisnae any point anymare, that he'd let everybody doon.'

'So, tae lighten the blow he thoat he'd relieve us ay his existence, is that it? He wis a selfish junkie prick. A coward! Whit kind ay man dis that tae his wife an wean, eh?'

'Who knows son? Who knows whit it dis tae ye. Yer Granny never believed it, sais he widnae huv done it but how did *she* know? God rest her, how dis *anybody* know? He always hud a sadness tae him, yer Da, ah don't know, a dark cloud hingin oer him. Ah didnae want tae believe it but sometimes… sometimes ye just huv tae accept things fur whit they ur. Just remember, he loved ye, son, he wis a good man.'

'A good man? He loved me, eh? Some fuckin Da he wis! Fuck him!' he sais an he's greetin again, only this time he's no hidin the fact. He looks at me an ah see him as he really is; as we aw ur really, when ye get doon tae it; a fragile wee wean.

'Ye don't know whit he wis gaun through son. Nane ay us dae. By the time the polis goat there, the flat wis empty. A bloody hovel, it wis. Drug paraphernalia lyin aw oer the place.

They managed tae track doon two other people who were there. Witnesses. They baith sais the same thing, that they seen John—yer Da, oan the veranda, starin oot wan minute, an the next, he wis gone. He'd nae chance fae that height.'

The fire's died doon as ah look in the bin, pokin the contents again wae the broom haunel. Just a pile ay grey ash an dyin embers, some ay which rise up intae the night sky afore they extinguish, snuffed oot, gone, elucidatin it aw somehow.

He stauns up an looks at me, the boay. He sais nothin though, insteid reachin fur another bundle ay the deciduous foliage ah'd bound, flingin it in the bin. Efter a few seconds it roars back tae life again, an we sit fur a while in silence, watchin the flames dance.

NINETEEN

¥

The Power ay Suggestion

The street's silent an cauld, the last bite ay winter's teeth clamped tae the mornin, hingin oan in a furtive, futile last effort, in defiance ay the advancin summer.

Ah hear Joe's van afore ah see it, the diesel engine announcin his arrival as it chunters roon the coarner at South Chester Street. Thick bluey-white smoke spews oot fae underneath it an the gearboax grinds as he tries tae select a gear, the high revs raspin oot the command, screamin fur compliance until he finds it, an the sequence begins again.

A waw ay exhaust fumes drift oer the parked motors oan each side ay the road, like waves in the wake ay a boat, waftin oot behind him as he hurtles doon the street afore comin tae an abrupt stoap acroass the road fae me.

Chokin diesel fumes waft lazily by, overtakin the stationary vehicle, blawn by the mornin breeze, rollin doon the street in a noxious, chokin fog.

The driver's side door's blue while the rest ay the van's white, darkenin tae a sandy, beige colour the lower oan the boady ye look, caked in a thick coverin ay dirt.

There's the obligatory work van graffiti scrawled intae it oan the passenger side ah cannae mind bein there afore:

I WISH MY WIFE WAS AS DIRTY AS THIS.

'Awright Joe, ah wis beginnin tae hink ye wurnae comin there.' ah sais, gettin intae the passenger seat.

'Rough as a badger's tadger wee man, ah wis doon The Railway

Tavern last night wae a few ay the boays.' he sais, his bleary eyes supportin the statement.

He sets aff, careerin in an oot ay traffic like a fuckin headcase, presumably cos we're late, only tae throw away any time we've clawed back by stoappin at the wee bakers oan Bellgrove Street fur a bacon roll an a cup ay coffee. Goat tae be done right enough, nae danger. Cannae work oan an empty stomach, late or no.

Ah'm no that hungry so ah just get a roll an sausage, tottie scone an black puddin, a cup ay tea an a chocolate éclair.

Joe inhales his roll like a whale eatin plankton an skins a number up, sais his heid's burstin an he just wants tae tune in tae his graft an get the day oer wae. Fair enough, ah suppose, cos judgin by the hoppy, ethanol infusion ay the odour in the van fae the sweat he's expellin, his heid must be.

Ah take a couple ay digs an aw as we get gaun again, afore haunin it back an he finishes it, pappin it oot the windae as we arrive at the site.

We're an ooir late an the car park in the basement ay the buildin used by contractors is full tae capacity.

'ACH, FUCK SAKE MAN! FUCKIN BASTARN SHITEHOLE!' Joe shouts, punchin the windae. His voice reverberates aroon the echo chamber that is the car park, an a couple ay the auld Irish brickies that ur gettin tools oot their van look oer, afore promptly decidin it's nane ay their business, avertin their gaze.

'Whoa, Joe calm doon man, ye awright?' ah sais.

'Ah um fuckin calm.' he sais, his flarin nostrils suggestin otherwise.

Efter reversin back up the ramp an intae the road, against the flow ay traffic, in defiance ay the signs plastered aw oer the place tellin ye no tae, he flicks oan the hazard lights an screeches tae a halt just ootside the site entrance oan Hope Street.

'Right, Danny boy, ah suppose we better get in there an dae a bit, eh?' he sais, aw measured an calm again; a different guy.

We're at the back door, gettin the daisy roots an hard hats oan when his phone goes. Signallin that he'll be two minutes, he gets back in the front tae take the call.

Ah'm in the van, tryin tae fish oot some ay the tools we'll need when a voice comes fae oer ma shooder, 'NAW, NAW, NAW, NAW. WE'RE NO HUVIN THIS!' It's John Draper, the Site Manager, shakin his heid, pointin an shoutin wae another young, plukey faced, student lookin cunt who's noddin his heid in agreement.

'Kin you fuckin read, stupit cunt?' he sais.

Whit?' ah sais, as much tae make sure that ah'd heard him right as anythin else.

'Kin. You. Read?' he sais slowly, makin a show ay it, smiling an lookin tae his minion in a show ay authority.

'Aye. Ah. Kin. Read.' ah sais tae him. Fuckin site manager or no, ah'll heider this cunt.

'Well… you'll huv nae trouble readin that sign oot then, wull ye?' he sais, ignorin ma question an pointin tae the sign oan the scaffoldin above him.

'Aye, yer right. Nae trouble wae that.' ah sais, fully aware ay where the condescendin wee prick's gaun wae it.

'Well?'

'Well whit?'

'Well, whit dis it say?' he's staunin, expectantly, airms croassed, like a schoolteacher.

'RESTRICTED AREA. NO PARKING UNDER ANY CIRCUMSTANCES.'

'Well done, ye kin read. Noo, dae ye mind tellin me whit yer parked here fur well? Ah've goat the cooncil breathin doon ma neck aboot ve-hi-cular congestion oot here! Ah've goat better things tae be dain than dealin wae this pish! Is that cannabis ah kin smell?' he sais, casually appendin the last sentence.

Afore ah kin muster a response, the door ay the van slams shut as Joe gets oot.

'Listen, cunt, Ah've just sat in there an heard every word you've just sais tae that boay. Who the fuck dae ye hink you're talkin tae, eh? Kin *you* fuckin read?'

'Eh… aye, of course ah kin,' he replies, flustered, 'if you could just give me a moment Brandon—I'll catch up with you in my office.' he sais, turnin tae the wee understudy who disnae need tae be telt twice an fucks off, lookin relieved tae leave him tae it.

'Well, whit dis that sign up there say?' Joe asks. Draper sais nothin fur a second afore relentin, 'It says RESTRICTED AREA… '

'No that wan.' Joe interrupts, 'the big wan up there oan the scaffoldin, whit dis *that* say?'

'Jamieson Construction Ltd. but ah fail tae see whit that's goat tae dae wae anyhin.'

'Aye, Jamieson Construction. Established by Wullie Jamieson in nineteen eighty-wan. See, he's a good mate ay mine, Wullie. We go back years. Ah first met um when we were servin wur time as boays. Done awright fur himsel, the big yin but he's still the same guy. Diamond, so he is. Ah wis just talkin tae him last night as a matter ay fact. Dae you know him?'

'No well, ah'm aware of Mr. Jamieson but ah huvnae been wae the company fur too long so… '

'So… ah'll tell ye whit's fuckin so, if ah ever hear you talkin tae any cunt oan this joab like that again ah'm gonnae fuckin burst ye, okay? Then ah'm gonnae phone Wullie an tell him whit it wis fur. Noo we're just gonnae get this van unloaded an then we'll shift it oot yer road, right? See ah find, if ye speak tae people the waiy ye'd like tae be spoken tae yersel, ye get oan just fine waeoot any problems whitso-fuckin-ever, know whit ah'm sayin?'

'Eh, aye. Well, you certainly make a strong argument for it. Most illuminating. How's the fourth floor coming on?' he sais, drawin a swift veil oer the incident.

'It's comin on fine pal, we'll be finished wae it the day ah reckon, then we kin make a start oan the third next week.'

'Right well, good stuff. Ah'll, eh… I'll speak to you later then.' he sais, sheepishly backin away, headin intae the site.

'Fuckin prick.' Joe sais quietly as he grabs a toolbag an starts in the same direction, 'Mone, we better get this finished the day noo.' he sais an ah grab the drill, the big bead an a bag ay plaster, shuttin the door wae ma arse afore duckin in the doorway efter him.

He's a good cunt, Joe. Bit ay a mad swingin personality mind. He's either chirpy an full ay banter an that or he's gaun aff oan wan, wantin tae burst cunts. Still though, he's bran new wae me, so that's aw that really matters.

He's no done me a bad turn yet an the wages ur good—he gies me a bit extra cos ah don't mind hingin back till he gets his measure done fur the day—which makes me feel shite aboot aw that kerry oan at the fitba.

He'd clocked the marks oan ma coupon oan Monday mornin an made some comment aboot me lookin like ah'd been talkin when ah should've been listenin, but didnae push it any further. He didnae notice the knife missin, or if he did, he didnae say anythin aboot it. It wis a ten-a-penny stanley knife though so ah doubt it even registered. Still, that's no the point, man.

Ah wis glad nothin came ay it cos efter McDade chibbin the boay an then ma Granda's revelations aboot ma Da, ah'd hud ma fill ay drama fur the week. Ah kept wonderin if the cunt wis awright; the state ay his Chevy Chase an that. Ah even thoat aboot phonin the hoaspital at wan point afore thinkin better ay it. Nuttin good wid come fae it, just increasin the likelihood ay McDade gettin nipped. Ye cannae turn back the cloack, man. The damage is done.

ooooo

It's another late wan as ah knew it wid be. 19:06 it sais oan the big Irn-Bru cloack ootside Central Station as ah load the gear back intae the van. Hope Street's quieter than usual, the majority ay the day's commuters huvin cleared oot back tae the suburbs, schemes an peripheral toons they came fae. Only the occasional, lingerin group ay oaffice workers mingle wae the first ay the night's revellers, spillin oot ay taxis, hittin the pubs tae wash away the week; nullifyin whitever shite it flung thur waiy, if only fur a few ooirs.

The van's still sittin in the same spot that hud caused the flashpoint wae Draper in the mornin. Ah'd asked if we should move it efter we'd goat aw the tools an materials we needed oot.

'Fuck it! It's there noo,' he'd sais, addin, 'ah've already told him we'd be by wae this flair the day anyway. He cannae huv it aw waiys.'

As we drive aff, gien the auld security gerd a wave (efter Joe barked at him tae mind his ain business when he telt us we shouldnae be parked there) ah decide tae broach the subject again, 'That wis lucky, eh? You knowin the owner ay the company an that. Did ye see his face?'

'Whit?' Joe sais, confused, afore recallin, 'eh, aye ah know. Too right. That'll teach the cunt. Bet his arse wis makin buttons aw day.' he sais, swervin tae overtake a taxi that's suddenly stoapped, 'Arsehole.' he mutters, under his breath.

'Still though, some coincidence, int it?'

'Aye well, ah'll let ye intae a wee secret, ah might huv overstated ma relationship wae Wullie Jamieson a wee bit.' he sais wae an impish smile.

'Whit, so ye don't even know him then?'

'Well, ah've met him. Aboot a few month ago tae be exact, just afore that wee dick, Draper took oer the runnin ay the site. He was oan a walk-roon ay the joab wae aw the bigwigs; the developers, the money men behind the refurbishment—architects an whit huv ye.' he sais, weavin the battered van through the traffic oan the Broomielaw, '…the power ay suggestion Danny. Well, mibbe a bit mare than suggestion, but the end result's the same, He thinks me an his gaffer ur like that.' he sais, croassing his fingers and takin his eyes aff the road fur longer than he should, '…so it foallies, that he'll think twice afore gien me an you any mare ay his pish for the rest ay oor time there, which isnae long noo, anywaiy.'

'He could always check up.' ah decided tae point oot.

'True, Danny boy, true. He *could* decide tae dae a bit ay research but—na, he's aw mooth an nae troosers, that cunt. Fuckin kidology wee man, every cunt's at it. It's aw smoke an mirrors oot here in the real world, kid. Ye just need tae know how tae play thur gemme. Did yer Da no teach ye nothin?' he sais, afore realisin, 'sorry wee man, ah didnae mean tae… yer Da's deid, in't he?' Ah must've mentioned it in passin, although ah cannae mind.

He pulls up at ma close, the acrid diesel fumes envelopin everythin in a twinty fit radius roon aboot us again, announcin oor arrival.

'Don't worry aboot it. He's deid awright, he topped himsel, ah've just recently found oot.'

'Fuck sake. Ah didnae know that kid. Whit wis his name?' he sais.

'John.' ah sais, an he kind ay contorts his face, his eyes widenin.

'John Coyle? *You're* John Coyle's boay? Fuck sake, ah knew yer Da when we wur boays. Some fitba player he wis, by the way.' he sais. He seems ill at ease though, which is hardly surprisin, given the subject matter, an there's an awkwardness noo between us somehow—an uncomfortable silence.

Ah address it in the best waiy ah kin think ay by gettin oot the van.

'Huv a good wan, Joe. Go an get yersel a pint. We baith deserve wan efter that shift.' ah sais.

'See ye oan Monday, kid. Bright an early mind.' he sais, afore grindin the van intae gear an takin aff, leavin a trail ay smoke behind, hingin in the air ay the evenin.

TWENTY

▶

Don't Look Back

Ah struggle tae see just how close ah um tae it, reversin slowly, edgin the wee motor's rear intae the dimly lit yerd. The huge shutter rattles as ah misjudge the distance an nudge it. Barely. Just the slightest hint ay pressure but it's enough tae send a wave ay energy ripplin through it, rattlin every last metallic slat ay its twinty fit odd height.

It starts tae lift slowly an ah hear the pulley mechanism turnin, the metal chain clackin an clinkin aff itsel oan its climb an subsequent descent roon the pulley.

A dull moonlight trickles oot, projected oan tae the flair through the skylights oan the roof, as the door climbs, stoappin aboot four fit aff the grun. Scanlon sticks his heid oot, 'Whit ye aw aboot man, hittin the door? Ye blun, ya cunt? Yer gonnae get us baith the jail ya fuckin crackpot, ye.'

'Aye, sorry aboot that mate. It's hard tae see in this light.' ah sais, leanin oot the motor windae.

'Keep yer voice doon, wull ye? Bring the torch wae ye an get yer arse in here.'

Ma feet slide away fae me, the greasy flair mawkit wae grime an oil as ah crouch doon, scamperin under the door. Wipin ma hauns oan ma troosers, ah staun up tae a sea ay industrial tools spread oot in front ay me: generators, power drills, compressors, tig welders, table saws, mechanical hoists—you name it man, it's here. That's no whit we're here fur but.

Directin the beam ay light fae the torch, ah scan the area lookin fur wan, hopin ah'll know it when ah see it. Should be obvious but ah've only ever seen wan bein used wance, doon in London.

'Anyhin oer there?' ah sais tae Scanlon who's stumblin aboot at the other end ay the warehoose in the dark.

'Ah kin barely see the haun in front ay ma face. You've goat the torch, ya bam!' he sais.

The main fluorescent strip lights—high above us, suspended fae the structural steel—come clinkin oan, wan at a time, illuminatin the place in bright light. Ah look aroon, eyes dartin frantically tae see where the switches ur, tae see who turnt them oan, preparin masel fur the worst when Scanlon emerges fae between two ay the many rows ay storage rackin that tower oer us, 'That's better man. Couldnae see a thing there.' he sais.

'Ah thoat we were tryin tae be discreet here, man. You've just turnt the place intae the Blackpool Illuminations.' ah sais.

'Aw the mare reason tae get the fuckin finger oot an find this bastarn thing so we kin get oot ay here.' he sais, disappearin up an aisle.

There's rows an rows ay rackin, mibbe fifty fit long, wae shelves spaced four or five fit apart, reachin up tae the underside ay the corrugated, metal roof. Oan every shelf, there's pallets wae different items stored oan them, nane ay which ah kin identify fae here oan the flair.

A loud, high pitched noise, like an alarm, soundin intermittently, rings oot aroon the space… *BEEP, BEEP, BEEP, BEEP…*

Ah'm lookin fur Scanlon while at the same time, tryin tae judge the distance tae the door, the motor, an a possible escape, when he appears again fae between the rackin deeper intae the warehoose. He's reversin wan ay they side loader foarklifts, it's yella flashin beacon chasin roon the waws, bathin them in light, cyclically.

Burlin the huge machine roon, he approaches, soundin the horn an laughin like a wean oan the teacups at the shows, his earlier cautious approach seemingly abandoned, 'Hurry up, jump oan the foarks an ah'll lift ye up. There must be wan here somewhere.'

In the third row, fifth shelf up, ah see it. Ah nearly don't. Just another nondescript lump ay metal; another industrial tool, like every other item in here. Tae the ignorant, untrained eye, it's difficult tae discern its function, or even if ye kin conceptualise whit it dis, determinin whit ye might actually *use* wan fur, well, that's a different matter. A specialist tool, know whit ah mean?

'Take us back tae the door, ah'm no draggin this oer tae it.' ah shout oer the noise ay the foarkie.

He trundles acroass the open flair, the heavy machine ploughin through the plant an machinery lined up ootside the workshoap like they're no even there.

At the door, ah jump aff an we look at the battered, gunmetal grey steel case, rubbin a thick coatin ay grime aff the lid, revealin lettering: *Heavy Duty Hydraulic Press, Max Capacity 12,000KG.*

'Aw this, fur this?' Scanlon sais, 'Ye sure it's the right bit ay kit?'

'It sais right there, '12,000KG' That's twelve ton ay pressure, ye know. Mare than enough fur ma purposes. Gie me a haun tae lift it intae the boot.' ah sais, pullin the chain ay the pulley tae raise the door further.

'Aye ah wull, gies two minutes though.' he sais an runs back the waiy we came.

'Where ye gaun? We've no goat time fur this.' ah protest, tae deif ears.

By the time ah've raised the door enough an opened the boot, he's back, conspicuous by the leanin tower ay Bosch power drills stacked in his airms.

'Come oan tae fuck Scanlon! Never mind that shite an gies a haun wae this.'

'Carpet-fuckin-diamond.' he mutters fae behind the stack.

'Whit?'

'Seize the day! That's whit yer always givin it, int it? That's aw ah'm dain—well, seizin these drills anywaiy! Taxed mate. It's no up fur discussion. Ah'll punt them roon the pubs an that… buildin sites… '

'It's *Carpe Diem!* An yer missin the fuckin point! Just put them doon a minute an gies a haun wae this eh?' We lug the case aff the pallet oan the foarks an place it intae the boot afore flingin the cases wae the drills oan tae the back seats, 'mone, we're pushin wur luck here, we've been here too long awready.' ah sais, jumpin intae the driver's seat an startin the wee Corsa up.

A blade ay torchlight cuts through the darkness aheid ay us at the gate we'd came in. We'd cut the padloacked chain wae bolt cutters afore shuttin it back oer, which—judgin by the torchlight directed at us, shinin right in wur faces—ah'd say he's noo found.

'STOAP RIGHT THERE! AH'M PHONIN THE POLIS!' the guard shouts.

'Get the fuckin boot doon, McShane!' Scanlon sais, but he neednae huv bothered as ah'm racin acroass the yerd taewards the gate. The security guard's goat his back turned tae us, frantically tryin tae secure it wae the chain. Ma fit's tae the flair, gaun up through the gears, the speedometer reads 35MPH, the guard's still fuckin aboot wae the chain. 40MPH. He turns roon lookin at us comin taewards him, 'WHIT'S HE FUCKIN DAIN? MOVE!' ah shout, glancin at the speedo again, 50MPH.

Ah rattle the horn, keepin ma haun firmly placed doon oan it—as much as ma fit is tae the flair, 'He's no gonnae move. HE'S NO MOVIN!'

'He'll fuckin move awright.' Scanlon sais.

The heidlights flood oer him, his petrified face incandescent in the full beam ay the heidlights. He's just a young boay. Frozen tae the spot.

55MPH.

The gate smashes open an ah slam the brakes oan, narrowly avoidin careerin through the fence acroass the road, coverin the embankment doon tae the railway track.

'Telt ye he'd move.' Scanlon sais, his face chalk white.

'FUCKIN, FUCK ME!' ah sais, ma hauns grippin the steerin wheel like a vice.

Lookin in the wing mirror, ah see the boay gettin tae his feet, stumblin aboot in the dark, his torch still spinnin oan the grun.

Takin a few deep breaths tae compose masel, ah stick it in gear an we bolt, disappearin intae the night. We don’t look back.

TWENTY-ONE

The Domino Effect

Chic McHendry tips the dominoes oot, clatterin them oan tae the table an mixin them up like some bedraggled auld mystic preparin tae read his tarots. He slides the upturned pieces aboot in wide sweepin movements, nearly knoackin Wullie Henderson's drink oer.

'That'll dae man, fur fuck sake.' Wullie sais.

'Just makin sure thur mixed up right, it's important.' Chic sniffs, continuin the ritual.

'So's playin at least wan gemme afore last orders ya mad crank, ye! Get them dealt oot.' Wullie replies, wryly, flippin the last ay the roll-ups he's been buildin. It's the back ay two in the efternin.

'Aye, hurry up, wull ye?' ah sais, gettin agitated masel.

'Don't *you* start Coyle. It's bad enough wae this cunt here.' Chic sais, dolin the dominoes oot, 'Who's aw in?' he sais, lookin roon the table.

'No me.' Tam sais, fae the coarner.

'Ah'll play.' Andy McDermott sais, an me an Wullie nod oor heids as Chic coonts them oot.

'Whit's the matter wae ye, Tam? How ye no playin?' Chic asks, no breakin a beat fae his dealin.

'Aw, he's feelin sorry fur himsel cos ay this bother he's goat himsel intae. Ah've telt him though, it'll no dae tae mope aboot. Ye just need tae dust yersel doon an get oan wae it.' ah sais an take a large moothfae ay ma hauf. Ah almost convince *masel* but the truth is, aw we've managed tae dae is evade the swines since the last visit. Kickin the proverbial can doon the road.

'How, whit is it? Whit bother?' Chic sais, rackin up his doms. Tam looks embarrassed an lights a fag.

'He's only went an goat himsel mixed up wae bloody loansharks! Gettin hounded aff the swines, so he is.' ah sais.

'Here, ye want tae watch yersel wae they kind ay folk. Liberty takers, them. That's aw they ur.' Andy McDermott pipes up. Tam looks like he's gonnae explain himsel; that he didnae know whit he wis gettin intae; that he wisnae a bloody fool an he'd been taken a len ay, but he disnae. He just kerries oan smokin his fag, runnin his finger doon the sections ay *The Racing Post,* immersed in it, tryin tae block oot the conversation—willin it tae move oan tae the next topic; wan that didnae revolve aroon him bein a mug.

'*That'll* no sort it oot anywaiy, wull it?' ah sais tae him, noddin taewards the paper in his hauns, him still examinin the sections.

'Some cunt's goat tae win, Coyle. There ye are, see? *Jack-in-the-boax*, runnin at Aintree in ten minutes, ah'm huvin some ay that.' he sais, haudin the paper up, ' …it's a sign, int it? Jack-in-the-boax, like ma daughter, Jackie. Ah'll catch the bookies afore it starts.' he sais, lookin at his watch an foldin the paper oer, tuckin it under his oxter. He downs the last ay his lager an shuffles aff through the throng ay efternin drinkers, the hubbub fae whom fills the air like static electricity.

Ah'm chappin, so take the opportunity tae go an get a round in at the bar while McDermott makes a show ay it afore his shot, starin intently at his options like he's playin high-stake Texas holdem insteid ay poun gemmes ay dominoes.

'Same again aw roon, is it?' ah goes, walkin away fae the table taewards the bar, no really interestit in an answer. They'll huv the same again, an they'll like it.

Blarin, cartoonish music accompanied by the machine gun rattle ay coins paiyin oot intae the collection tray startle me as a young yin hits the jackpot oan the puggie next tae the toilet oan the waiy by. He's crouched doon, the boay, scoopin the coins intae his jumper, the material ay which he's stretched oot intae a makeshift pouch fur his bounty. It's a good joab Tam's left fur the bookies, he'd been watchin the puggie like a hawk; sais it wis ready tae paiy oot. He wisnae wrang, there must be a couple ay hunner quid there anywaiy. The waiy his luck's been gaun, that wid huv scunnered him, an nae mistake.

Gettin back tae the table wae a round ay haufs an a jug ay watter, ah set thum doon afore ah go back fur the hauf pints ay lager an pint ay heavy fur Andy. It's too busy tae attempt bringin it aw at wance. Too many bloody eejits bouncin aboot full ay it. It's the fitba, ye see? The Cellic gemme's oan shortly. 'Whit in the name ay Christ ur ye dain Coyle? We're sittin here waitin oan ye tae take yer shot.' Henderson sais.

'Whit dae ye think ah'm dain, eh? Gettin the bloody drinks in ya crabbit bastart, ye. Some bugger's goat tae an ah didnae see you movin!' Ah'm in full defensive mode wae the swine cos ah'm no gettin pult up fur huvin the civility tae go an get a round in aff ay him. Christ, doon the bowlin club they call him the blacksmith, oan account ay the fact that whenever it's his round, he makes a bolt fur the door.

'Where's auld Tam O'Henry?' a voice comes fae ahent me.

'He wis here five minutes ago, ye've just missed him.' Wullie sais, openin that big mooth again afore ah kin say anythin. Ah've a feelin ah know who it is, turnin roon only confirms it.

Christ he wisnae kiddin aboot the scar either wis he? A big bloody Mars Bar ay a thing gaun right acroass his left eye an cheek.

'Just missed him, eh? Where's he away tae then?'

'He's just nicked intae… '

' …his daughter's… needs tae watch his grandweans, ye see,' ah cut in afore Wullie dis anymare damage wae his gub, 'aye, he'll no be back in here the day noo.' ah sais, wae some degree ay finality. He looks at me, the big cunt, like he knows ah'm lyin. Christ, these other useless bastarts huv aw but telt him, ' …is there anythin ah kin help ye wae son? Ah kin pass oan a message.' ah sais tae him.

'Just tell him ah'm lookin fur him when ah shouldnae be fuckin lookin fur him, okay? He knows whit's whit.' he sais.

Ah don't know whit comes oer me, his tone mibbe; the casual arrogance ay it, 'Noo, you listen here tae me,' ah sais, 'ah know exactly who ye ur an whit ye want. Dis it make ye feel like a big man, eh? Bullyin folk aulder an weaker than ye, eh?' Ah'm shakin, ah kin feel it an ah don't know if it's obvious—ah hope it isnae. A hot flush washes oer me; the palms ay ma hauns clammy; ma hert beatin like a drum.

'Coyle! Sit doon son, there's nae sense in this.' a haun rests oan ma shooder. Chic McHendry.

'Coyle?' the big swine sais in recognition, ' …you John's Da?'

'Aye. An whit ay it, eh? He owe ye money an aw, dis he? He's only been deid ten bloody year!' His face is expressionless; redundant. Just an appendage ay skin stretched oer bone, devoid ay emotion.

'Just tell Tam time's up.' he sais an turns away, bulldozin his waiy through the busy pub an through the saloon door.

Ah take ma hauf an drink it doon, ma haun still shakin. The crowd in the pub has swollen tae near capacity an folk ur gettin animated wae the gemme kickin aff.

'Is that who Tam owes the money tae then Arthur?' Andy McDermott sais, wae a glakit expression.

'Naw Andy, that's his bloody home help! Aye, that's him! Nearly goat him an aw, nae thanks tae that bloody clown oer there.' ah sais, pointin tae Henderson.

'Whit did ah dae?' Henderson sais.

'Whit happened tae ma pint ay heavy?' McDermott sais.

'Don't worry, yer pint's comin, Andy. Bloody priorities, eh?' ah sais, staunin up.

Ah've tae fight ma waiy tae the bar through the jostlin crowd vyin fur the attention ay the barmaid. Sandwiched in between two big bloody swines, ah wave ma haun through tae get her attention when wan ay them sees me strugglin an moves oot the waiy, usherin me in tae the coonter ay the bar. 'Ah'm just back fur the rest ay they drinks hen.' ah sais, ' …sorry, goat a bit held up there.'

She nods an turns roon, liftin the tray fae the coonter ahent her, afore toppin up the heids an placin it doon oan the bar in front ay me, 'Whit dae a owe ye, hen?' ah sais, gettin ma wallet oot.

'Nothin. It's awready paiyed fur.' she sais, bustlin aboot, pullin pints an takin mare money aff other punters.

'Naw hen, ah've no squared ye up yet. Ah wid mind gien ye it.' ah sais, positive ah'm right.

'Ye cannae mind because ye didnae. Somebody came up an took care ay it.' she sais, lookin like ah'm becomin an annoyance tae her. The boay that let me in tae the bar's startin tae look pissed off an aw, the swell ay boadies wantin served bufferin up against him as he tries tae keep ma path oot clear.

'Sorry, ah don't understaun,' ah sais, 'who paiyed it?'

She sighs, blawin a strand ay hair up away fae her face an points through the gantry ay the horseshoe shaped bar intae the other end ay the pub, 'Him in there. The big guy, there!' she sais, impatiently jabbin her finger at him, '… Right! Who's next?'

Through the gantry, in the other side ay the pub, there's Mullin, sittin wae a bunch ay boays. The wan that came tae Tam's door's there, whit's his name again?—Monty. They raise their glesses tae me, an the Mullin fella nods his heid, smilin.

When ah get back tae the table wae the drinks, Tam's back fae the bookies, sittin despondently in the same place he wis afore, haudin a tissue tae his mooth.

'Right you, mone. You cannae be here.' ah sais tae him, 'yer big pal an his fan club ur in here. We'll be able tae sneak oot through the crowd if we go noo.'

'Save it Coyle, ah awready bumped intae that Monty ootside the bookies.' he sais, pullin the tissue away tae reveal a burst lip, 'he sais that's ma last warnin.'

'Aye, thur relentless they money lenders… ' Wullie Henderson unhelpfully sais, grabbin the drinks aff the tray an passin thum roon, 'How'd yer horse dae, did it win?'

'Win? Did it win? The fuckin thing didnae even run. It goat put doon afore the race startit.' Tam sais, lightin a rollie an takin a drink ay his hauf, sookin air through his teeth as he places the gless back doon, the alcohol nippin his burst mooth.

He starts laughin, we aw dae. Sometimes there's nothin else fur it.

ooooo

The pub's heavin noo. It *is* a big gemme, mind you. If Cellic win the day, at hame, they win the league. That in itsel makes it a big deal but the fact that winnin *this* title, *this* year, will stoap the Rangers winnin ten-in-a-row makes it ay monumental importance tae the support.

Ah don't bother wae it much these days. Too auld fur aw the kerry oan that comes alang wae it. Cannae be arsed. Christ, ah mind ay the Cellic gettin nine-in-a-row in the sixties an seventies, sure? That's how it matters, ye see? Cannae huv *them* surpassin it. Important stuff, it is, if ye allow it tae be.

The wans fae the Rangers end will huv fucked off by noo alang tae The Marquis or that. The arrangement disnae extend tae match days. Certainly no this wan.

Suddenly every bugger in the place is jumpin aboot mental. Drinks go flyin in the air, an grown men embrace other grown men in elation. The roar ay wan, simultaneous, 'YAAAAAASSS' near lifts the roof aff the place. Henrik Larsson's swervin strike bulges the nettin in the third minute fae open play.

Tam's worries seem a distant memory tae him as he tear-arses aboot the flair wae Wullie Henderson dain a wee, restrained version ay the can-can while Chic an Andy an me ur up an aw, waeoot even realisin it, kerried away oan the the crest ay a wave.

It passes though. Efter a minute or two, the pub's settled doon tae a murmur again wae just the odd amateur commentator vocalisin his opinion.

'That'll be the dominoes fucked then.' Henderson sais, getherin them back intae the boax.

'Should've known better. Ah didnae even think aboot the fitbaw.' ah sais.

'Ah knew it wis oan, just didnae think it'd be this busy,' Chic sais, '...will we go doon the club, oot the road ay aw these mad bastarts in here?'

'That's a shout, whit ye sayin tae it Tam? Doon the bowlin club fur a couple, eh? They'll huv the fitba oan in there tae. Ah quite fancy watchin it noo, aw the same.' ah sais.

'Aye. Let's get oot ay here.' he sais, ballin up the napkin he'd been haudin up tae his mooth, an flingin it oan the table. He stauns up, '… here, Coyle. Is that no young Daniel oer there?'

Oer by the door, workin his waiy intae the room is Daniel wae his pal an a couple ay lassies. Ah wave, beckonin him oer. This must be the wee burd he wis tellin me aboot.

He waves back an they make their waiy, single file, through the sea ay boadies.

'Daniel! Ye just missed a goal. A cracker it wis tae. We're just away doon tae the club tae watch the rest ay it. Too much bloody commotion in here, Yies ur welcome tae join us.' ah sais, wishin a hudnae, as he looks embarrassed, 'Whit ah'm ah thinkin ay? Yies need yer space. Here, sit doon here, well.' ah sais, wavin them intae the booth.

'Cheers mate. Ah mean, Mr. Coyle.' his pal sais, takin his hat aff. Nice boay, him. Respectful.

'Thank you, that's awfy nice ay ye.' wan ay the wee lassies sais.

'Don't be daft noo, away ye go.' ah sais, takin Daniel aside. Ah push a twinty poun note intae his haun, 'Here, take that an get you an yer pals a drink, oan me.'

'Granda, it's awright. Ah've goat ma ain money.' he sais.

'Just let yer bloody grandfaither buy yies a drink, okay? You watch yersel, dae ye hear me?'

'Ah'll be fine. You watch yersel gaun doon that road. Get yersel intae the club afore the pubs spill oot.' he sais, gien us a cuddle an pattin ma back.

Oer in the middle ay flair stauns Tam, his fat lip conspicuous like a bloody beacon.

'C'mon Coyle, ah'm gaspin fur another hauf here.' he shouts oer, bloody impatient swine that he is. Gien him daggers wae ma eyes as ah approach, we make oor waiy taewards the door.

TWENTY-TWO

¥

Wan Goal tae the Good

Wan goal tae the good, it is. Larsson scored afore we even goat in the door. Nervy as fuck though. Ma arse is makin buttons. We need another wan tae gie us a bit ay breathin space. The Huns ur away tae Dundee United. If we slip up here—even drawin the gemme, an they win—the league's theirs. Disnae bear thinkin aboot.

Ah'd huv McDade tae listen tae fur a start, that wid be bad enough in itsel. He's a stroppy cunt when we get beat at the best ay times, imagine him the day?

He'd somehow managed tae persuade Tracey tae gie him her pal's phone number an asked her oot. Call me a cynic but ah wisnae surprised when Tracey asked if it wis awright if her pal, Donna, an 'Paul' could come oot wae us tae watch the gemme.

'No bad Danny boy. This whit the datin gemme's aboot then? Ah could get used tae this.' he sais tae me, as we're staunin at the bar waitin.

'Naw, it's no. Is it fuck! Whit ye aw aboot anywaiy, invitin yersel alang? Ah wis just wantin a quiet wee efternin wae Tracey. Mibbe get somethin tae eat an back tae her flat later fur… '

' …Hoaw, cunto! That's ma cousin yer talkin aboot.' he sais, pointin his finger, the embodiment ay virtue aw ay a sudden.

'Away ye go, ya fanny. We've been seein each other fur weeks noo. Spare us the concerned family member routine.'

'Naw naw, Danny. Ah take aw that shite seriously, so ah dae. Family matters an that. We look oot fur each other oan the McDade—an it's affshoots—family tree. That's how ah'm here tae keep an eye oan the proceedins. Make sure ye don't get too kerried away. Ye've still tae meet ma Auntie Josie an Uncle Englebert, sure?' Fuckin *Uncle Englebert?* This is news tae me. Ah huvnae met her Ma an Da yet though, that's true. How the fuck dis *he* know that?

He's lookin at me, his hazel eyes still boayish but at the same time, disparately vacant an unnervin.

Ah'm no sure whit it is, the apathy efter slashin the boay the other week; the laid-back indifference tae it or whit, but there's a chainge in him—an unpredictability an ah'm no sure if he's serious ur no.

'Fuck off, man!' ah sais.

'Aaahh, ha ha, Danny boy. Ye should've seen yer face,' he sais, bangin the bar wae his haun, 'two lager, a voddy an fresh orange an wan ay they Moscow Mules.' he nods tae the lassie behind the bar. The guy next tae us, who's been tryin tae get served since afore we goat here's huffin an puffin, aw agitated lookin like he's gonnae say somethin. He disnae.

Ah paiy fur them aff the score note ma Granda gied us an watch McDade as he strides back tae the table wae the drinks, confident an assured. Ye kin say whit ye like aboot him but nothin phases him. He probably slept like a log that night efter the Rangers gemme, that, an every other night ay his twinty-wan years oan the planet.

When the rest ay us lie awake at night tryin tae solve unsolvable problems, runnin oer conversations we hud in the past an revisin things sais, formulatin other, better scenarios; wans were we sais the right things; wans were we won the argument, McDade an cunts like him sleep soundly wae nae concept ay such contemplation. Blissfully ignorant.

He just gets oan wae it; just lives his life. He just *is*.

Sittin doon next tae Tracey, ah lean in tae talk tae her, 'Ye awright wae us comin here, ah mean ah no it's no exactly Babaza or that but it's a good shoap—decent pint.' ah sais. Nae bother Danny boy, that's whit she wis wantin tae know.

'It's fine. It's really—auld. It's definitely goat some character.' she sais.

'Well if *he* thinks ah'm staiyin in here, he's goat another thing comin.'

Donna sais, pointin at McDade, afore lightin a fag she pulls fae a twinty deck ay Club. ''Kin ah take ye oot fur a drink' he sais, waited till ah sais aye then insisted oan *this*, ah'm sorry Tracey, hen. Never meant tae intrude… '

There's a murmur ay discontent workin it's waiy through the room. Palpable, it is. McDade bounds away fae the table tae investigate. He neednae huv bothered as a guy fae the next booth sticks his heid roon an tells us Rangers huv took the lead at Tannadice.

'Laudrup's just scored fur them, thirty-first minute.' McDade sais, 'MONE TAE FUCK CELLIC!' he shouts, inspirin a few mare phrases tae the same affect fae the punters further intae the crowd, glued tae the tellies.

'Did we? Ah mean—did *they*? Ah love Brian Laudrup, so ah dae!' Donna sais, tae McDade's immediate, an obvious disapproval as he spits oan the flair an glares in her direction.

There's a steady swell ay movement taewards the bar as the hauf-time whistle goes. The mare familiar bustle an drone ay cunts talkin fills the room again; how they'd pull aff such-an-such cos he's been woeful an how keepin a clean-sheet is essential cos it just takes United tae equalise an the Huns ur drappin points.

The lassies bolt tae the toilet, leavin me an McDade, 'Ah cannae settle doon here man, ma nerves ur janglin.' McDade sais, 'Fancy a wee livener tae get the spirits up?' He fans a wee folded-up lottery ticket in front ay his face—a pea an ham.

'Where'd ye get that?'

'Scanlon's gettin it aff that Stevie McShane, sure. Tap drawer, so it is.' he sais, puttin it quickly back intae his poakit as Donna an Tracey approach the table again.

'Right, ah'm gaun fur a pish. Ah'll get the drinks in when ah get back, okay ma wee pumpkin?' McDade sais tae Donna, an pinches her cheek afore boundin oot ay the seat again. She disnae know how tae take him, an who kin blame her? Ah've known the cunt fur years an ah'm the same. She starts talkin tae Tracey aboot somethin an ah nod ma heid that ah'm off as well, no that they notice.

In the carsie, a voice comes fae wan ay the cubicles, 'Danny, is that you?'

'Aye, hurry up man. Where ur ye?' ah sais, nudgin wan ay the doors gently tae see if it's open.

A bolt slides in a loack an two doors doon, he sticks his heid oot, 'In here, mone. Ye goat a caird oan ye?'

Reachin intae ma poakit, ah get ma wallet oot, gien him ma Clydesdale Bank caird an he scrapes a bit oot ay the wrap an sets up a couple ay lines.

He hauns it back an rolls a tenner up, bendin oer the cistern, snortin wan ay them up. Ah dae the same an he clicks the loack open, walkin back oot. There's a cunt at the urinal that gies us a look as we exit the booth. McDade deflects his curiosity by tellin him he's pishin oan his shoes an the cunt looks doon afore lookin forward again, facin the waw in front ay him, seethin, knowin he's just been done.

The gemme's kickin aff again when we get back an McDade's buzzin aboot the table, collectin empty glesses an puttin them oan wan ay they McEwan's Export trays the auld yins like tae use. Hauf ay them urnae even oors.

'Whit yies huvin ladies, is it the same again, is it?' he sais.

'Aye, ah'll huv the same again an then we'll huv some ay that yous just hud an aw.' Donna sais, croassin her airms an pursin her lips, expectantly.

'So, same again then, aye?' McDade sais, ignorin her, 'Mone gies a haun, Coyle.' he nods at me.

'Paul McDade!' Donna sais, in mock outrage, or mibbe real outrage, but it disnae matter as we're cuttin through the crowd taewards the bar like Moses partin the Red Sea as McDade hauds the tray ay glesses above his heid, 'Oot the waiy gents, glesses comin through here. Mind yer back there buddy. Watch yersel there mate, eh?' he sais an they aw dae it. Every bastart in the waiy moves, clearin a path an we're back at the bar. There's a couple ay disgruntled lookin cunts that realise they've been hoodwinked but it's just like Joe sais, the power ay suggestion, man. Too late tae greet aboot it noo. Nae danger.

An auld guy wae a bunnet oan's goat an earpiece in listenin tae a wee portable trannie next tae us while McDade gets the drinks in. He's been served straight away again, huvin gained the favour ay the bar staff by bringin the tray ay empties back.

'Away ye go, ya bastart, ye!' the auld guy wae the trannie sais, 'Rangers huv just scored again. Albertz, a fuckin penalty.' he sais, an a collective groan goes roon the pub alang wae subsequent mumblins aboot the probability ay them gettin a penalty at some point (they always dae) an the possible ramifications ay it, as the news spreads through the bar. If St. Johnstone equalise wae us noo, an it ends that waiy, the title goes tae Rangers.

'INTAE THESE CUNTS, CELLIC!' a guy alang the bar screams at the tellie an silence faws oer the place, just the occasional cough or shout ay encouragement piercin it.

McDade passes the lassies their drinks oer an Tracey prods me in the ribs, 'Danny, tell Paul tae gie us that coke. We're wantin some.'

Ah'm gonnae protest, tell her naw; impose a moral code oan her that ah don't subscribe tae masel; wan were cunts like me ur free tae ingest recreational drugs as a matter ay course, but nice burds like her shouldnae. Ah don't though. It's the nineties man, ye cannae be a hypocrite.

'No way.' he sais, efter ah've hud a word in his ear, ' …ah'm no dishin oot the lines tae ma wee cousin.'

'Gie it a by, Paul. Yer three month aulder than me.' Tracey sais.

'Hurry up ya miserable cunt. This is borin the life oot us, ye know. We're ready fur the off here.' Donna adds, an ah look at Tracey who gies me a reassurin shake ay the heid.

'Whit? So's ma Auntie Josie an Uncle Bert kin find oot. Na man, no happenin.' McDade sais, resolutely.

'Ah'm twinty year auld! How they gonnae find oot, eh? Tell ye whit, Paul. They'll find oot ye gave us it, if ye *don't* gie us it.' Tracey sais, cryptically, ' …Ah'll tell ma Da, ma Ma *and* ma Uncle Ronnie that ye were makin us take drugs. Forced us, practically. See whit happens then.'

'DUNDEE UNITIT HUV JUST SCORED!' the auld guy wae the radio shouts fae the bar an there's a tingle ay hope ripplin through the room. This might happen, if they get another wan and we kin haud oan tae oor lead…

'Here, take it. Ye never goat it fae me, right?' McDade sais, slidin his haun concealin the wrap oer the table tae Tracey, ' …an don't be fuckin greedy.'

The next five minutes take an eternity. Every time St. Johnstone get possession ay the baw there's a sense ay forbodin; that we've been here afore; that we're gonnae slip up. If they equalise an it staiys that waiy, it's oer.

Then, oan the seventy-second minute, the substitute fur Cellic, Harald Brattbakk, tucks it intae the coarner fae twelve yerds oot.

There's a split second; a fuckin infinitesimal period ay time between the net bulgin an the reaction, but it's there.

The place erupts in a rapturous wave ay elation. Tables an chairs go flyin as punters rise fae their seats. Spilt alcohol flies through the air, sprayin oer people. Naeboady cares though, the hive mind; the collective soul ay the pub is in momentary ecstasy, concerned wae only wan thing. The worries ay everyday normality ur washed away, wiped oot an forgotten, if only fur a wee snippet ay time. That time is noo.

'YAAAASSSSS! FUCKIN BRATTBAKK!' McDade shouts, clampin ma heid between his hauns an screamin in ma face, saliva sprayin oer me in concurrence. Ah grab a haud ay him an another guy ah've never seen afore in ma life an we're jumpin aboot, bufferin aff other cunts dain the same in some mad human pinball.

The score remains the same till the final whistle. Cellic win the title.

ooooo

We staiy in fur another drink efterwards but the lassies ur gettin pissed aff, an mare tellingly, the gear's finished (McDade hud insisted oan victory lines, aw roon) so we came tae the agreement that gettin some mare ay it fae somewhere wis the waiy tae go.

We walk alang tae the phoneboax an McDade phones Johnny Scanlon tae see if he kin sort us oot.

'That's no happenin man. Sais he's busy the noo. Won't be aboot till later. Any ay yous know any cunt?' he sais, walkin back taewards us fae the phoneboax.

'Ah know a guy in Easterhoose but it's no as good as that stuff wis.' Donna sais.

'Fuck gaun away up there anywaiy. Fuckin bandit country.' ah sais.

'Aye, fuck that. There's goat tae be some other cunt we kin get it aff.'

'Here, whit aboot that Mullin? That's who McShane sais he works fur. Just go straight tae the source.' ah sais, mindin ay him talkin aboot it at McDade's party.

'Aye! That's the fuckin wan Daniel San,' McDade sais, 'How did ah no think ay that?'

TWENTY-THREE

▶

Two Wee Craws

A big craw sits oan the gate as we draw up tae fairm. It caws loudly as Scanlon gets oot the motor an walks taewards it. Briefly airborne, it flaps its wings afore landin again oan the gatepost.

'Get tae fuck ya cunt, ye!' he sais, wavin his airms at it.

It flies away, restin oan a nearby telegraph pole, still cawin an screechin as he swings the gate open an ah drive through.

'Ye hear that fuckin thing, man?' he sais, gettin back intae the motor, 'Ah hate they fuckin creepy bastarts.'

'Just a bird int it?' ah sais, but ah know whit he means. Think aboot it too much an it almost sounds like it's shoutin, 'Go, go, go.' As in, 'go, leave here. Don't come back.' It's just a fuckin bird though ah tell masel an gie masel a shake.

'Right, ye sound man? Skoosh case, this. Nae bother at aw. We go in, gie them the gear, get the money an we're oot ay there.'

'Easy as that, eh?'

'Easy as that.'

'Whit if they want tae check it—sample it, kind ay thing?'

'If they want tae check it, let them. Try afore ye buy, in't it? Ye'd dae the same yersel.'

'Ah but… '

'Don't worry aboot it. We'll be in an oot in five minutes.'

At the end ay the long driveway cuttin through an expanse ay desolate grassy fields, we draw up at a run doon fairmhoose—a wee, wan storey cottage kind ay deal. There's a barn tae the right wae a roof that's collapsed in oan itsel. Maist ay the gable end's crumbled an fell away tae nothin; looks like the next strong gale tae blaw through'll finish it. The hoose, shitehole that it is, looks fuckin hauf decent by comparison.

'Two wee craws sittin oan a waw, sittin oan a waw, sittin oan a waw.'

'Whit?' ah sais.

'Whit?'

'Ye were singin there.'

'Wis ah?'

'Aye. Fuckin wrap it, eh?'

There's two auld cartwheels mounted oan the waw between each ay the three doors ay the stables that run aff the buildin taewards the barn. An auld, corroded plough sits in the coarner among the weeds that spew oot ay cracks an fissures in the concrete.

'The first wee craw couldnae flee at aw, couldnae flee at aw, couldnae flee at aw.'

'Yer fuckin dain it again!'

'Whit?'

'Singin! Somethin aboot wee craws.'

'Aw aye, ma Granny used tae sing that wee song.'

'Well fuckin wrap it eh? Yer freakin me oot ya mad dick.'

'Ye sure this is the right place?' he sais.

'Ah think so. We foallied the directions tae the letter.'

'Where ur they then?'

'They'll be here.' ah sais, but if ah'm honest, ah'm wonderin the same masel.

Scanlon tries the door but it's loacked. Ah look in the windae, cuppin ma eyes tae see. It's just an auld kitchen, dusty an neglected. A table sits in the middle ay the room, surrounded by a few chairs. Some pots, pans, an an auld set ay bellows hing oan the waw above the range.

The shrill ring ay a mobile phone shatters the silence an ah pull away fae the windae.

'Hullo? Naw, no the noo. Ah'm busy, ah'll phone ye later—Aye. Aye. Naw, ah telt ye. Stoap talkin ya cunt. FUCK OFF!.' he slams the flip phone shut, 'That fuckin wee prick, McDade. Burstin ma baws fur a gram.'

'Turn it aff eh? We've goat enough tae be gettin oan wae waeoot worryin aboot your stupit wee cousin interruptin us in the middle ay it.'

He gies us a look but switches it aff an puts it in his poakit. The sound ay a motor approachin alang the driveway cuts acroass the fields an Scanlon looks at me fur direction. Ah suppose ah'm the leader ay the operation by default but ah've as much ay a clue aboot how this is gonnae go as he hus. Fuckin blind leadin the blind, know whit ah mean?

'Grab the bag fae the motor, eh? So's we're ready when they get here.'

He nods an makes fur the brief, openin the back door an grabbin the holdall when a big Mitsubishi Shogun comes roarin intae view, skiddin tae a halt at the motor.

The sound ay dugs barkin fills the courtyerd as the back doors open an two cunts jump oot. Wan goes tae the boot, the two dugs leapin fae it as he pulls it open. The other cunt makes fur Scanlon. He's goat a tool in his haun.

The front doors click open an another two get oot, their coupons indecipherable behind the glare ay the hauf dozen fog lights that cover every free bit ay space oan the front ay their battle-ready, action man mobile.

'You! Whit ye doin there? Turn round till ah see ye.' the wan wae the cosh sais tae Scanlon.

'HE'S WAE ME! Zander, is that you? Whit the fuck is this? ah sais, catchin the prick's gaze, noo they've stepped intae the bright lights ay the vehicle. He looks at me, then Coln.

'Right, settle down there Paddy, Finn. You heard the man. Nothin to worry about.' Coln sais, gesturin tae the two cunts, 'Ye should've told us ye were bringin someone, Stevie. Yer man could've ended up wae a sore one there.'

'Dae ye fuckin think so? Ah'll stick that cosh up his arse, he comes near me wae it again.' Scanlon sais.

'Fuckin shut it, Johnny! Fuck sake Coln, he's here wae me. Ma mate.

Dae ah need tae send ye a fuckin written request?'

'Ye should've said, Stevie. The guys didnae know him. Thought he was tryin tae turn the place over.' Zander sais.

'Aye, well who ur they two? The fuckin welcomin committee? Ah thoat ah wis dealin wae you two only.' ah sais.

'That's my brothers, Paddy an Finn. They're in this deal with me.' Coln sais.

'Right, well noo that we're aw formally introduced, kin we start again? Ah don't think ah kin haunel much mare excitement. He's goat the gear there. In the holdall.'

Coln flings a set ay keys at Paddy, 'Open her up, lets take it inside lads. Finn, tie the dogs up over there. Let them stretch their legs.'

Paddy leads the waiy, turnin the key in the loack ay the auld weather-beaten door, pushin it open. Zander heads in efter him. Coln hings back behind me an Scanlon.

'On ye go there lads. Make yourselves at home.' he sais, an we head in tae the dark interior ay the cottage, 'Finn! Bring the bag from the car!' Coln instructs his other brother who's still ootside, tyin the two big German Shepherds tae a gatepost.

'He's a bit slow, on the uptake, our Finlay. Still though, that man would run through a brick wall for me, if I asked him.'

'Ah know how ye feel. Ah've goat Scanlon. We'll need tae try him wae a brick waw, mind.' Ah look at Scanlon, then Coln, neither ay whom seem tae appreciate the joke. Beads ay sweat run doon ma spine, ticklin the nerve endins under ma skin as though a procession ay fuckin millipedes ur crawlin doon it. Scanlon gies me another look that sais, *whit noo?* as Zander an the boay, Paddy, busy themsels in the next room.

'You'll have to excuse the state of the place. Only recently taken ownership.' Coln sais, usherin us through the loabby intae the room.

'Naw, don't be daft man. It's bran new.' ah sais, runnin ma haun alang the surface ay the table, leavin a mark in the dust.

'The bigger picture, Stevie. See, you probably look around here and see an old, neglected shitehole of a place, here in the fuckin arse-end of North Lanarkshire, am I right?'

Ah sais nothin, ' …but what I see here is—opportunity.' he puts his airm roon me an walks me tae the windae at the rear ay the buildin, 'Ye see that out there? That might look like any other field for miles around but that there represents opportunity.'

Ootside, the wild grass—stretchin tae the brow ay a rollin brae, where it meets the sky—sways in the wind.

'Real estate, int it? Yer gonnae build hooses.' Scanlon posits, wae a sanguine nod ay the heid, like he knows the score.

'Houses? No, no, no—and blight this beautiful landscape with another collection of over-priced shoeboxes for the country folk to fall over themselves, gettin mortgages they'll spend the majority of the rest of their miserable lives payin off? Fuck that! This here land's for horses, so it is.'

'Hoarses?' Scanlon an me sais thegither.

'Coln, the lads don't need to know your plans for the place. We've business tae attend tae.' Zander pipes up fae the table, drummin his hauns oan its surface. He's oan edge. Ah know how he feels.

'Mortgage, that's a good one, eh? You know it comes from the old French word, mort, itself derived from the Latin word *mortuus*, meaning 'death'. Coupled with another old French word, *gage*, or 'pledge', and you see what they were gettin at. It literally means death contract. Signing yer life away with one of those, so you are.'

'I much prefer hard cash, Stevie. Payment up front. Call me a traditionalist, but if you want something, you better have the money to purchase it, eh? How about you, Steven?' he sais, openin the holdall lyin oan the table. It's full ay bundles ay used notes, tens an twintys maistly, but there's a few bunels ay red fifties in there an aw.

'There's forty grand there, as agreed Steven. Now, I've shown you mine, you better show me yours, eh?'

Scanlon puts the bag oan the table an opens it up, liftin oot the Polyethylene wrapped brick an placin it doon. Coln nods to Paddy who casually whips oot a Bowie knife—concealed in a sheath fae his waistband, at the small ay his back—an hauds it oot, presentin it tae him.

'Fuckin hell, dae you always kerry that aboot wae ye?' Scanlon blurts oot.

Coln looks at him blithely; the kind ay look capable ay dismissin ye waeoot verbal response, then cuts open the plastic wrappin, 'Finn, get me somethin to put this out on.'

The boay, Finn's away riflin through drawers afore he's finished the sentence, ' …an see if there's anything to drink in here while you're at it.'

He cuts a wee coarner ay the coke oan tae the choppin board Finn's just clattered oan tae the table, usin the flat ay the blade tae compress it against its surface, afore cuttin it up intae powder form wae the razor-sharp edge, arrangin it intae lines.

Liftin a bit ay the powder up tae his beak, oan the end ay the blade, he ingests it in a sharp, greedy inhalation. A few seconds elapse an the room faws silent, every pair ay eyes lookin at him. He pounds the tip ay the knife intae the table, leavin it embedded in the surface, 'Fuckin Hell Steven. You've come through for us there boy, eh?' he sais, wide eyed an fuckin mental lookin, grabbin me in a playful heidloack.

Zander's next tae take wan, an his face sais it aw, gien it an authoritative nod ay the heid as affirmation, 'Good job Stevie, ma bro-ski. Ah told Coln you wouldn't let us doon.' he sais, gien it tae the boay, Paddy tae sample.

'This is all ah could find.' the big Finn fella sais, placin a dusty boattle ay Ricard oan the table. Coln inspects it, openin the lid an takin a sniff, 'I hope yous like liquorice.' he sais, grinnin, an pours a wee dram intae an assortment ay auld, chipped mugs.

'Have one yourself.' he sais, slidin the choppin board alang the table tae us. Ah'm gonnae pass, make ma excuses, get the money an get the fuck oot ay it when Scanlon barges by me, ten poun note awready rolled up in his haun in anticipation, an belts wan up his beak.

'Aw aye, that's the business, man. Ye'll huv nae bother shiftin that big yin.' he sais tae Coln, who gies him another look, momentarily, then slaps him oan the back a beauty, wae a hollow thud.

'I think you might be right there, mucker. I like this guy Stevo. Direct. Says what's on his mind. A good trait to have, so it is.'

'Aye, he certainly dis that.' ah sais, lookin at Scanlon, staunin, mooth open an stupefied, the wind knoacked right oot him.

'Here, you are boys.' Coln sais, passin the mugs oot tae us, 'To your good health—and, to a long-lasting business relationship, eh? What say you to that?' he sais as we clink the mugs thegither, 'Slàinte.'

'Aye, eh—the first ay many.' ah goes, tryin tae sound earnest, takin a drink fae ma cup. Ah dae ma best no tae whitey it right back up in front ay him. It's fuckin barkin, like aniseed mixed wae petrol.

'And to the Houlihans, this is just the beginning lads.' he sais, raisin his mug again.

○○○○○

We made oor excuses an bolted just as he wis startin tae tell us his plans tae breed hoarses. Somethin aboot there bein good money in the traveller community in that gemme. Sais it wis a proud tradition that hud fell oot ay favour in his branch ay the faimily, an wae the money he intends oan makin through puntin gear, he's gonnae get them back intae it.

Nae bother mate, if you say so.

'Fuckin big bit ay a boay, that Coln int ay?' Scanlon sais as we drive away doon the driveway, the sound ay barkin dugs fadin away behind us.

'Coln? Whit aboot the two brothers? Ah thoat that cunt wis gonnae rip yer heid aff when they pult up an dived oot the motor like that.'

'Aye—he could've tried, the cunt.' he sais, tryin tae convince himsel that any other outcome wis a viable consideration.

'Still though, we goat it done, eh? Open the bag again. Ah want tae see it.'

He pulls the brass zip ay the leather holdall open an ah grab a haunfae ay notes fannin them in front ay his face. He takes them aff me, breathin in the smell.

'Forty grand man, whit could ye dae wae that?' ah sais an he goes tae answer but ah cut him aff afore he kin say anythin, 'Rhetorical question mate. That's aw gaun tae Mullin. We cannae let him doon noo, kin we? That cunt deserves tae get everythin that's comin tae him.'

TWENTY-FOUR

Stovies

It's early evenin when we get back fae the club. Ah've a pot ay stovies left oer fae yesterday in the fridge ah'll heat up fur us. Just the waiy Jeanie used tae make them wae the good butcher's steak links fae the shoap oan Shettleston Road.

Ah'll huv tae get the bloody door open first, mind. Three sheets tae the bloody wind, we ur. Still though, it's allowed noo an again. Oan a day like the day, especially.

It wis a good result aw the same. It's nice tae see them win, ye know, the Cellic.

We'd staiyed fur another couple when it finished, but no long efter, ah decided enough wis enough an came up the road, bringin Tam wae me, wae the promise ay gien him a scran.

Some scratchin roon the Yale loack an the key goes in. We stumble in the door an up the loabby. There's a cry ay expletives fae ahent me as Tam stoats his knee aff the wee telephone table ootside the bedroom. Ah turn the loabby light oan tae see him hoppin aboot haudin his shin, ragin.

'Fuckin thing. First ah get a belt in the mooth an noo this. Anythin else ye want tae throw at me the day?' he sais, lookin up tae the ceilin.

'Nae good talkin tae him up there. Ah've been tryin fur seventy odd year. He either disnae listen, listens an disnae dae anythin tae help, or isnae there tae hear ye in the first bloody place.'

He looks at me in recognition ay the drunken profundity an nods his heid.

It's then ah see it, lyin oan the flair, smashed an in pieces; the picture ah keep there ay Jeanie an I, wae John, Stephanie an young Daniel, when he wis just a baby.

'Ya bloody clown, ye! That's you aw oer the back, that is. Stumblin through life fae wan bloody disaster tae the next. Look at it!' ah sais, pickin up the shattered frame an pullin the photie oot. It's damaged, the gless huvin scraped the surface, scorin a mark through mine an John's faces.

Ah turn it oer an see oan the back, in Jeanie's haunwritin:

Daniel's first birthday, August, 1979.

'Ah'm sorry Coyle. Ah never meant tae… '

'Aye? That's it though Tam, ye never mean tae but ye still always dae. Ye never meant tae take a swing fur that boay in The Auld Shipbank that time back when oor time wis just oot, when ah'd tae wade in an get ye oot ay it when his mates goat involved. Ye never meant it when ye set fire tae the paint store at work an ah hud tae cover fur ye, doactorin the paperwork an chaingin joab numbers tae show that ye wurnae workin in that area. An ye never bloody meant tae get yersel up tae yer neck in it wae this swine, the bastarn money lender. Ye dae know they're just aboot tae start breakin limbs unless ye come up wae their cash, daint ye?'

'Aye ah fuckin know! They'll just huv tae dae whit they huv tae dae, well. Ye cannae get blood oot ay a stane. Ah know that much. Ah'm fucked, in't ah? Mind oot the waiy an ah'll clear this up fur ye.' he sais, bendin doon an pickin up pieces ay gless.

'Never bloody mind it Tam! Ah'll get it. Just away in an sit doon, wull ye?'

He skulks away, face trippin him, feelin sorry fur himsel an ah fold the photie in hauf, puttin it in ma inside poakit afore pickin up the bigger pieces ay gless. Ah sweep the rest up wae a dustpan an brush an pap it aw in the bin, ben the kitchen.

'Did ye mean that, whit ye sais?' Tam sais, fae the livin room.

'Sorry aboot aw that Tam, it's no your fault bother seems tae foallie ye aboot.'

'Naw, no that—when ye were sayin aboot God an how he disnae listen, an it's probably because he's no there. Did ye mean it?'

Ah consider whit ah'm gonnae say because at the end ay the day, who knows, eh? Ah mean really. The Bible? Scripture? That's just ancient propaganda. Apparent proof that the Arbrahamic God exists an wants ye tae be fearful ay him; tae bend tae his will—dae so or feel his wrath. That's whit it sais, in't it? Load ay bloody pish!

Ye spend yer life fightin tae drag yersel up oot ay the gutter; tae provide fur an raise a faimily, through hardship an destitution, an ye've tae take solace in it bein God's will. Yer misery is whit he wants. Shite ah'm tellin ye! The Church is just another instrument ay oppression utilised tae subjugate us aw!

'Well, did ye?' he sais, again.

'Naw Tam, naw. Ah never meant it.'

The 'opium ay the people', that's whit Marx cried it, religion, an ah reckon he wisnae far wrang. If it gies folk comfort; somethin tae haud oan tae; if it anaesthetises them fae the rest ay it, let them huv it. At least that waiy it's aw fur somethin, ah suppose.

Ah open the fridge, grabbin the pot ay stovies an peel the cling-film aff it, settin it doon oan the cooker. Turnin the gas oan low, ah tell Tam tae keep an eye oan it an leave him oan the couch rollin his baccy.

In the wardrobe in the bedroom ah reach up tae the high shelf where ah keep the shoeboax, liftin it doon.

'Ah'm puttin the kettle oan Coyle! Ye wantin a cup ay tea made?' Tam shouts through fae the kitchen.

'Aye. Ah'll no be a minute.' ah sais, openin the boax an liftin the two books (Dubliners—James Joyce an The Ragged-Trousered Philanthropists—Robert Tressell) aff tae the side, revealin the money underneath.

Ma savins. There's aboot fifteen hunner poun there. Ah wis gonnae gie it tae young Daniel when he turns twinty-wan. Mibbe help him get a start wae things. Put a deposit doon oan a hoose mibbe—a wee flat or somethin.

Ah count oot a thoosand poun an leave the rest, levellin it roughly oot in the boax an placin the books back oan tap. Stowin it away back oan the shelf it came fae, ah stick the thoosand ah'd set aside in a broon envelope fae an auld gas bill ah find in the dresser drawer.

Ah'll still see Daniel awright, ah'll make sure ay it. It'll just no be as much as ah'd planned, that's aw.

Ah should've done this afore noo, in truth.

'Here ye are.' ah sais, crumplin the envelope intae his haun, claspin it shut.

'Whit's this?'

'It's fur you. That should be enough tae settle it wae Mullin. They're no gonnae let this go, Tam.'

He opens it, thumbin through the notes, 'Jesus Christ, Coyle. How much is there?'

'There's a grand there. Just take it wae ye an go an see the bastart an put it behind ye.'

'Ah cannae take this. It's too much, ah cannae… '

'Ye'll take it awright! Whit else ur ye gonnae dae, eh? The best ye kin hope fur is they'll kick yer cunt in an take everythin ye've goat tae gie them—this time. They'll be back but. Every fuckin week until ye croak it, which might be sooner than ye think, by the way. How ye gonnae feed yersel, eh? Just bloody take it Tam!'

'Naw ah'll no! Ye sais it yersel! Ah've spent ma life, a nuttin, a fuckin waster! Yer right! An it's aw ma dain, Coyle. At least Jackie came back tae me as an adult. She hud every right tae disown me, like her mother.

Mind ay that, eh? How she up an left wae Jackie when she wis just a tote cos ay aw the bevvyin an gamblin? An whit did ah dae, eh? Fuck all, that's whit! Ah just let them; let them go waeoot as much ay a whimper. Couldnae even fight fur them; couldnae even be fuckin fucked dain that. Ah don't deserve Jackie an the grandweans, an they deserve better than a fuckin alkie deadbeat like me in their lives.'

Ah clasp his haun again tightly roon the envelope, feelin his bony knuckles against ma palm. He looks at me, his face ruddied wae a lifetime ay swallyin an eyes, glazed wae the pain ay regret.

Ah want tae offer him some words ay reassurance; tae placate him in some waiy; tae gie him convalescence fae himsel, but ah cannae. Every man is a prisoner ay their ain actions, or inaction—a slave tae the memories that haunt them. Ah kin nae mare absolve him ay guilt, than he kin, me—fur oor John. Fur Jeanie. Fur mibbe dain things differently, if we hud oor time again.

Whit's fur ye'll no go by ye, that's whit they say. Mare shite! It's maxims like that they bloody want ye tae believe; that ye ur, where ye ur; at yer natural station in life. Ye get whit ye get an ye should be thankful. There's always folk worse aff than yersel, ye see—always some poor bastart further doon that sheer cliff face we're aw haudin oan tae.

Some ascend the cunt wae ease, happily elbowin others oot their waiy, staunin oan heids an kickin oot at every bastart on their waiy up. Others start oot in loftier positions, fawin further doon wae each wrang step they take. Maist ay us though, just coorie in, hingin oan tae whitever wee foothold in amongst it aw we kin find.

Aye, its yer actions right enough, that's whit defines ye. Dain whit needs tae be done. Dain whit ye think's right an hopin that yer moral compass disnae let ye doon.

Inevitably though, at some point, it will, an when that happens, ye've goat tae live wae it. That's aw ye kin dae.

Well, it's no aw ye kin dae. Oor John chose another waiy.

Young Daniel thinks he wis a coward, an he's right. He wis a bloody coward! He might huv escaped fae whitever it wis that tormented him; fae whitever troubles it wis he deemed insurmountable, but aw he left behind him wis a void. A void that ma Jeanie could never fill again.

The doactors sais it wis her hert an they wur right, just no the waiy they meant it. Her hert wis broke the day John killed himsel. Five year later, the last wee flicker ay a flame that remained, went oot.

Whit wis ah sayin again? Aye, ye dae whit's right. An no just fur yersel, fur others tae. That's how ah need tae help Tam. He might no be the finest example ay a man tae ever live an breathe, an he's made mistakes, but he's still here; still fightin his coarner. That counts fur somethin, ye see.

Furbye aw that, he's ma pal.

Ah put doon the cutlery an plates ay stovies oan the wee coffee table in the livin room. Pipin hoat steam rises fae the dish ay stewed sausages, carrots, totties an onion.

There's a wee nip in the air so ah wheel oer the Calor gas fire fae the coarner an click the igniter, turnin it up tae three bars.

Tam's awready wirin intae his plate, scoopin up forkfaes like a man bailin watter oot a sinkin boat, 'This is rare, Coyle, ah'll gie ye that. Wis that a plain loaf in there ah seen? A couple ay slices ay that wae butter wid be magic.' he sais.

○○○○○

It's dark when ah wake up. Ah've goat the wee tartan throw that normally hings oer the back ay the couch draped oer me an Tam's seat's empty, the plates an glesses cleared away.

We'd hud a nightcap—a dram ay Johnnie Walker—an ah must've dozed aff.

Liftin the square boatle aff the table an haudin it up tae slivers ay orange street light comin in through the blinds, ah see there's aboot an inch left in the bottom ay it. It wis hauf bloody full when ah goat it oot the scullery.

Ah go ben the kitchen tae get a drink ay watter. The dishes an tumblers ur washed an dried, sittin oan the rack.

Lettin it overflow, leavin the tap runnin fur a wee minute till the watter's cauld enough, ah fill a gless, take a drink an head fur ma bed.

In the loabby, oan the wee table, the envelope, wae the money still inside, sits next tae the phone.

TWENTY-FIVE

¥

Coyle Loyal

A lassie in her early twinties hauds the close door open. She's balancin a wean oan her hip, tyin her hair intae a ponytail wae her free haun an jammin the door open wae her leg. Aw while directin two useless bastarts that ur wrestlin wae a three-piece suite, tryin tae manoeuvre it intae the grun flair flat.

'Ah think we'll just wait oot here.' Tracey sais, lookin at the tenement buildin.

Every flat's boarded up, bar the wan bein flitted intae, an the tap dancer, right-haun side—the wan McDade sais is Mullin's.

'Aye. Just yous two go.' Donna no so much suggests, as demands.

They're still strugglin, tryin tae turn the couch intae the door ay the flat as we go in.

'Ah cannae get it roon the coarner! It's too tight, it won't go!' the boay at the front ay the couch sais: a wee gawky cunt, the lenses ay his NHS frames steamed up wae the strain ay his exertions.

'Here, ma man, yer no dain it right,' McDade sais, ' …ye need mare height. Watch oot the waiy, let us in there.'

The cunt at the rear: fat tadger wae a vintage, Rudi Voller styled mullet an equally hairy arse crack oan display, is too blind-sided wae the sudden appearance ay us—two, mad wae it bawbags oan the prowl fur Persian rugs—tae mount any sort ay resistance, an we're in aboot it.

We staun the fucker up, near upright, an pivot it roon, linin it up wae the door ay the flat.

'Right! Oan three,' McDade sais, ' …lift the arse ay it through, an we'll lower this end, an come through wae ye. Right?'

'Ready?'

'Wan.'

'Two.'

'Three.'

It may be that in oor haste tae get up the stair, score a gram, an get oot ay there, we're a bit too eager in expeditin the orange, corduroy monstrosity's arrival intae its new hame, as the boay inside the flat ends up oan his back wae the couch oan tap ay him, wedged in the door frame.

'Ye awright there mate?' McDade sais tae the couch as we squeeze by, the specky boay underneath it groanin back in response, ' …ah'm sure yies'll work it oot between yersels fae here.' he winks at Rudi Voller an bounds up the stair leavin him an the other daftie tae get oan wae it.

'Ye staiy up the stair, dae ye?' the burd wae the wean sais.

McDade stoaps in his tracks, turnin roon, 'Naw hen, we're just visitin somebody—oor mate!' he exclaims, evidently pleased wae his quick thinkin.

'Well, thanks fur helpin there, awfy nice ay yies.' she sais, 'whit's his name, the guy yer visitin—yer mate?'

McDade looks at me, his stupit grin forewarnin me ay his intentions, an fucks off roon the landin an up the stairs, leavin me tae answer her.

He'd wisely decided tae bolt afore divulgin any information an ah'm fucked if ah'm gonnae. The poor cow'll find oot who she's neighbours wae soon enough. She disnae need tae find oot aff ay me. Loose lips an aw that.

Ah cannae think ay anythin tae say so take the only other option available tae me an run up efter him, the boay pinned under the couch's pleads fur help echoin up the close in ma ascent.

○○○○○

McDade's loiterin at the door ay the flat oan the tap dancer when ah get there, his clenched fist hoverin oer the door. Seein me comin, he chaps it a few times.

A dug barks inside, gettin louder as it pounds alang the loabby, thuddin intae the door like a fuckin wreckin ball. Ma palms ur sweaty an ah kin feel the colour drainin oot ma face as the dug pants an scratches at the door.

McDade looks at me an ah nod ma heid tae the stairs hopin he's readin me an we kin reassess this ill-thoat oot scheme an get tae fuck, preferably afore comin face tae face wae the beast that's clawin the door—the only thing separatin it fae oor baws.

'FUCKIN SHUT IT YA CUNT, YE!' a voice comes fae behind the door foallied by a whimper. The door partially opens, a shadowy eye peerin roon the gap the security chain allows, 'Who the fuck ur yous?'

'Is Mullin—ah mean, Harry there?' McDade sais, ' …we're wantin tae get a wee bit ay… ' he hauds his index finger up tae his beak. He's tryin tae act aw casual but ah kin tell his arse is gaun.

'WHO IS IT, MONTY?' a voice fae in the flat comes boomin oot.

He opens the door wide. He's bent oer, haudin the dug by the collar, 'Fuck knows Harry. Ah've never seen them afore. They want tae see you though.'

The bastarn dug bears its teeth, gravity pullin at its slebbers, formin a stringy stalactite ay drool fae its mooth tae the flair.

Alang the loabby, a figure stauns in the shadows, the grey bristles ay his facial growth catchin the light fae the adjoinin room, 'Ah don't know them. Tell them tae fuck off.' he sais an steps away, back intae the room.

'Ye heard him. FUCK OFF!' the cunt, Monty sais, slammin the door shut in oor faces. The sound ay the wee wean fae doon the stair greetin comes ominously risin up the close in between her Ma screamin like a banshee at Haudit an Daudit oer a breakage ay some kind.

'Aw well, we tried. Mone, lets get oot ay here. This place is gien me the shitters.' ah sais an head doon the stair.

'Fuck that. We're no gien up noo!' McDade sais, his internal charlie radar no lettin up. He rattles the door again.

'Look, ah fuckin telt yies… ' the same cunt, Monty, sais, peerin roon the door again, gettin jostled aboot wae the dug.

'Stevie McShane sais tae come doon.' McDade sais tae him, ' …sais it wid be sound.'

The door opens an he walks back doon the loabby, draggin the dug behind him oan its hind legs, gesturin fur us tae foallie. Ah look at McDade an mooth the words, 'whit the fuck ur ye dain?' but it's too late as he strides intae the gaff, impervious tae ma protestations, just that blind, tunnel vision again.

Ah foallie behind him, countin the wee patches ay white scar tissue visible through his hair, dotted aboot oan the back ay his nut where he's been crowned wae a boattle or skelped wae a hauf brick oer the years. Ah kin put a name an location tae maist ay them. Some boay, so he is.

The stench ay the slebbery dug fills ma nostrils gien us the dry boak as we go intae the front room.

'They sais Stevie McShane telt them tae come.' Monty sais tae the back ay a greyin heid. The day's fitba results ur blarin oot ay the fuckin huge tellie in the coarner. Must be fuckin deif, the cunt.

There's a wee pile ay gear oan the gless coffee table in front ay him, a Global Video caird an a litre boatle ay Smirnoff Blue Label.

He sits studyin his fitba coupon, watchin the replay ay the full-time results comin in afore crushin up the slip an flingin it oan the flair alang wae the rest ay shite lyin aboot oan the cairpet.

He stanks his drink an reaches forward, grabbin the boatle an pourin another big measure.

The sound ay the lavvy flushin comes fae the bathroom doon the hall, breakin the awkward silence.

'He never exactly sent us. We couldnae get a haud ay him so we thoat we'd cut oot the middleman, know?' McDade sais.

'Cut oot the middleman? Here lads, did ye hear that? They're here tae cut oot the middleman.' He stauns up, chucklin tae himsel, turnin roon an raisin his gless. McDade looks at me, bemused.

Monty an another cunt, who's just walked intae the room, laugh alang wae him; wan ay they sycophantic laughs crawlin bastarts like tae dae tae ingratiate themsels tae whoever it is, owns the arse their tongue's hingin oot ay.

'An whit is it yer lookin fur, eh?' he sais, staunin up an walkin tae the windae. Its only noo ah see his face properly. The big silvery slash mark oan his left cheek's curved, like the letter J. He looks like he's been corporately branded oan the dish by Nike. It stauns oot like a map oan his face leadin tae the gless marble he's goat masqueradin as an eye.

'Eh, just a gram, man.'

'Just a gram, man? Here Ged, it's just a gram, man he's wantin.' he sais, mockingly, 'Huv yies goat the money?'

'Aye, we've goat it.' McDade sais, nudgin me.

Ah get ma money oot an he grabs two score notes aff us, stickin a tenner tae it.

'See?' McDade sais, haudin the money oot in front ay him.

'Ged! Get these two a gram ay white. Mone noo, best no keep them waitin. We're dealin wae a Coyle here. The fuckin second wan the day. Fuckin Coyle Loyal aboot here int it? How's yer Granda, kid?' He stares oot the windae tae the street below.

'How dae ye know ma Granda? How dae ye know me?' ah sais but he just stares oot the windae an puts his haun up, dismissin me.

'Here, lads mere an see these two wee cows doon the stair. Whit wid ye dae wae that wee hing wae the short skirt an the broon hair, eh? Look at the pins oan it.' he sais, 'Here Monty, get doon there an see if they'll dae a turn fur the boays. You kin huv the other wan.'

Ah don't need tae see tae know it's Tracey he's talkin aboot. The two cunts, Ged an Monty join him at the windae, Ged passin Mullin the gram. He whispers somethin in his ear.

'Fuck aye. Couple ay dirty wee boots, right enough.' Monty sais, leerin oot.

'Ye gaun doon then? Ah'm no kiddin. Get them up here. That wan wae the broon hair'll take it aw night long. Ah kin tell. Fuckin hoachin fur it, she is.'

Monty opens the windae, 'AWRIGHT DOLL, YOU COMIN UP FUR A PARTY?' he shouts doon tae the street.

Afore ah know whit ah'm dain ah surge taewards him, 'That's ma fuckin burd ya prick!'

In an instant ah'm oan ma back, lookin up at them, ma heid loupin fae the open haunded slap Mullin's just gied us. The other two try tae get at me, their faces twisted wae rage but he puts his airms oot, haudin them back.

'That yer burd, is it? Did ah hurt yer feelins?' they laugh an ah kin see McDade tensin up, hauns clenched, thinkin aboot it.

The dug lunges at me, latchin oan tae the laces ay ma trainie, pullin it aff.

McDade drags me tae ma feet, 'Mone Coyle, leave it.' he sais.

'There it is, eh! Coyle right enough. Ah fuckin knew that when ah clocked ye at the door. Yer his spittin image, ya cunt.'

It takes me a minute tae register whit he sais, 'Ye knew ma Da?'

'Ah knew him awright.' he sais, '…he wis a fuckin live-wire an aw.' he flings the gram at us an it hits ma shooder, fawin tae the flair.

McDade bends doon an tails it, 'Mone, Danny. Lets get tae fuck. Fuck these cunts.'

'Aye that's it. Get tae fuck, the baith ay yies. An you? If you ever come tae this door again, ye'll be headed the same waiy as yer Da.' he sais tae me, coolly.

Wan ay them flings ma trainie at me. It's aw chewed tae fuck, covered in dug slebbers. Ah stick it back oan tae the sound ay metal scrapin alang the flair, drawin ma eyes tae the lanky streak ay piss, Monty pullin a sword oot fae behind the armchair; some antique lookin thing, wae a dullness at the edge where it's been sharpened alang the blade. Blue insulatin tape's wrapped roon the haunel.

Ged's goat the Staffie intae a frenzy ay blood lust, slappin it aboot the face, rilin it up afore flingin it tae the filthy, pish-stained cairpet lettin it come fur us again.

We're off oot the door, boundin doon the stairs four an five at a time, slammin aff the waws ay the landins an kickin back aff them, propellin oorsels doon the next flight, no lookin back. Ah hear the dug's breath right behind us, its claws scratchin the surface ay the concrete flair in its pursuit.

A piercin whistle rings oot as we reach the grun flair an it goes quiet. Ah turn tae look. Nae dug.

A few mare seconds elapse an the sound ay the door up the stair slammin shut thunders doon the close.

The wee burd wae the wean's staunin oot in the street talkin tae Tracey an Donna as we spill oot the door. McDade crashes intae the boay wae the mullet makin him drap the boax ay cutlery he's kerryin tae the pavement.

'Yous two again. Watch where yer fuckin gaun ya fuckin crank, ye!' the boay sais, ragin.

'Don't you fuckin start, ya prick!' McDade snaps back.

'Leave it McDade. It's no his fault.' ah sais an start pickin them up, 'Sorry mate. Right lassies, wrap it up. We're leavin.'

'Whit's wrang? We're just talkin tae Michelle here. She went tae Eastbank as well. She knows Adele McLafferty an Claire Smith an that. Here, dae ye know Angela Brice? Whit age is Angie Brice again Paul?' Tracey sais.

'Look, we've no goat time fur this. We need tae go.' McDade sais, grabbin them by the airm, 'Ah'd think twice aboot takin that flat pal. Tell the cooncil tae ram it. This is nae place fur bringin up a wean.' McDade sais.

'Och, don't listen tae him hen. Ah'm sure it'll be fine wance yae dae it up. Whit ur ye aw aboot Paul, sayin that? Where's yer manners.' Donna scolds him.

Ah help Rudi Voller's fat doppelgänger wae the last ay the cutlery an kitchen utensils, makin oor apologies again afore lookin up tae the windae. McDade an the lassies ur awready walkin away an don't see but he's staunin there, in the same position in the flat as he wis before, eyeballin us.

Ah jog oan, catchin them up. When ah look back again, he's away. Just the scabby net curtains remain, blawin in the breeze by the open windae.

'Whit wis it that guy shouted oot the windae, Danny? We couldnae hear him.' Tracey sais.

'Aw that? Never mind, he wis just messin aboot.' ah sais, takin her haun as we turn the coarner discussin where tae take oorsels tae next.

TWENTY-SIX

▶

Chancin Bastarts

We're baith buzzin when we get back hame. Scanlon reckons he's found his callin as a diplomat based solely oan us managin tae get the deal done an leave wae the money waeoot incident (if ye discount him nearly gettin his melt knoacked in wae a cosh afore proceedins goat underway, that is).

Fuckin staggered we goat away it, so he is—a couple ay chancin bastarts like us. Tae be honest, he's no the only wan.

He'd done well though, haudin his nerve like that. We baith hud.

He's wantin tae head oot oan the randan, justifyin it by remindin me that he missed the away day trip tae Dundee wae his supporters' bus tae come wae me. Layin it oan thick aboot the reciprocal nature ay aw meaningful friendships an that. Well, mibbe no in they exact words but that wis where he wis comin fae.

Ah don't know, ah think ah done the big cunt a favour efter the waiy it'd panned oot. We'd heard the results oan the waiy back an his face wis trippin him fur ten minutes as he lamented his team squanderin whit he called a wance-in-a-lifetime opportunity.

Ah've never seen the appeal; watchin twinty cunts chasin aboot a leather sack ay air. Where's the gratification in that, know whit ah mean?

It's no like jumpin aboot, oot yer face at a gig watchin yer favourite band or that, is it? The Stone Roses at Glesga Green in nineteen ninety, or Oasis up at Balloch the other year. Knebworth even! Whit a gig that wis!

We'd goat Access All Areas passes fur that through somebody at the record label, back when ah wis dain somethin wae ma life.

It's fuckin amazin how things kin turn oan their heid in a short period ay time: Wan minute yer hob-nobbin wae the glitterati; the beautiful people. Doon in the big-smoke, cuttin demos, then a record, then oot oan the road, fuckin actually dain it man. The next thing ye know yer back where ye came fae, scratchin aroon the same auld haunts wae the same fuckin no-marks ye thoat ye'd seen the last ay eighteen months previous; the only endurin legacy ay it, five thoosand singles pressed an oot there that just aboot scraped intae the tap wan hundred fur a couple ay weeks afore fawin oot ay existence, a few anecdotes ay celebrity encounters nae cunt actually believes anywaiy, an a fuckin wicked coke habit.

Ah should really be thankful ah don't dance wae the broon—plenty ay that doon there an aw—but seein the brass monkeys aboot here growin up, there wis never any fuckin chance ay that happenin. Heroin chic? No aboot here it's no.

Ah'd tried tae get Scanlon tae come doon wae me when it wis aw takin aff; telt him ah'd get him work wae the road crew. Some buzz fur a young guy; aw they burds an recreational drugs kickin aboot but he wisnae interestit. Sais he'd miss Glesga too much.

Seein him get oot the motor at The Town Tavern, rain stoatin aff the grun, an disappearin between two 62b double deckers that ur stuck at the lights, ah cannae help questionin his position. He kin fuckin huv it.

The two buses pull away an ma reflection comes back at me as though ah'm staunin in a carousel ay mirrors, flittin an jumpin between the windaes fur a second or two an then ah'm gone, just the punters at the bus stoap an the pub behind remain, drizzled an sheer in the evenin light.

○○○○○

The rain husnae let up by the time ah get tae Mullin's. Some poor cunt's been moved intae the boattom flat. Ah gie it a month afore the cooncil curtains ur bolted back intae position.

Ah telt Scanlon ah'd catch up wae him later. As far as Mullin an they other two nudebooks know, ah'm flyin solo. Best tae keep the big yin oot ay it, should it aw go tits up. He's done mare than enough awready.

The controlled entry loack buzzes open when ah get tae the door. Somebody must've seen me comin. Happy hardcore techno comes blarin fae the newly occupied flat oan the grun flair. Fuckin rank rotten, Pinky an Perky oan amphetamines, lowest common denominator, schemie shite. Ah nearly turn oan ma heels an bolt just tae get away fae it.

By the time ah'm up the stair it's nae mare than a dull throb ay bass dissipatin tae nothin as ah walk intae the flat.

'Where've you been? Ah've been tryin tae get ye.' Mullin sais as ah walk intae the room, bag in haun.

'Oot makin you money, ya cunt, where dae ye think? Met Zander an that an shifted that key. Ah telt ye it'd be a piece ay piss.' ah sais, noddin tae the bag.

'Much'd ye get fur it?'

'Forty G's. Easiest five grand ye'll ever make.'

He looks at me contemplatively, well, wan eye dis anywaiy, 'Fair enough Stevie, ah cannae grumble at that, kin ah? Ye could've sais thirty-eight an ah widnae've batted an eyelid—but ye didnae. No sure ah'd huv done the same masel if ah wis in your shoes.'

'Aye well, ah wis hopin that if ah look efter you, you'll look efter me, know? Ah mean, ah've made back the money ah owe ye ten-fold noo man. Ah've made mare than any wan ay they two tadgers could've in the last three month, ah know that much. Where ur they anywaiy? Thoat it smelt awright in here fur wance.'

'They've tae tie up some loose ends fur me this comin week so ah telt them tae fuck off an get oan wae it. No in the fuckin mood fur the pair ay useless pricks, especially no efter whit happened.' He's lookin at me like it's crystal baws ah possess, as opposed tae the hairy couplin ah've goat doon ma troosers—like ah should know whit he's fuckin talkin aboot, 'Ah hud a couple ay visitors. Ye widnae know anythin aboot that, wid ye?' he continues. He pours the dregs ay a boattle ay voddy intae a grimy gless an takes a swally. Maist ay it ends up doon his T-shirt. Fuckin blotto, he is.

'Harry, ah've no goat a clue whit yer oan aboot man. Here, ye no wantin tae count this?' as sais, unzippin the bag, showin the contents.

'Soon enough. Put it doon oer there.' he slurs, pointin tae the table, 'Sit doon.'

Ah dae as he sais, puttin the bag oan the table an sittin doon oan the chair opposite him. He bends doon tae the table, parkin his snib in the wee pile ay ching in front ay him, blawin hauf ay oot oer the table in the process, afore inhalin a dose, *al fresco.*

He sits back up, white pooder dusted oer his dish like he's been belted in the face wae a snowbaw. He gesticulates tae the table, offerin us a sniff which ah politely decline wae a shake ay the heid.

'Two young cunts showed up here earlier the day, lookin fur a gram, sais you sent them.'

'Whit two cunts? Harry, ah've no goat a clue who yer talkin aboot…'

'John Coyle.' he sais, quietly an kind ay tremulously, starin intae the middle distance, ' …well, no him—his boay. Him an another wan, McDay or McDaig.'

'McDade!' ah blurt oot involuntarily, ' …that's just Scanlon's wee cousin. He gies him a wee bit here an there, know? Fuck aw, really. Listen, Harry, ah kin assure ye ah never sent them here. They're just a couple ay wee bams. Ah barely know them. They'll just be chancin their luck. Ah'll talk tae Scanlon, make sure it disnae happen again.'

'Aw, it'll no happen again. Ah kin assure you.' he sais an ah'm wonderin where the fuck he's gaun wae this, ' …ah gave that Coyle a fuckin slap an chased the cunts. Telt them; telt him, ah better never see them roon here again.'

It's taken me tae noo tae figure oot who the fuck this Coyle is when ah make the connection, Danny Coyle, McDade's mate. The boay fae that fuckin shite party Scanlon made me go tae. A passin acquaintance. No even that.

'Ah doubt they will then, be back again, that is. Whit's yer issue wae

Danny Coyle, if ye don't mind me askin? He's just a daft wee guy, man.'

He takes another drink ay his voddy, finishin it an bangin it back doon oan the gless table, nearly puttin it through the cunt, 'This here's the issue.' he sais, pointin at his gammy eye.

'Ye've loast me. Did he say somethin aboot yer eye cos if he did, that's oot ay order man. Didnae think the wee cunt wis like that… '

'NAW HE NEVER SAIS NOTHIN ABOOT IT! He didnae fuckin need tae. Just seein him broat it aw back.'

He's swayin in his seat, fuckin buckelt he is, man. He keeps shuttin his good eye as though he's tryin tae focus, afore swiftly rememberin his other wan's absent waeoot leave, 'See this here?' he draws his finger alang the tan oan his face, tracin the scar tissue roon the curve an tappin the gless eye wae his fingernail, ' …that cunt's faither did that tae me.'

The revelation certainly sheds some light oan his considerable chagrin where Coyle, the younger, is concerned.

'Fuck sake man. Is that a gless eye? Ah hudnae even noticed. Thoat it wis just eh, focussin oan the wan place.' ah sais, tryin no tae sound disingenuous.

'You takin the fuckin piss, ya cunt?' he sais, tryin tae staun up but keelin immediately back oer oan tae the couch.

'Naw man, no at aw. Never even registered man.' Easy Stevie, don't lay it oan too thick noo, fur fuck sake, ' …ah'm no meanin tae be funny, an that is fuckin heavy man—brutal, in fact, but should ye no take that up wae his Da? It's no the boay's fault.'

He gies us a look like ah'm miles aff it wae that statement, pure perplexed wae it as though the cunt that done him's livin vicariously through his boay or somethin.

'He's a fuckin Coyle int he? He's his Da aw oer the back. It wis like gaun back in time; like the bastart's hauntin me… '

An oan he goes, ramblin oan incoherently aboot some fight way back when, an ah'm lookin at the cloack an thinkin how ah'd rather be just aboot anywhere else than sittin here listenin tae the fuckin clown.

'Right Harry, ah better be gaun. Saturday night, eh? This phone's gonnae be buzzin as soon as ah put it oan. Time waits fur no man an that.' ah sais, staunin up.

'Ah goat him back but, din't ah?' he sais, conspiratorially, ' …took us a while. Years it wis, but ah goat the cunt. Don't you fuckin worry aboot that.' He sticks his face back in amongst the coke oan the table an inhales, joltin him back intae some semblance ay cohesion, ' …ah fuckin goat him awright.' he sais.

'Listen Harry, ah don't think ye should be tellin me aw this. Ah don't need tae know. Ah don't fuckin want tae know.' It takes a second but it's like he comes tae his senses an realises whit he's dain; the voddy an gear an years ay conscience bearin doon oan him, makin him spill his guts tae any cunt in earshot, as though it'll relieve him ay a burden ay guilt or whitever the fuck his angle is. Ah'm no interestit man. Ah've goat ma ain problems, aw ay which come fae his direction. Ah'm fucked if ah need his woes oan tap ay it.

'Aye well, ah don't suppose it matters noo. Just you make sure they get the message, right?' he sais, reachin oer tae the holdall wae the money fae the Houlihans, openin it, 'Ye counted it?' he slurs.

'Aye.' ah lie, 'it's aw there.' Of course it's aw there. It disnae make sense fur it no tae be. Ah'm the only access they've goat tae the Templeton's supply chain, albeit through this fuckin prick. They'd need tae be a whole new category ay stupit tae gie us a light payment. They're gonnae want mare so it stauns tae reason that this transaction goes smoothly; seamlessly, waeoot a hitch, know whit ah mean?

'Right. Ye kin fuck off noo. An just furget aboot aw that ah wis talkin aboot. Auld news man. It's finished.'

'Ah've awready furgoat.' ah lie, again, 'Harry, aboot this—situation, like ah sais, ah've done ma bit. Paid ma dues an mare, so ah huv, so the waiy ah see it, we're sound noo, eh?'

Wae nae hint ay warnin, he picks up the gless again aff the table, launchin it at me. It comes hurtlin taewards ma face but ah swerve, the sound ay a hunner fragments ay gless fawin like hailstanes, created in an instant as the tumbler smashes intae the waw oer ma shooder.

'WE'LL BE SOUND WHEN AH FUCKIN TELL YE WE UR!' he screams at us.

The syrupy remnants ay whit remained in the boattom ay the gless ur streaked doon the artex an ah'm rooted fur a second where ah sit, stunned, 'This is the waiy ah'm gaun noo,' he sais, 'This is where the dough is. The smack an the money lendin don't come near it. That's whit the boays ur windin up. Collectin whit's owed an that. Fae noo oan we're focussin aw oer attention oan this. You're no gaun anywhere yet. Nae fuckin chance.' he spits.

An that's fuckin that. He's no tellin me anythin ah didnae know, or at least hudnae speculated wid happen. Ah just hud tae ask the question; hud tae hear the soulless, mercenary prick say it again. Here wis his opportunity tae dae the right thing. His last fuckin chance. Don't say ah didnae try, know whit ah mean?

He bends oer again tae take a sniff an ah leave him tae it, fuckin off oot the flat, back tae the throbbin pulse ay techno gettin incrementally louder again wae each step ah take as ah descend the concrete stairs ay the close.

TWENTY-SEVEN

Troubles

The wee light oan the answer machine's flashin when ah get back in fae the shoaps. Bloody pathetic, ah know, but it gies me a wee tinge ay excitement. It rarely rings at aw tae be honest, never mind a recorded message. Ah hope it's Tam, ah've no heard fae him since the other night there when he did his disappearin act, stubborn bloody fool that he is.

Pressin the button, ah'm surprised tae hear Daniel's voice. Sais he's just checkin oan me an that he's gonnae drap by fur a visit. It's no like him, tae phone or bloody visit, truth be told, but it cheers me up nae end. Gies me somethin tae look forward tae.

If nothin else, it'll expedite this pot ay soup ah'm intendin makin. Nae time like the present, is there?

Ah take the bag ay messages ben the kitchen an put the gas burner oan, stickin a pot ay watter oan tae boil afore startin the preparatory work oan the vegetables. Afore ah get tore intae them, ah turn oan the wee wireless ah've goat oan the windae ledge, the static white noise hissin oot at me until ah find a station.

'…following the historic Good Friday Agreement, which was signed on the tenth of April this year, the landmark cross-party agreement will ultimately be sanctioned or rejected by way of concurrent referenda in both the Republic of Ireland and Northern Ireland in just under two weeks on the twenty-second of May…'

Ah never thoat ah'd see the day tae be honest. How they goat them aw roon the table tae thrash oot a deal agreeable tae aw concerned is beyond me. Ye've goat tae laugh at Blair, an Major afore him; the British Government wae nae bloody hint ay irony, ridin intae toon professin tae be peacemaker. British bloody imperialism is the root cause ay the bastarn divisions! The displacement ay Roman Catholics, ye see; ethnic bloody cleansin predicated by the actions ay the war criminal, Oliver Cromwell!

Folk talk aboot the potato famine. Pish! It wis orchestrated genocide; the population wis starved intae submission if they were lucky, death fur the less so. The conditions fur it were laid oot two hunner years earlier by Cromwell, when the native Irish were pushed west tae less fertile lands, necessitatin an over-reliance oan totties fur basic subsistence. That wis bad enough in itsel, but two hunner year later, wae the harvest sufferin fae *phytophthora infestans*—or late blight tae you an me—the British, absentee 'landowners' (that's a bloody laugh) took their cattle an whit crops remained unsullied, at gunpoint, an shipped them acroass the watter—no just tae feed their ain, but tae sell oan in Europe, which hud also suffered fae the blight—tae the highest bidder! Profit oer people! They just left good folk tae starve tae death, the swines! Folk think it's religion they're fightin aboot: The Troubles, Protestants an Catholics, an mibbe, oan the face ay it, it is, but if ye ask me, it's been gaun oan that long noo that people lose sight ay whit's really at play. Religion? Nationality? Cultural identity? See when ye cut through aw the shite, it's no hard tae see whit it wis really aboot—whit it is aboot—*laissez faire* bloody capitalism! Maist people just don't know it.

They'll no tell ye that in school. Educate yer bloody sel, that's whit ah'm always tellin young Daniel. Nae other bugger'll dae it fur ye.

The big pot ah use fur makin soup's bubblin away, the ham haugh bobbin aboot in the frothy liquid. The windae's thick wae condensation wae globules ay watter rollin doon its surface every so oaften like wee tadpoles racin to the boattom ay the gless.

Ah'm nearly by wae peelin the totties when the phone goes in the hall. Probably young Daniel again wonderin how ah've no phoned back.

Dryin ma hauns as ah go, ah hurriedly pick up the receiver afore ah miss it again.

'Hullo, Arthur is that you?' a female voice comes through.

'Aye, speakin. Who's this?'

'It's Jackie O'Henry, Tam's daughter. Mr. Coyle, ah don't know whit tae dae, it's ma Da. Ah'm up at the Royal Infirmary... '

'Calm doon hen. Take a deep breath. Whit's happened?'

'Ah don't know. He's no sayin much—well, just that he fell doon the stairs but ah don't know. He looks like he's been in a car crash. He's black an blue an his nose an airm ur broke. He wulnae tell me anythin; just that he wanted tae see you. He asked me tae phone. Will ye come up tae the hoaspital Mr. Coyle? Ah'm at ma wits end an ah need tae get the wean, ma neighbour's goat him... '

'Just try an staiy calm hen, it'll no dae fur ye tae get yersel aw worked up. Just staiy there, ah'm oan ma waiy.' ah sais an hing up the phone.

○○○○○

The nurse oan the desk directs me tae a private room aff the main ward. Enterin the room, ah'm surprised tae see it empty, just a couple ay chairs fur visitors, some hoaspital equipment an the privacy curtain hingin roon an empty bed.

The windae's mawkit wae a film ay grime oan the ootside makin it near impenetrable tae see through, just impressions ay slow-movin vehicles fae the traffic oan the street below, an motorway beyond.

Turnin roon, ah head taewards the door tae make sure ah'm in the right place when a lassie comes intae the room, her dark hair damp an glistenin wae the rain. It's Jackie. Ah've no seen her fur years; no since she wis a wee lassie, but it's her awright.

'Mr. Coyle, thanks fur comin. They've took him away tae get some tests done. Ah wis just doon the stair huvin a fag.' She looks fraught wae worry, the rim ay her eyes red an the surroundin skin puffy fae greetin. She gies us a cuddle, quite unexpectedly, an ah feel her frail boady tremble, 'Wis he in any kind ay bother?' she sais, 'he'll no tell me anythin but somethin's no right. He'll talk tae you.'

'Bother? Naw, no that ah know ay.' ah lie, nae sense in worryin her mare than she awready is, ' …ah know it's hard, but try an no worry, hen. He's maist probably hud too much tae drink an took a tumble. When ye get tae oor age it disnae take much. Ye bruise like a bloody peach. Ah'll talk tae him.'

There's a clatter fae the door as the trolly the nurse is pushin comes back intae the room. Christ, she wisnae lyin. He dis look like he's been in a crash. His eyes ur black, blue an swollen; the left wan closed oer entirely so that his eye's just a wee slit in the folds ay balloonin, purply flesh. His nostrils ur caked an encrusted wae dried blood an his mooth dry an sare lookin roon the lips.

His airm's in plaster, elevated oot in front ay him, an he's goat a drip gaun intae his other good airm.

The nurse wheels him back intae position next tae the bed an ah help her get him intae it. He reaches oot an clasps ma haun, weakly.

'Jackie, go an get Arthur here a cup ay tea hen, wull ye? Ah want tae talk tae him.' he rasps, quietly, 'The watter.' he sais tae me, noddin tae a jug oan the bedside table.

Jackie leaves the room alang wae the nurse an ah pour him some watter, gien it up tae his mooth.

'They goat me.' he sais, ' …earlier the day they came tae the hoose. Two ay thum. Barged right in when ah opened the door.' he gestures tae the watter again an ah gie him a wee tait mare, ' …a gied thum aw ah hud, four hunner an eighty odd quid. Ah selt everythin ah could an put ma pension money tae it. That oan tap ay whit ah've awready gied thum but they sais it still wisnae enough. Interest. Ah telt thum, 'whit mare dae ye want? The shirt aff ma back?' an that's when he hit me. The tall wan, Monty. Next thing ah knew ah woke up at the boattom ay the stairs, lyin in the doorway. They wur long gone.'

'BASTARTS! FUCKIN BASTARTS!' ah shout oot. A young doactor walkin by glowers at us an approaches the door.

'Sir, this is a hospital ward. I'll thank you to keep the foul language to yourself.' he sais, sternly, like he's talkin tae a bloody wean, an shuts the door oer.

Tam looks at me, his face an boady broken. If he wis a bloody animal, they'd huv put him doon. Ah haud his haun again, the skin loose an bloodied where the drip goes in. Ah want tae tell him whit a stupit, cantankerous bloody fool he's been; that he should've took the fuckin money aff me an no let his pride get in the waiy, but ah don't. The truth is, we're no that bloody different an if ah wis in his shoes, ah'd probably huv done the same.

The door opens again wae Jackie, haudin a couple ay polystyrene cups ay tea. A wee boay sticks his heid roon the door, nervously, ah cannae mind ay his name: Tam's grandson.

'Look who's here tae see ye. Ah furgoat tae say, ah phoned ma neighbour, Mary fae the paiyphone when ye were gettin yer tests an she drapped him aff. Ma man's goat the wee yin.'

The wee boay rushes oer tae see him an ah think ah kin just aboot see a glimmer; a wee fleck ay comfort in his eye as the wean flings himsel oan tae the bed an Tam strokes his hair.

'Careful John-Paul! Yer granda's aw sore.' Jackie sais.

'He's awright, leave him alane.' Tam sais, offerin a strained smile.

'Don't worry auld pal. This ends here. This ends noo.' ah sais tae him quietly, 'he'll be awright, hen.' ah sais tae Jackie, takin the tea aff her.

'Aye, don't you worry aboot that, tough as auld boots, yer auld Granda, so he is.' Tam sais tae the wean, grimacin as he tries tae sit up in the bed.

TWENTY-EIGHT

¥

Ghosts

A woolly sunlight creeps acroass the rain sodden tarmac ootside the east chapel ay the crematorium, breakin through the clouds above, increasin in intensity as the blanket ay grey is lacerated; torn apart an dispatched by high, volatile winds. Unbuttonin ma suit jayket, ah see others dain the same; removin overcoats an anoraks an takin doon umbrellas in response tae the sudden chainge. In minutes it's warm in the glare an ah shield ma eyes, watchin puddles pooled oan the grun ascend skywards, slowly evaporatin.

Groups ay the aulder division staun aboot talkin quietly. Respectfully. Reflectively. Some ay them ah recognise; relatives ay Pearcey's; others, familiar faces fae aroon the area. Aw ay them united in their grief, aw ay them destined to end up in the same place.

Tracey's talkin tae ma Ma in hushed tones, the waiy people dae at funerals. Unsure whit tae say—whit's appropriate, they find common grun in how we came tae meet each other through McDade, ay aw people an ma Ma berates me fur them huvin tae meet like this.

'Aye, Paul's a nice boay, right enough. So, ur you oan the McDade side or Trisha's?' ah hear her enquirin, an tell them ah'm away tae see if ah kin see Pearcey aboot.

His Granny, it is. She passed away a week ago oan Monday. Ma Ma hud a phonecall aff Pearcey when ah wis at work, lookin fur me. Poor wee cunt wis besides himsel she sais. Ah went straight roon tae see if there wis anythin we could dae, 'anythin at aw, mate. Just let us know.' ah sais tae him.

He didnae know where tae start. Kept sayin how he couldnae dae it; couldnae organise the thing. There wid be mare phone calls tae be made: registerin the death, paperwork, informin other members ay the faimily, an obituary in the *Evenin Times*—he's illiterate tae aw intents an purposes. Well, he's no able fur aw that, put it that waiy. Education passed him by. Ah cannae begin tae imagine how bewilderin it must aw be fur him.

That's when ah sais tae ma Ma that we should take oer; help him dae everythin that needed tae be done. It wis beyond him an he's no really goat anybody else. There wis his Ma but he telt us in nae uncertain terms she wisnae tae be involved at aw. She's no been seen fur years in any case, an he sais as far as he wis concerned, it wid staiy that waiy.

The D.S.S. ur there, aye, but the wan thing he kept sayin wis that he wanted a good send aff; wanted her tae enjoy the opulence in death, she never hud in life. Well, ah'm sayin that, but that's whit he meant.

Ma Ma organised a whip-roon wae aw the lassies in the McKellar Watt factory where she works part-time. Pearcey's Granny used tae work in there back in the seventies an eighties afore she retired. She asked ma Granda tae get a collection gaun doon the bowlin club an aw. Folk aboot here might no huv much but they look efter their ain. Me an ma Ma put in oor ménage money that we put away every week fur the Christmas hoalidays. Ah'm workin noo so it's no as much ay a lifeline as it wis, that dough. We'll be sound. It's only right. Anythin tae help the wee man oot. Nae danger.

'Awright Daniel San?' a solemn lookin McDade sais, walkin oot fae behind a group ay mourners, pullin a ten deck ay fags fae his poakit.

'Aye, no bad.' ah sais, ' …crash the ash, then.' ah nod at the fags in his haun, 'Huv ye seen Pearcey yet?'

He gies us a snout an offers the flame ay his lighter up in his cupped hauns, 'Aye. He's doon there talkin tae the undertaker cunts.'

We walk oer taewards the hearse an the other funeral motor parked up ootside the Chapel. Seein us approach, Pearcey breaks aff fae his conversation wae the undertaker an makes his waiy oer tae us.

'Everythin awright mate?' ah goes.

'Aye, ah just want tae get oan wae it, know whit ah mean? Ah mean ma heid's puggled wae it aw an aw these people want tae talk tae us aboot her; how they knew her an aw that. There'll be time fur aw that later oan.'

'The bowlin club, is it? Ma Ma wis sayin.' ah sais, sheepishly, realisin it might no be the opportune moment.

'Aye, ma Granny always liked gaun there. Cheap drink!' he sais forcin an unconvincin smile. 'There is somehin yies can dae fur me though, if yies want tae help.' He looks at the two ay us, in turn, ' … ah'm sorry fur askin but it's the coaffin, there's only me an ma Uncle Billy an Uncle Jim fur pallbearers and ah wis wonderin… '

'Dae ye want us tae kerry her wae ye? Of course we will mate, win't we McDade?'

There's a momentary pause as we stare expectantly at him, afore he replies, 'Course mate, anythin ye need.'

Fae oer Pearcey's shooder, the Funeral Director quietly interrupts, 'Mr Pearce, we're ready to move people inside now.' an gestures tae the open doors behind him where two members ay staff ur haunin oot the Order ay Service tae the mourners awready shufflin their waiy in.

The funeral director ushers us intae position aroon the back ay the hearse, in descendin order ay height, wae me an McDade staunin astride each other at the back, then Pearcey an another member ay staff fae the funeral parlour wae Pearcey's Uncle Billy an Uncle Jim at the front. He pulls the coaffin oer rollers fae the rear ay the mahogany trimmed cabin ay the hearse, an wae the aid ay another worker, they lift it up, directin aw us pallbearers under it, instructin us in hushed tones tae place oor airms aroon oor coonterpart's shooders afore lowerin the coaffin oan tae us.

We walk doon the aisle ay the chapel tae *Pearl's a Singer* by Elkie Brooks quietly resonatin aroon the space oer intermittent wails an sobs fae the noo seated mourners. Seein Pearcey tremblin, tryin tae haud it in, ah reach oot an pat him oan the back wae ma free haun. We walk silently forward until we reach the front ay the chapel where we rest the coaffin doon.

Ah sit doon next tae ma Ma an Tracey, wae McDade squeezin his ample fuckin frame intae the pew next tae us. Pearcey sits doon the front wae his uncles.

The Priest speaks again briefly ay her, as he'd done at St Paul's earlier, then gies a readin ay *Isaiah 26:7-19* afore tryin, wae limited success, tae get those gethered tae sing *Psalm 23, The Lord is my Shepherd* afore the boady's committed tae the cremation chamber.

The curtain closes tae *Yesterday* by The Beatles as wis her express wish. Ah kin see Pearcey doon at the front, his skinny physique quiverin an droonin in the suit jayket he's wearin, only this time ah cannae reach out tae comfort him as ah'd done afore. A solitary bead ay salt watter rolls doon ma cheek as ah take ma Ma's haun, squeezin it tightly. She squeezes back an ah feel proud. Proud that she husnae left me yet. Proud that she's ma Ma.

Listenin tae the lyrics ay the song, it gets me thinkin again aboot ma Da an whit that fuckin screwball Mullin wis sayin, 'You'll be headed the same waiy.'

Ah don't know how long ah've been zoned oot, starin at the big rid curtain that secretes the hatch intae the cremation chamber—contemplatin: thinkin aboot ma auld man, an his, an mine, an every cunt's mortality—but when ah snap oot ay it, everyboady's filin oot, headin up the aisle an back ootside.

'Ye awright Danny?' Tracey asks us.

'Aye, sorry. Ah wis miles away there.'

She hauds ma haun an gies us a reassurin smile an we edge oot tae join the slow movin queue ay people shufflin their waiy taewards the door.

○○○○○

It's immediately less sombre at the bowlin club when we arrive. Men ur busy writin oot drinks lists an organisin kitties fur the bar an there's aulder wummin cuttin through the throng ay people wae cling-film wrapped, faux silver foil platters adorned wae sandwiches an sausage rolls fur the buffet.

'Whit yies drinkin Danny? Ah'll get them in. Ask yer Maw an aw. Ah'm packin. Ma coupon came up last night. Collected ma winnins this mornin at the bookies afore the funeral started.' McDade sais, pullin oot a wedge fae his trooser poakit. Ah didnae even think there wis any fitbaw oan yisterday. Tellin ye, if that cunt fell in the Clyde, he'd come oot wae a fuckin salmon in his mooth, nae danger, man.

Ma Ma's busyin hersel helpin the other wummin get the food laid oot, so ah tell him tae just get her a voddy an soady watter, an leave Tracey tae help him at the bar while ah go an look fur Pearcey.

Ah last seen him ootside, at the door shakin hauns an greetin people wae his two uncles when we came in, so head in that direction.

Cunts ur laughin an jokin, aw animated an that, sittin doon wae drinks an kerryin oan like it's just another social getherin, in stark contrast tae how it wis up at the cremmie. Disnae really seem right, ah don't think; the waiy cunts just revert back tae normal, when less than an ooir ago they wur in the throes ay despair. Ah suppose that's just whit ye dae though, in't it? Ye just get oan wae it. Nae sense in every cunt sittin greetin intae their drinks. It'll come though. Ah've been tae enough funerals tae know that the drama's no by wae yet. Ye better believe it.

'Aye aye, here comes trouble.' ah hear a voice fae a table tae the left ay me as ah'm leavin the function room.

'Fuck sake. Joe! Whit ur you dain here?' ah almost fail tae recognise him wae the tin flute oan.

He nods tae the guy he's talkin tae, 'This is ma partner in crime, young Danny Coyle. Goat him oot graftin wae me, so ah huv.'

'Aye? Fuck sake wee man, ye must be a glutton fur punishment workin wae this cunt.' the guy sais, laughin, 'he goes through labourers like hoat pish through snaw.'

'Usually, aye, but the wee man's a trier, ah'll gie him that. No hud a day aff yet, neer he hus. Heid doon, arse up, an gets oan wae it. No like maist ay them. Ah keep tellin him though: he's too brainy fur the buildin gemme. Ye want tae hear some ay the things he comes away wae. Fuckin Wordsworth, the cunt.' They laugh, an ah dae tae, kind ay awkwardly cos ah'm still none the wiser as tae whit he's dain here.

'So, ye've still no answered me, how ur you here? Ye never cracked a light when ah telt ye ah needed the day aff tae come tae ma mate's Granny's funeral. By the way, ah know that sounds like a dodgy wan tae get aff work, but she wis mare like a Ma tae him, ah couldnae no be here.' ah sais. Surely tae fuck he's no checkin up oan me, fuck sake.

He nods tae the guy he's talkin tae an comes oer tae speak tae me.

'Listen, it's sound. Don't get yersel aw worked up, kid. Ah know, well, ah knew Mrs. Adams. Her an ma Maw wur pals years ago. Sure, mind ah telt ye ah staiyed in Shettleston tae, when ah wis a wean? We staiyed in the same close. It wisnae until ah seen it in the paper—the obituary. Ah never made the connection when ye sais. Ah went in this mornin an showed face tae Draper an that, then fucked off at the mornin tea brek. Ah goat there just taewards the end. Ah wis staunin at the back. She's hud a good turn oot, eh? Mone up tae the bar an ah'll get ye a pint.' he sais.

When ah turn roon ma Ma's staunin there, lookin stern-faced an sullen.

'Ma, this is Joe. The guy ah've been workin wae. Ma boss!' ah sais tae her but she's lookin at him; starin right through him.

'This is the Joe ye've been workin wae aw this time? Jesus Christ, Daniel. Ye could've sais.' she sais.

'How ye dain Steph? Been a long time.' Joe sais.

'Ah'm ah missin somethin here? How dae yous know each other?' ah sais. Ah'm no sure if ah kin take many mare surprises.

'Aye we know each other. Joe's another wan ay yer Da's junkie pals, if ah'd huv known… '

'Noo, just haud oan a minute, that wis years ago. There's nae need fur… '

'Daniel! Get back oer there. That lassie's staunin hersel. She's here fur you when ye need her, don't you leave her staunin aboot while ye talk tae the likes ay him. An as fur you, don't you think yer corruptin ma Daniel just like ye did John. If he hudnae been hingin aboot wae you an aw the rest ay them he might no huv—he widnae huv went the waiy he did wae that fuckin shite.'

The room's went quiet, aw eyes trained in oan us, it seems, an ah feel like a fuckin actor in a play ah've no read the script tae; ignorant, completely fuckin removed fae whit's gaun oan. Ah grab ma Ma by the airm an take her away; back tae McDade an Tracey an the group they're staunin wae at the other side ay the room.

The murmur an thrum ay the place picks back up again as we walk back through the busy room an ah look at ma Ma, eyes penetratin her face lookin fur answers but she disregards me, stormin away back tae the auld biddies in the kitchen, kiddin hersel oan that she's goat important business tae attend tae.

Pearcey's staunin wae Tracey at the table talkin when ah get there.

'Whit wis that aboot Danny? Listen, ah love yer Ma, ye know that, but ah'm no huvin any grief at this, right? Just a nice quiet wake. Ma Granny always liked yer Ma an yer Granda an that. Where is he anywaiy?'

'Sorry mate. Ah don't know. Ah thoat he'd huv been here. It's no like him. Fuck knows whit's up wae ma Ma.'

McDade ambles back oer fae the jukeboax wae a smile oan his face just as the wummin behind the bar announces that the steak pies an veg ur comin oot an anybody that's wantin fed hus tae make their waiy up tae the buffet table, 'Ah fuckin love this wan, man. Didnae think these auld duffers wid huv it oan their jukie.' McDade sais, noddin his heid sagely.

Ocean Colour Scene comes unceremoniously oot the speakers, washin oer the room; an acoustic number.

'Fuck sake McDade. 'Take some pills wae yer coke', you huvin a laugh man? It's a fuckin funeral.'

'Aw, ah love this wan tae. It's pure brilliant.' Tracey appends.

'So dae ah. It's no really the point though, is it?' ah sais.

'Speakin ay coke… ' McDade sais, wavin a folded lottery ticket wrap ay gear in front ay him.

'Fuck sake, man. Huv ye nae fuckin civility aboot ye? There's a time an a place… '

'Get wan ay them oot fur me.' Pearcey sais, 'ah could be dain wae wan.' an just like that, it's legitimised. Sanctioned by the only cunt in the room that kin reasonably gie it *carte blanche* the day, as far as ah'm concerned.

○○○○○

Ooirs pass, the proverbial powderin ay the noses ur actualised, oan mare than wan occasion, an everybody's in good spirits, considerin. Pearcey even seems tae be gettin back tae his auld sel.

Ah'd goat a haud ay ma Ma an asked her whit the score wis wae Joe; telt her that he wis a good cunt an hud only ever looked oot fur me since ah'd been workin wae him but she wis huvin none ay it. Sais noo wisnae the time an she'd talk tae me when we wur sober.

'Right, ah'm oan the bell, whit yies huvin?' ah sais.

'Ah'll just huv another white wine then ah'll need tae get a taxi. Goat uni the morra.' Tracey sais.

'Just another Mick Jagger fur me. Naw, make that a J.D. an coke. They pints ur baggin me up.' McDade sais, cradlin his stomach tae emphasise the point.

'Pearcey?' ah sais, but he's no listenin, just starin at some wummin ah don't mind seein afore. She's unsteady oan her feet, tryin tae order a drink at the bar. Wan ay Pearcey's uncles is remonstratin wae her but ah cannae hear whit's bein sais oer the chatter.

'Ah don't fuckin believe it.' he sais.

'Whit? Whit dae ye no believe?' ah sais.

He looks at me, pausin fur a second, like he's unsure whether tae answer the question, afore relentin, 'ah think that's ma Ma.'

His other uncle's involved noo, an wan ay his aunties, 'JUST TURN ROON AN GO, CATHY! YER NO WELCOME HERE!' his auntie screeches.

'HOW FUCKIN DARE YOU, YA STUCK UP WEE BOOT.

SHE WIS MA MOTHER! AH'M ENTITLED TAE PAIY MA RESPECTS!'

The uncles grab a haud ay her an drag her taewards the door as she kicks oot an screams at them, callin them fur everythin.

'OPEN THAT FUCKIN DOOR SOME CUNT.' wan ay them shouts as she struggles wae them, breakin free. There's a collective gasp as the copper coloured hairpiece she's wearin faws tae the flair, revealin short, cropped hair underneath. She's goat thick foundation oan, noticeable even at this distance, wae green eye shadow an mad pencilled oan eyebrows, makin her look permanently surprised. In fact, she looks like the makeup application wis by waiy ay a couple ay rounds tae the face wae an semi-automatic paintbaw gun. The place is deathly silent noo, aw eyes fixed oan her.

'Ma ain brothers, eh? Flingin me oot ay ma Maw's funeral.' she sneers, contemptuously.

'You gave up any right ye hud tae call her that when ye fucked off an left her wae yer wee boay. Noo, go! Get tae fuck oot ay here!' his uncle Jim, ah think it is, sais.

'Stephen! Ma Stephen! Is he here?' she sais, melodramatically, scannin the room, unsteady oan her feet. She looks oer in oor direction but the wee man staiys quiet, just stares at her like every other cunt, 'WHIT UR YIES AW LOOKIN AT, EH? THE BEST THING AH EVER DONE WIS LEAVIN THIS FUCKIN SHITEHOLE! YIES UR WELCOME TAE IT!' she screams an bends oer, pickin up her wig. An wae that, she turns an totters oot oan her heels, lookin like a moderate breeze wid blaw her oer. The door's slammed shut at her arse an the inevitable outraged chatter ensues.

'Ah think ah'll stick another couple ay tunes oan the jukeboax.' McDade sais, strugglin fur somethin tae say, fur wance.

ooooo

McDade's away in a taxi drappin aff Tracey first, then doublin back tae take Pearcey hame. The wee man's blootered. Ah think he needed a blaw oot, efter the day it's been. He sais he's gonnae staiy the night wae him tae make sure he's awright which, fur McDade is a rarely witnessed act ay altruism. Ah widnae be surprised in the slightest if he gets another gram aff Johnny Scanlon an keeps the wee cunt occupied in a waiy mare conducive tae his waiy ay thinkin though. Either waiy, at least ah know he'll get hame an huv company. He's gonnae need his mates in the comin weeks, ah know that much.

Ah'm hingin back, waitin fur ma Ma, who's been deep in conversation wae a few ay the auld girls she used tae work wae at the factory, reminiscin aboot the auld days. Last order's been called an the bar staff ur busy clearin up the tables an moppin the flair an that, ready fur the next day when there's some sort ay tournament gettin played wae other auld yins comin doon fae other bowlin clubs aroon the city. They take aw that shite seriously, man. Ye should see ma Granda when he's in action. Eye ay the fuckin tiger.

Ah head ootside fur a fag while ah'm waitin oan ma auld Dutch finishin her natterin wae the fuckin Golden Girls.

The late spring evenin's mild an temperate as ah step ootside tae the street. Ah take a fag oot ay the crushed deck ay sixteen fags ah bought in the club fae the machine.

There's a guy staunin further doon the buildin, usin the waw tae keep himsel upright. He hiccups an looks up taewards me as ah spark the lighter a few times tryin tae get it tae ignite. It's Joe, shirt collar unbuttoned, *sans* tie, wae his suit jayket folded oer his airm, 'Danny boy! *hic* Mere an gies a *hic* light, son.' he sais, fumblin aboot wae his ain fag boax, puttin wan tae his mooth.

Ah gie him the lighter an tell him he's goat his fag the wrang waiy roon, which he rectifies efter haudin it oot in front ay his face, tryin tae focus oan it, seeminly no believin me.

'Yer auld *hic*, yer auld man *hic*, he wis a good cunt, ye know?' he sais.

'Naw he wisnae. He fuckin topped himsel. Who dis that, eh? When they've goat a wife an wean that loves them at hame, waitin fur them?' ah sais, tirin ay hearin aboot aw this morbid pish.'

'Aye, that's whit they *hic*, that's whit they sais happened.' he looks at us quizzically, or mibbe no. He's fuckin gassed. He'd probably look at us like that if ah asked him where he staiys, fuck sake.

'Whit dae ye mean? Ma Granda's awready telt me, he flung himsel aff the high flats. The polis done aw the tests; he'd been usin again. Sais it wis an open an shut case; nae suspicious circumstances… '

'Aye, ah know *hic*, never mind me, ah'm pished. Where's that fuckin taxi, she's gonnae… '

'Never mind the fuckin taxi' ah sais, ' …whit dae ye mean?' He looks at me, suddenly alert, like he realises he's sais too much; like it's just dawned oan him the fuckin severity ay whit he's sayin tae me, 'WHIT? WHIT IS IT?' ah shout at him.

'Wee Titch Lavery. It wis his flat he wis in when it happened. Look, it's probably nuttin. Titch wis a fuckin loony tune. He wis carted aff no long efter. Spent the rest ay his days in an oot ay the Parkheid hoaspital.'

'Whit is it? Say whit ye wur gonnae say, fur fuck sake. Ah deserve tae know.'

'Right *hic*, awright. They'd been in there usin. He sais yer Da just showed up, oot ay the blue, efter bein aff the scene fur years. He'd squared himsel right up. Aff the skag fur years, but he sais he wanted a fix. Didnae even jag it, Titch sais. Just hud a toot. Anywaiy, *hic*, he goat his fix an conked oot, gouchin. Sparkled. Titch sais he left him oan the couch tae sleep it aff an went tae the shoap tae get a few bits an pieces… '

'Right. Then whit happened? Mone tae fuck, Joe.'

'He sais when he goat oot the lift, at the grun flair, there wis two cunts gettin intae the other wan. He turned an looked an he sais he seen Harry Mullin an that fuckin Franny Montgomerie just as the doors wur shuttin oer.'

Montgomerie. Fuckin Monty, the arsehole that chased us wae the sword. The wan that shouted doon tae the street at Tracey.

'Whit happened next Joe. Tell me!'

'He sais that as he wis walkin tae the shoap, cuttin acroass the wee park in front ay the tower blocks, he heard the scream. When he turnt roon, it wis just in time tae see him hit the grun. Look ah'm sorry kid, ah shouldnae be tellin ye aw this. It wulnae chainge anythin.' He stubs the fag oot oan the waw behind him, red embers showerin doon tae the pavement, ' …look, like ah sais, Titch wisnae tae be relied oan as a credible source. He wis known fur talkin pish; wisnae, eh, *compos mentis*, know? But he sais, when he looked up at the veranda oan the ninth flair he seen two cunts lookin doon afore disappearin away behind the barrier.'

'Did he report it, whit he saw?'

'Ah don't know. Ah think he tried tae. The coppers widnae huv gave him the time ay day. The thing is, there wur other witnesses. People fae the other flats. They sais they seen John staunin there, starin oot—they're shared verandas, runnin the length ay the buildin. See, yer Da hud a history ay depression an that, an wis known tae the polis as a junkie. Tae the polis it wis just another smackheid deid… '

'An aw these years you've known this, ye've never done nuttin aboot it. Whit aboot ma Ma, eh? Ma Granda… '

'Look, by the time Titch told me, it wis years later. It wis aw oer wae. The polis hud closed the case an yer Ma an the rest ay yer faimily didnae question it. Ah telt ye, he wis a depression case. Nae cunt wis surprised, tae be honest. Whit did ye want me tae dae, rake oer auld coals oan the word ay a schitzo junkie. It widnae huv broat him back, wid it? Ah'd been clean fur years by this point. Just like yer Da, ah goat aff it. Difference is, ah staiyed aff it. Yer Ma an yer Granny an that hud been through enough wae him; wae aw ay us. Ah'm only tellin you oot ay respect. Ah shouldnae huv sais anythin.'

The door ay the club opens an ma Ma an another five or six wummin spill oot oan tae the street, laughin an jokin. Private hire taxis arrive an form a queue oan the street, their diesel engines rattlin away like army tanks an ah jump in the first available wan wae ma Ma an another couple ay auld yins she's decided we're drappin aff. Ah look oot the windae as the motor pulls away, back oot tae the coarner ay the buildin where we wur talkin, but he's gone, just another guy in his housecoat an slippers, staunin idly, waitin while his dug sniffs eagerly aboot a lamppost.

TWENTY-NINE

▶

Pawns

Ah think ah've goat everythin. Two boatles ay ginger: wan, Irn-Bru, wan, Garvie's Orange; three packets ay biscuits: Toffeepops, an two ay mint YoYos; a pint ay milk fur makin tea; two chicken an mushroom Pot Noodles an a packet ay king-size Rizla.

Ah stick it aw doon oan the table, layin it oot in a wee display, like a wean playin shoaps, an get the rollin tray fae under the couch tae build a few joints. Burnin the edge ay the ounce ay soft-black ah'd picked up aff wan ay the Guru's contacts doon the Southside, the sweet, musky notes envelope the room like a pungent incense. Proper hashish, this gear. No like that dark-rocky shite every cunt an their Granny punts aboot here, know whit ah mean?

Joints rolled, ah flick through the CDs in the case ah keep them in, lookin fur—ah don't know whit. Ah'll know it when ah see it.

It's then that ah dae. Paul Simonon, legs akimbo, bass guitar aloft, seconds afore he shatters it aff the stage flair in an act ay punk rock petulance, caught forever in the iconic cover art. The Clash - London Calling.

Lightin wan ay the joints, ah stick it oan the stereo, the title track comin beltin oot, washin oer us in a violent torrent ay noise.

Ah sit fur a while absorbin it, smokin the first joint, quickly foallied by another wan, complimented by correspondin mugs ay tea.

Ah'm waitin. Waitin tae see whit's gonnae happen; how things ur gonnae play oot. Nae point in stressin though. The wheels ur in motion, ah just need tae ride the fucker till they faw aff.

Oer behind the curtain, at the big bay windae ay the livin room, ah get the flight case that keeps ma bass guitar safely stored inside.

Stoappin the music, ah click it open, lift it oot alang wae the lead, an plug it intae the wee practice amp ah dig oot ay the press in the hall. It's no far oot ay tune, considerin. It must've been in there fur five or six months noo—since the start ay the year definitely.

Ah tune it an turn the wee amp up as loud as it'll go waeoot distortin the sound tae fuck. Walkin oer tae the stereo, ah stick the CD back oan, flickin it forward tae *The Guns of Brixton.* The bass comes through in stereo as ah play alang tae the track, the auld Fender Precision bass soundin just as fuckin sweet as it ever did.

Bangin comes doon fae the cunt upstair so ah reciprocate, retrievin the mop fae the kitchenette, an reachin up wae the haunel tae the high ceilin, bangin back. Fuck that prick. It's the middle ay the efternin, know whit ah mean? If he keeps it up, ah'll dae it late at night next time. Gie him somethin tae really moan aboot.

The phone vibrates, buzzin aboot oan the table. A text message:

Hi Steve. it Zander got that paper 4 u as promised.
Can b there in ten if u want 2 meet.

Although ah knew it wis comin, ah wis at least hopin ah'd get some time tae masel; some time tae reflect; time tae get stoned an play a bit ay music; tae melt away intae the here an noo, just fur ma ain pleasure. Sometimes the simple things ur aw ye really need.

This is it though. Don't ask me how ah know, ah just dae. Ah've no heard fae him since the drap at the fairmhoose. Ah text back, tellin him tae head doon tae the usual place ah get him when he cannae see me at his gaff. Ah put the bass away again, gien it a last forlorn glance, nestlin as it is, in the black velvet lined interior ay the case, afore shuttin it oer an placin it back behind the curtain, hopin it's no the last time ah dae so.

In the bathroom, ah run the tap oan cauld an wash ma face in the cool, life-gien liquid, catchin ma gaze in the mirror, 'This is it Stevie boay. *Carpe diem,* man. Seize the fuckin day, ya cunt!'

ooooo

The street's quiet, just the odd motor trundlin alang the road in either direction an maist ay the shoaps ur shut wae the exception ay the Co-Op acroass the road, an the chippie, the roller shutters ay which ur bein wrenched up by the owner, Mario, as ah pass him. He gies us a wink as he usually dis, an sais hello but there's nae time fur pleasantries. No the day.

Lookin up the road, ootside the pub at the pelican croassin, ah see Zander's motor, the BMW, conspicuous wae its garish purple, pearlescent paint joab, in contrast tae the other squibs parked roon aboot it. He flashes the heidlights in case there wis any doubt, the beams iridescent through the spittin drizzle, an ah walk taewards him, takin ma time, considerin ma options. Ah won't lie, ma arse is gaun, big time.

Tae ma right, a close door's wide open, jammed wae a doorstoap an ah kin see right through tae the back green as the door at the rear drifts open wae the draft blawin through, afore bangin shut again. Ah think fur a second aboot makin a run fur it. Ah could be through there in jig time, fuckin off oer the backs an away afore he even knows whit's happenin. The fleetin thoat passes though as ah walk oan, gettin closer tae the motor. Ah need tae see this through, whitever happens.

Gettin intae the passenger seat next tae him ah front it oot, 'Awright Zander, whit's happenin?'

'Stevo, how's it goin ma bro-ski? Keepin busy, ur ye?' he sais an pulls the motor oot intae the road.

'Where we gaun? Ah thoat ye were here tae gies a square up, fur gettin the gear fur yer man, Coln.'

'Aye, aw in good time, Stevo. Need tae go an pick it up.'

He turns up a side street, fuckin horsin it, an the rear end ay the brief kicks oot wae the torque as he flairs it oan the greasy surface ay the road.

'Fuck sake, where's the fire? Widnae want tae see ye totallin this nice motor.'

He fumbles aboot in his inside poakit, pullin oot his fags, flickin the lid open wae his thumb, 'Smoke?', he offers them tae me.

Grabbin wan, ah put it tae ma mooth an light it, watchin the blur ay the buildins ootside fly by, 'Where we gaun then, back tae yours? Wid it no huv been easier tae bring it wae ye?'

'Aye. Ah suppose it wid. Must be gettin forgetful, eh?' he sais an looks at me, 'It's amazing how people can forget important things int it?'

He takes another turnin, doon taewards the railway an it's noo that ah know it's oan. At the railway bridge that passes oer the road, he makes another sharp left, up a wee potholed excuse fur a road an stoaps at a gate wae a sign oan it readin:

GUARD DOGS ON PATROL
PRIVATE ESTATE. KEEP OUT.

He drums his hauns nervously oan the steerin wheel, lookin at me, 'Whit've you done, eh? Coln's doin his fuckin nut. He told me tae get a hold ay you an bring ye here. Wouldnae say anymore than that.' he pulls another fag oot his pack. His hauns ur shakin, though he tries tae hide it.

'Ah've no goat a fuckin clue whit yer talkin aboot. You better no be settin me up ya fuckin snake.' ah sais tae him through gritted teeth. No so fuckin wide when he's no goat an audience, the prick.

The gate opens an a young boay, nae mare than thirteen or fourteen looks oot afore swingin the big sheet-metal clad fucker open. Zander drives through, an the gate squeals an clunks shut again behind us. Curtains twitch in the surroundin caravans an chalets as he rolls slowly intae the compound.

Straight, dead-ahead in front ay us is the maist palatial ay the chalets, brilliant white wae a canopy oer the door supported by neo-classical columns, the type ay which look mare at hame oan an Alexander 'Greek' Thomson buildin in the toon than they dae here. Tellingly, there's two big German Shepherd dugs tied up ootside. Nae prizes fur guessin whit wan Coln resides in. The door opens an he's there wae the two brothers. They come oot tae meet us as we draw up tae it.

The gravelly surface ay the grun crunches under ma feet as ah pivot roon, steppin oot ay the motor, sensin conspiratorial eyes. There's folk, men maistly, comin oot ay their dwellins, groupin thegither, the faint murmurins ay discontent palpable in the air.

'Coln! Everythin alright there now?' an aulder, heavy-set cunt enquires.

'Yeah, all good William. Don't worry youself, now. Just got some business with these here gentlemen.' he sais tae him, wavin them away, ' …you two, inside', he nods his heid at the door. The dugs strain their tethers comin oer tae investigate but they're docile, just huvin a wee sniff at us at we pass through the middle ay Coln, Paddy an Finn, enterin the chalet.

'Sit down. Over there, at the table.' Paddy sais tae us as he steps intae the room. Coln and Finn come in behind him. There's a wummin an two weans sittin watchin the tellie. Coln nods at her an waeoot sayin a word, she scoops the weans up, disappearin through another door intae an adjacent room.

'Glad yous could make it. Can we get you anything? Cup of tea? Coffee?' Coln sais, his big shovel hauns planted oan the table in front ay us.

'Naw, no fur me.' ah sais, feelin two fit tall as Finn an Paddy flank him oan either side, airms croassed, gien it the full intimidation routine.

'Good. Ah want ye to look at somethin for me.' Coln sais, takin his jumper an shirt aff, turnin roon. Ah look at Zander who returns the look, incredulous, ' …now, have a good look there an you tell me, what do ye see, eh?' Ah look at the other two, who stare blankly back at me, deadpan. Indecipherable. There's little option but tae play alang wae the charade an indulge him.

'Ah don't know whit ah'm supposed tae be lookin at Coln, dae ye mind tellin me whit this aw aboot?

'Dae ye see any buttons there, eh?'

'Whit?' ah sais, an he turns back tae face us.

'I said do you see any fuckin buttons goin up my back?'

'Naw.'

'Then why is it ye think ye can sell me an me brothers here a kilo of cocaine that's only forty odd per cent pure, eh Steven? Did ye think we wouldn't find out, eh? Did ye think the fuckin stupid traveller people wouldn't have the wherewithal to get it checked out, eh? Is that it?'

'Coln, ah don't know whit ye mean, man. It wis sealed wint it? Ye opened it in front ay oor eyes man. Yies aw took some, sais it wis the business.'

'Aye, that's right, we did. I had someone take a look at a sample and go to work with his chemistry set. He washed it through with ammonia, so he did. Got rid of all the impurities. What was it he said there, Paddy?'

'He said Fred Astaire couldn't have danced more over it, Coln.'

'That's right. Fuckin Fred Astaire!' he sais, leanin oer the table taewards us, his barrel chist risin an fawin as he tries tae regulate his breathin. His teeth ur clenched thegither, accentuatin his big fuckin *Desperate Dan* jawline an he looks like he's aboot tae panel us wae wan ay the aforementioned shovel hauns.

It's probably aroon noo ah should enlighten ye as tae whit he's talkin aboot. Fur that though, we'll need tae go back tae the night me an Scanlon tanned the tool hire place.

ooooo

Two Weeks Earlier

The street's quiet when we arrive ootside ma bit, just a delivery driver drappin aff rolls ootside the coarner shoap further alang the road. The digital cloack oan the dash reads 05:21. The sun's startin tae come up an the many windaes ay the tenements reflect the early mornin orangey hue back doon at us, gien the illusion ay warmth in the cauld ay the dawn.

We get it intae the flat, placin the bulky metal case doon in the coarner by the sideboard in the front room afore gettin the drills, which ah assume ah'm noo the fuckin custodian ay until Scanlon gets them shifted.

'Here, dae ye think he clocked the reggie ay the motor, the security cunt?' he sais, makin me consider fur a moment afore ah remember.

'It'll no matter if he did, that motor's a ringer. Ye kin tell wae the wee plate under the bunnet wae the *VIN* Number oan it. It's been grinded aff an another wan put oer it. Ah noticed when ah wis puttin watter in the skooshers the other day.

'Ah fuckin *knew* ah should've goat mare stuff.'

'We fuckin goat whit we needed—whit *ah* needed, an we goat away by the skin ay wur teeth, just be thankful fur that. This'll be oer soon, an ah'll see ye right mate, don't worry aboot that.'

'Aye, if ye don't end up deid! Ah hope ye know whit yer dain Stevie.' he sais, aw serious, like ah don't grasp the gravity ay it masel.

'Ye skinnin up?' ah sais, walkin oer tae the stereo an puttin oan Pink Floyd - *Animals,* ' ...we've only goat wan chance at this.'

ooooo

People huv been bulkin up drugs fur as long as there's been drugs. There's a variety ay reasons fur it but principally an overwhelmingly, it's doon tae wan fundamental thing:

Greed.

People's want fur narcotics ur infinite, right? The availability ay drugs however, especially drugs imported at a high risk an cost tae the supplier, ur finite. There's only so much ay it comin in tae satisfy demand so inevitably, this dictates the price.

Ye'll paiy mare fur a key ay ching in Glesga that's hud tae work its waiy through any number ay cunts in the supply chain—no tae mention accumulatin some nautical miles—afore it reaches here, than ye will in say, New York, cos the gear's hud further tae travel.

Market forces, man.

By the time it makes its waiy tae street level dealin, ye kin bet yer life it's been danced oer. Probably numerable times.

The cuttin agents used kin vary, but among the maist common ur: creatine, glucose, paracetamol, caffeine, baby laxative (ever wondered how yer compelled tae run tae the nearest carsie an 'make a deposit' efter that first patsy of an evenin?), boric acid an mannitol.

The problem wae maist ay these is that they *look* the part, in that they closely resemble the drug, crucially though, they dilute the potency, an the *illusion* ay potency, cos they don't produce any similar effects recognisable tae the user as a cocaine high.

The sensation then, is diminished. Noo, that's awright fur yer average daftie in the street buyin a gram tae impress his mates doon the pub but yer ching connoisseur, he's gonnae be wide tae it, an if there's wan thing the inveterate charlie aficionado that's paiyin top dollar fur his gear disnae want, it's a sub-standard, impure product.

If, as is invariably the case, the buyer intends tae move some ay the product oan himsel, *he* wants tae be the guy makin the calls oan the bulkin up process, efter he's set aside a portion ay the (ostensibly) uncut product fur himsel, of course.

How dae ye circumvent this then, ye may ask? Ye cannae kid a kidder, as they say. It's a question coke dealers huv been askin since a certain Señor Escobar goat a grip ay its potential in the eighties an startit distributin it roon the world tae whoever hud the requisite amount ay poppy tae take receipt ay it—how tae get mare bang fur yer buck, or at least how dae ye convince punters that's whit they're gettin?

The answer?

Benzocaine. Also known in the trade as 'magic', ah kin only assume because ay its ability tae dupe even the maist seasoned veterans ay the marchin powder gemme intae believin the gear in question is bonafide.

It's a dental anaesthetic that numbs the gums, an lips, an tongue, an anywhere else in yer gub or otherwise ye care tae rub it, makin it ideal fur the auld dipped finger test. Ye know the wan, eh? We've aw seen Columbo.

The thing that sets it apart is that naeboady's wide tae it yet. No up here anywaiy. It's literally an unknown quantity.

It's just like any other recipe, know whit ah mean? It's aw aboot the measurements. Take wan kilo block ay ching, break it back doon intae powder, add four hunner odd gram ay glucose, another six hunner gram ay benzocaine an mix it aw thegither. This part cannae be rushed. It's a delicate operation. Yer lookin fur consistency; nae clumps or lumps. Thoroughly mixed thegither intae a fine, white powder.

We use a couple ay trowels tae chop it, turn it oer, slice it up, mix it back again, scoop it up, flip it oer, chop it up again, an repeat assiduously till we're satisfied it cannae be mixed any further.

'Right, noo whit?' Scanlon sais, surveyin the kitchen worktap, which only needs a couple ay decorative penguins tae gie it the full snow globe effect.

'Gie it the auld *Pepsi* challenge.' ah sais, rollin up a score note an haunin it tae him. The album's playin through again, huvin awready hud a full play. The second track, *Dogs* comes oan the stereo in the other room wae its jagged, spiky guitar chords fadin in an that mad synthesiser noise crashin in an passin through yer heid like an alien spacecraft abductin yer consciousness afore Dave Gilmour comes in wae the first verse, his soarin vocal interpretation ay Roger Water's lyrics aboot strikin oot at yer adversaries elicitin a vigour in me ah've missed ay late.

Fuckin too right, Rog, ah think, as ah take a sniff masel an wait the split second it takes fur it tae kick in, 'Well, whit's the verdict?'

'Magic man. Ah cannae tell the difference.' Scanlon sais, rubbin some aroon his gums.

'Telt ye, eh? Fuckin *magic* right enough, man.' ah sais, haudin the tub ay Benzo aloft like the Scottish Cup, 'gies a haun scrapin it intae this…' ah sais, trowellin the gear intae a Tupperware container, ' …we're no finished yet.'

Ah'd managed tae get wee Benny Anderson—an auld mate fae the shipyerds, an a welder—tae make us a wee jig; a wee metal boax, five mull thick, the same dimensions as a key ay gear, only double the height, wae a steel lid, cut just slightly, fractionally smaller than the inner perimeter. Ye could just aboot fit a baw hair in the gap.

Ah leave Scanlon tae weigh a kilogram ay the gear oan the kitchen scales an pour it intae the boax while ah go intae the other room an open up the hydraulic press. It's pretty self-explanatory, how it goes thegither, an in a couple ay minutes ah've goat it assembled. 'Bring the boax in, mate an fur fuck sake watch whit yer dain. Don't drap it.' ah sais.

Tae be fair tae him, he listens an shuffles slowly intae the livin room as though the hairs ay his arse cheeks ur tied thegither.

Ah place the steel boax oan tae the heavy steel subframe, linin it up under the piston an place the lid intae the rectangular hole, the displacement ay air providin a cushion against the mass ay the heavy plate as it draps slowly intae place. Wae ma right haun ah slowly pump the lever, the piston drappin doon gradually, in wee increments till it's inside the boax an touches the steel plate.

Ah crank the lever another good few times, the resistance stronger wae each pull, until ah cannae anymare, 'Get that shrink-wrap Benny gied us.' ah sais (the type ay which they use tae encapsulate areas ay the ships these days when they're paintin or blastin them), ' …cut a wee square aff it so's ah kin wrap this.'

He gies us it oer an ah turn the boax upside doon oan tae it. The steel lid comes doon first an efter movin it away, ah tap the boax lightly oan the boattom an sides, like buildin a sauncastle, an the block ay freshly compacted gear faws oot, landin oan the Polyethylene wrappin.

Ah wrap it an gently heat the plastic wae the heat gun Benny gied us, makin sure no tae haud it too close, like he telt me, an it shrinks, wrappin the gear tightly inside.

We repeat the process an by the back ay eight in the mornin, we've goat two shrink-wrapped keys ay ching, pristine—just aff the boat. 'Well, that's the hard part done.' ah sais, stretchin ma airms oot an crackin ma knuckles.

'Aye, ye think?' Scanlon sais, afore repeatin, ' …ah just hope ye know whit yer dain.'

ooooo

The door his Misses disappeared through wae the weans bursts open an a wee boay comes runnin intae the room; just a wee tote, he is, 'Daddy, Mammy sais we can't come in here but I want tae watch the *Teletubbies*. It's not fair.' he sais, pointin tae his jammy tap, emblazoned wae the logo, his boattom lip quiverin. Say whit ye want aboot the pikeys but they aw talk proper an that, no like we dae. Ah don't know, mibbe it's cos they're marginalised or whitever but they're always well spoken, annunciatin their words well an that.

'Sorry Coln, I tried to stop him.' his wife sais, comin intae the room.

He picks the wean up, gien him back to his mother, 'Don't you worry wee man, we're nearly done here, then you'll have yer Telebuddies.' he sais.

She takes the greetin wean away back oot ay the room, shuttin the door, his muffled cries fadin away tae nothin.

'You better start comin up wae some answers, Steven, an they better be good. Yer upsettin the children now.'

Ah look again at Zander but he's blankin us, starin doon at the flair.

'Look, it came like that. It's no me ye should be talkin tae. Ah just did this as a favour. Fur this prick, here.' ah nod tae Zander. He's fuckin lookin *noo*, awright, ' …as far as ah know, it's just the same as anythin else ah've ever selt ye. Ah goat it aff Harry Mullin, that's who ah punt it fur… '

'Mullin?'

'Aye. Fuck sake, look, that cunt's goat a haud oer me. Ah ran up a debt wae him an he made me go tae work fur him… '

'But, the Templetons—Zander? You said this was comin from them.'

'It wis, it *is*. Look, sorry Coln, ah wis just tryin tae make the connection fur ye. They supply Mullin. They're no the type ay people ye just chap their door an ask fur that kind ay weight but, know? Ye've goat tae go through the supply chain—ah thought ah wis helpin ye.'

'By goin to that bastard! Sure, have I not told ye before he's not to be trusted, Alexander? Eh? Ye stupid fuckin cunt, ye!'

'That's the fucker that swindled us for them cases of fags, Coln! Remember sure, a few years back?' Paddy chips in, the penny suddenly drappin. Finn's pacin up an doon the room, seethin. He comes oer tae where Zander's sittin, grabbin his heid in his hauns, 'Ye fuckin bastard, ye. I told ye this fucker was no good, Coln. Give me one fuckin reason not to string you up!' he sais, liftin him up tae his feet, hauns still firmly clamped roon his heid. Zander tries tae talk; tae plead his case, but it's just a garbled croak that comes oot.

'That's enough now, Finn. Put him down.' Coln sais an his brother releases him, Zander drappin like a sack ay totties back intae his seat.

'You!' he sais tae me, ' …can you take us to him? If I find out you're lyin… '

'Aye, man. Whitever ye need big man. Ah'm no lyin, man! Talk tae yer partner here, he wis the wan that sais ah wis tae keep Mullin's name oot ay it. Whit the fuck dae ah staun tae gain oot ay bumpin you, man? Think aboot it.'

He looks perplexed at this, they aw dae. He gestures tae his brothers tae foallie him oer tae the other side ay the open-plan room, next tae the U-shaped, cellophane covered settees that wrap roon the perimeter ay the lounge area. They're deep in conversation, gien it aw the fuckin flailin airms an accusatory glances in oor direction.

'Whit huv you goat me intae, ya fuckin prick?' Zander whispers tae me.

'Whit huv ah goat *you* intae? This is aw your dain ya slimy wee cunt. When this is by wae, you better huv eyes in the back ay yer heid, ah'm fuckin tellin ye.' ah snap back at him. Ah've goat enough fuckin heat fae fuckin headcases in ma life the noo, this fuckin skid-mark isnae wan ay them. Ah've seen enough screwballs in ma time tae know a cardboard gangster when ah see wan. His dejected look only confirms it.

'Right! We're goin. UP! NOW!' Coln suddenly exclaims, 'FUCKIN MOVE!'

Paddy, who's fucked off momentarily, comes back wae a couple ay metal basebaw bats in wan haun, an the leather holdall ah'd gied them the key in, in the other. Finn ushers us oer taewards the door.

'Coln—come oan tae fuck, brother! Me an you, man! There's nae need tae treat me like this!' Zander pleads, 'We're in the same camp, ye know *that*?'

Turnin roon, ah see Coln loadin two shells intae the twin barrels ay a sawn-aff shotgun. He sticks another few in his jayket poakit an clicks it shut.

'That, *brother*, remains to be seen,' he sais, thumpin his haun intae Zander's back, propellin him effortlessly oot the door.

THIRTY

Time

The black-hack driver's been rabbitin oan aboot aw manner ay bloody contradictory, ill-informed garbage since ah goat in at the rank at the Royal. Maist ay it barely registers; just the usual casual racism an xenophobia, spewed oot in a filthy slurry wae the assumption made that ah agree wae everythin he sais. Ah don't, of course, no a bloody bit ay it, but ah've no goat the energy tae argue. Ah just grunt in vague recognition or gie the occasional monosyllabic acknowledgement, watchin the red an blonde sandstane corridor ay tenements flit slowly by.

As we get tae the boattom end ay Duke Street, passin under the railway bridge, the Parkheid Forge shoppin centre presents itsel tae us, its Egyptian pyramid inspired design still alien tae me in this post-industrial landscape. It disnae seem like long ago that Tam an I grafted in there, back in its original form. Looked bugger all like that, right enough. The black, chokin, sulphurous addled expanse ay the site made Blake's dark satanic mills look like a bloody Butlin's hoaliday camp. Still though, we didnae know any bloody different. Ye just goat oan wae it.

Thinkin aboot Tam back then—the cheeky wee bastart that showed up that Monday mornin tae start his apprenticeship, his whole life aheid ay him—illustrates the strange duality tae seein him up there, oan that hoaspital bed at the arse-end ay his life. Weak. Broken.

The taxi steals up Auld Shettleston Road, continuin oan at the foark where it chainges tae Shettleston Road, the driver wafflin his pish aw the while, an ah get him tae drap me at The Portland, tellin him tae keep the chainge aff the tenner ah gie him.

Inside, it's the same as it ever wis; that familiarity ah spoke aboot, just ordinary folk huvin the craic, the waiy it should be. The waiy it *needs* tae be.

Ah order ma usual hauf an a hauf an nurse them fur a while, passively flickin through the *Daily Record* they keep ahent the bar.

There's a few ay the team oer in the coarner playin doms—McHendry an that—but ah wave oer dismissively an gesture tae ma watch tellin them ah'm only in fur a quick wan. They cannae know aboot Tam yet, an they'll no find oot aff me. Worse than the wummin used tae be in the steamie, that lot.

Ah keep thinkin ay him, the waiy he wis up there in the hoaspital; his vulnerability; his helplessness. Cannae square it wae masel.

Time is a queer thing, right enough. Wan minute yer a wee laddie barely gien it so much as a thoat. It's just an abstract concept; an intangible thing, a unit ay measurement—a means ay cuttin existence up intae segments, however large or small. Back then, it seems like yer time's infinite. Death disnae enter intae it, it's somethin so far away, it disnae merit thinkin aboot. Then things happen tae ye. Ye lose people; people that hud their time cruelly taken away fae them, or threw it away themselves, an ye begin tae afford it the respect it deserves. The sauns ay time huv been pourin through the ooir-gless since afore we came alang, an they'll continue tae long efter we're gone, until wan day, the last grain'll drap an that'll be that. Makes ye consider just how insignificant we aw ur if ye get tae thinkin aboot it too much.

Ah promised masel ah'd just huv the wan then be oan ma waiy, but thinkin oan it, ah relent, orderin a sly dram ay Macallan fur the road. The smooth, sherry seasoned whisky glides doon ma throat, the sensation ay warmth pronounced in its descent. Takin another drink, ah tip it back, finishin it, an place it gently doon oan the coonter. Ah put ma coat back oan an head fur the door, declinin the offer fae the lassie ahent the bar tae phone a taxi.

Ah make ma waiy hame, doon Amulree Street, ma eyes drawn tae the horizon alang the ridgeline fae Dechmont Hill, past the braes ay

Cathkin, an Gleniffer, further tae the west, as the last ay the daylight ebbs away, clingin oan tae fragmented clouds wae great cinnabar fingers in a last defiance ay the advancin bluey black ay the night.

ooooo

Ah've a time ay it gettin the shed door open, the grass huvin grown again tae knee height fae the last time ah cut it. Like a bloody field ay wheat, it is, makin it an unnecessarily laborious endeavour as ah drag it through the resistant growth.

Up wae the birds, ah wis. Didnae sleep well, ye see? Ah couldnae, no wae whit's been gaun oan, so ah goat oot ay bed an goat oan wae makin the soup ah'd startit afore Jackie phoned yisterday. Goat it oan the low heat ben the hoose, so ah huv, electin tae rap the procrastination an get oan wae the overdue task at haun—cuttin this bloody grass. It serves me well tae keep busy, ye see? Gies me time tae think.

Pullin the auld lawnmower oot, ah gie it a wee bit ay maintenance, pourin a wee tait ay petrol oot the jerry can oan tae a rag an removin an cleanin the spark plugs afore checkin the oil, decidin ah'd be best aff drainin it completely an refillin the bugger.

Mrs. McClymont fae oer the back makes a show ay flingin her curtains open an pullin her windae shut, drawin me daggers fae under her incongruous mane ay blue-rinsed hair as ah start it up. Gien her a wee wave as ah get tae work, she draws them briskly shut again wae an air ay indignation. Bloody greetin faced swine. It's eight o'cloack in the bastarn mornin!

It takes me nigh oan three ooirs ay toil an sweat tae get it done but by the back ay eleven, it's by wae.

Efter puttin the mower away, ah take masel back ben the hoose, tae the kitchen, an turn the burner aff. The aroma ay the lentils an ham stock fills the air, takin me back tae a thoosand similar times, be it as a wean when ma Granny or Mither wis makin it, through tae comin in fae a hard shift when Jeanie hud a pot simmerin away. Hers wis always the best, even better than ma Mither's. Ah never did tell her, right enough, an ah should've. Wee arbitrary things like that matter. Ye just don't know till it's too late.

Turnin the wireless oan, ah scroll through the stations, settlin oan Clyde 2, turnin the volume up so's ah'll hear it in the bathroom.

Ah huv a bowl ay soup, then another as the bath's runnin, it's warmth an sustenance reinvigoratin me, if only fur a time.

The bath watter's just the right side ay scaldin as ah lower masel in, inhalin sharply as ma haw maws make contact wae the surface. Ah soak fur a while surveyin ma emaciated boady, creased an translucent. Christ, ye could go roon the world three times oer wae the amount ay veins oan display under the shroud ay tired auld flesh.

Perry Como - *It's Impossible* comes emanatin doon the loabby, through the open door fae the kitchen. We loved that song, Jeanie an I. Some chanter, so he is. His dulcet tones muffle tae a vague impression ay the song as ah submerge ma heid fur a moment or two, afore returnin wae aplomb as ah break the surface again, eyes closed, lettin the music wash oer me, cleansin me in a waiy the soapy watter never could.

ooooo

Ah wake up, wae a gasp, shiverin in the tepid, murky tub an prise masel oot, drippin wet, watter poolin oan the cauld linoleum at ma feet. A news report comes blarin fae the tranny, the newsreader's voice tinny an irksome, engenderin an urgency in me somehow.

Efter towellin masel dry, ah put oan troosers an a shirt an tie, fumblin aboot wae the knot several times until ah'm satisfied wae its positionin afore gettin the shoeboax doon aff the tap shelf ay the wardrobe. The broon envelope wae the money ah'd gied Tam's there, sittin oan tap ay the books where ah left it. Ah stick it in ma inside jayket poakit, feelin somethin there as ah dae so; a folded caird, it feels like. Retrievin it, ah open it tae see it's the photie fae Daniel's first birthday, the wan fae the frame in the hall Tam broke. John's Stephanie an ma Jeanie gaze lovingly at him, held proudly in his faither's airms, an ah staun, just as proud in ma stature, wae ma airm roon John's shooders.

The score mark fae the shattered gless cuts through John an I's faces, obscurin them, elicitin a contempt in me again—fur Tam initially, fur breakin the bloody thing—but mare so fur masel; fur ma complacency back then, oan that day. A kind ay visual poetic justice. Never could ah huv guessed whit wid lie aheid, that glorious day in August, back in seventy-nine. Aye, it's a queer thing time, right enough.

Ah pull the jayket oan, an get ma bunnet fae the peg ahent the kitchen door, turnin aff the blarin tranny while ah'm there, afore headin doon the stair an oot the door, back tae the bloody here an noo. Ah'll see this Mullin bastart right fur his money an put it tae bed. It's aw ah *kin* dae.

It's turnt oot a rare efternin aw the same, the sun resplendent an proud, hingin in a clear azure sky.

Weans scatter fae a lamppost in aw directions, away seekin secretion in gairdens, up trees, ahent parked vehicles an hedgerows, leavin two ay their pals slowly countin as a gemme ay two-man hunt gets underwaiy.

Acroass the road, staunin at the coarner, there's a wee group ay neds staunin; shifty lookin, basebaw caps an hoods flingin shade oer their faces. Up tae nae bloody good, ah'd say.

Ah keep ma eyes doon as ah approach. Nae sense courtin bother. That husnae been hard tae come by ay late. They're huddled thegither conspiratorially, unaware ay me, until wan ay them pulls his gaze away fae the meetin, lookin at me. He nudges his pal, who turns tae look an aw.

'Granda!'

'Daniel?'

He runs oer, bowlin intae me in an embrace the kind ay which ah've seldom known fae he wis a wee nipper, 'Granda,' he sais again, his eyes inert an listless, 'It's—it's, ma Da.'

○○○○○

Ah don't know how long we've been staunin there as Daniel recounts Joe McGregor's words efter Joyce Adams' funeral. Ah'd heard she'd died (Stephanie phoned) but ah'd furgoat aw aboot it, in truth. Too much gaun oan ay late. Christ, ah never even knew that wis who he's been workin wae but ah mind ay the boay noo. Quiet lad. He played fur the same boays club as oor John an used tae come roon fur him when they wur wee laddies tae walk him up tae trainin at the Greenfield pitches.

His words drive intae me like a hydraulic piston, extirpatin aw that ah'd held tae be true; aw the years ay grief; the years ay pain an anger at him fur takin the easy waiy oot; fur breakin Jeanie's hert; fur abandonin his boay—abandonin aw ay us.

Christ, she wis right. Jeanie wis right. She never accepted it, right up tae her last breath. Sais he widnae've, 'Ma John widnae dae that, ah don't believe it.' she'd say, greetin; sobbin the same lamentations time an again intae her gless ay port or her pilla at night. An ah telt her—Christ, ah telt her awright, she'd huv tae accept it; huv tae reconcile it wae hersel. Ah gave her a hard bloody time ay it. Telt her *she* wis the wan bein selfish, protractin the bloody thing. She wis just makin it harder fur us aw tae move oan, fur Stephanie an Daniel especially. It widnae dae fur the boay tae hear such things. She hud tae let it go.

Eventually it abated, the near nightly cries at oor loss, an the injustice ay it aw slowly dissipatin tae a kind ay tempered depression—an acknowledged yet hidden condition, but by that point Stephanie hud become distant. The visits aw but stoapped an we saw Daniel only fleetingly, whenever she cared tae drap by.

It destroyed oor faimily, an aw the time ah ascribed it tae John an his actions. Fur toppin himsel! The coward's waiy oot!

Oor John. Oor only wean.

Ma heid's spinnin, everythin he's tellin me overwhelmin me an he reaches oot, strokin ma face; a juxtaposition ay the auld consolin the young. A spiteful dread expands in the pit ay ma stomach like a cancerous growth eatin away at me fae inside, racin through the marra ay ma bones like electricity, pulsin intae ma consciousness. A sensory overload; a distorted reality.

'Granda, ye awright? Here, McDade, Pearcey! Gies a fuckin haun, fur fuck sake… '

ooooo

Ah come roon an they've goat me sittin oan a waw ootside the hoose where ah first clocked them.

'Is he awright? Ur ye awright mister? Yer awfy pale lookin, ye look like ye've seen a ghost!' a wee rotund wummin wearin curlers sais, huvin came oot tae see whit's gaun oan, 'Huv ye goat any medical conditions? Diabetes? Low blood pressure?'

'Eh, naw hen. Ah just took a funny turn. Ah'll be awright.' ah sais, tryin tae get tae ma feet but ma legs buckle under me, Daniel an his big pal, grab a haud ay me, stoappin me fae keelin oer again.

'Just sit there a minute, Granda. Rest a wee while.'

'Is it yer Granda, son? You listen tae yer grandson Mr… ?'

'Coyle. His name's Coyle.' Daniel sais.

'Well, Mr Coyle, you just let yer grandson keep an eye oan ye fur a wee minute till ye get yer strength back. Ah'll go an get ye a nice cup ay sugary tea, awright pet?' she sais, an waddles away back intae the hoose.

'Look, ah know it's a lot tae take in, but don't worry aboot it, that cunt's gonnae get whit's comin tae him.' Daniel sais.

'Whit dae ye mean? You bloody well staiy oot ay it, dae ye hear me?'

'It's awright Mr. Coyle, we've goat Danny's back. That prick'll be dealt wae, ye fuckin better believe it!' his pal sais, the big wan, gien an assured nod ay the heid.

There's a screech ay tyres oan tarmac as a big motor comes hurtlin doon the street, swingin roon the coarner acroass fae us, wan ay they big bloody four by fours, careerin doon the middle ay the road, comin tae a stoap at the far end ay the street, hauf hingin oot ay the space it's pulled intae. The doors open an five fellas pile oot, runnin intae a close, bloody tooled up, some ay them.

'Fuck sake man. That's Mullin's close.' The wee ginger heided pal ay Daniel's sais, ah furget the name, Joyce's grandson.

'That's whit ah'm bloody sayin! Yous staiy away fae that swine, dae ye hear me? Leave it alane!' ah sais, tryin tae get up again, ' …mone, ye'll need tae help me get doon the road, ah need a lie doon.' They aw look at each other, disconcerted, ' …ah'm no bloody askin, Daniel!'

Ah'm helped tae ma feet an we start back doon the road taewards ma hoose.

'Mr Coyle! Yer tea!' the wee wifey fae the hoose shouts efter us, morosely haudin a mug an a plate ay biscuits oot in front ay her.

○○○○○

Ah get the door open an the boays help me up the stair, walkin me intae the front room.

'Somethin smells rare, Mr. Coyle. You been makin soup?' the wee wan sais. Pearcey they cry him. Heard Daniel sayin it oan the road doon.

'Aye, ah huv that, son. Gaun in there an stick the hob oan. We'll aw huv a wee bowl, eh?'

Daniel nods tae him tae dae as ah ask an he goes intae the kitchen.

'Here, it's like steppin back in time in here, man.' the other boay, McDade sais, ' …aw these wee ornaments an that, ye should go oan tae that *Antiques Roadshow*—the wan aff the tellie.' He lifts wan ay Jeanie's wee ornamental pieces, a statuette ay the Venus de Milo, somebody—ah cannae mind who—broat back fae Paris.

'Get it doon, McDade! That wis ma Granny's.' Danny scolds him, '…ye gonnae be awright noo? Ah'm sorry fur unloadin aw that oan ye. It's just when ah seen ye, it aw came floodin oot.'

'Aye, son. Ah'm awright.' ah sais, as hollow a statement as ah've ever uttered, ' …tell me this, though, dae ye believe it yersel? Ah mean, dae ye trust this Joe?'

'Ah've nae reason *no* tae believe him.'

'Here ye go, Mr. Coyle. Ah've made ye a nice cup ay tea an aw.' the boay, Pearcey sais, stickin the bowl doon in front ay me alang wae the tea, 'Another three bowls comin up.'

'Never mind the other bowls, Pearcey. Ma Granda needs his rest.'

'Don't be daft, sit doon here.' ah sais, pattin the seat next tae me.

'Naw, Granda. You rest up an ah'll drap by an see ye the morra, right?'

'Awright son. Ah will, but Daniel… '

'Aye?'

'You staiy away fae that swine, dae ye hear me? Ah've awready loast ma son, ah'm no losin you as well.'

He sais nothin, but nods his heid an smiles. Just like his faither, by Christ, his very image.

Ah see them tae the heid ay the stair an watch them file oot the door, Daniel last. He turns an gies us a reassurin glance as he shuts the door oer, then they're gone.

The phone rings as ah pass it by, startlin me wae the pronounced metallic double-ring ay the bell inside the auld bakelite, rotary-dial phone. Ye'd think ah'd be used it by noo, the bloody thing's aulder than Daniel.

'Hullo.'

'<cough> Hullo, Mr. Coyle?'

'Aye, speakin. Who's this?'

'Ye don't know me, my name's Alan Dempster, ah'm Jacqueline O'Henry's partner. She cannae come tae the phone the noo, she's too upset. She asked me tae phone ye. Ah don't really know how tae tell ye this, it's Mr. O'Henry—Tam. He, eh, <cough> he just passed away there, aboot an ooir ago.'

THIRTY-ONE

¥

What Goes Around

'So, dae ye think he owed them money or somethin like that? Ah mean, cunts don't just fling cunts aff ay buildins fur nuttin, know whit ah'm sayin?' McDade opines, takin a draw oan the joint, ' …nae offence like, but they don't.'

'Ah don't think so, ah mean, ah don't know but ma auld man hud been straight fur a long time. Everybody sais it. He'd left aw that behind. Hud his nut screwed oan. Ah think there wis mare tae it than that. Mind he sais aboot him bein a live-wire, an the waiy he looked at me? Pure hatred, man. Ah think there wis bad blood there fae somethin else.'

'Here, ye don't think it wis yer Da that chibbed him, dae ye? That's some fuckin tan Mullin's goat oan his dish—that mad gammy eye.'

'Fuck sake, *that* wis your Da?' Pearcey sais.

'AH DON'T FUCKIN KNOW! HOW THE FUCK AM AH MEANT TAE KNOW THAT?' ah sais, acerbically, an he bows his heid, taken aback, ' …sorry mate, ah didnae mean tae jump doon yer throat. It's just—it's a fuckin guessin gemme, int it? Aw ah know is Mullin fuckin kilt him an ah'm no gonnae just let it go. He's fuckin gettin it, him *and* the other wan, that other fat prick an aw if he's wantin it. The question is, ur yies wae me?'

'Ah've been chokin tae go back an leather they cunts fae we went up there tae get that gram. This just gies us an even better reason. When we dain it?' McDade sais, matter-ay-factly.

'Nae time like the present.'

'Here, yer no plannin oan gaun back up tae that flat ur ye? They've awready chased yies wae a fuckin sword. Fuck knows whit else they've goat lyin aboot—fuckin shooters fur aw we know.' Pearcey sais.

'Ah've awready thoat aboot that, we bide oor time, hing aboot at a safe distance, an wait. Pick them aff wan at a time when they come oot.'

'Mullin's nae mug Danny. Whit makes ye think we'll come oot oan tap? He'll be kerryin, probably.'

'Ah've thoat aboot that an aw. He disnae know we're comin, right? So we catch him aff guard. Strike first. Strike fuckin hard an he'll dae fuck aw. Wulnae even see us comin. McDade, dae ye think ye kin get anythin fae yer auld man's stash?'

Ronnie McDade's wan ay they wans-fur-the-watchin (fuckin potential serial killer if ye ask me). He's intae aw that huntin an survivalist caper; goat a miniature armoury in a tool boax in the back ay his gairage. McDade used tae show us sometimes when his auld man took his Ma oot, doon tae the pub at the weekend.

'Ah like yer thinkin Danny boy,' he sais, tappin his temple wae his finger, 'mone we'll go the noo. Nae cunt's in.'

'Pearcey, whit you sayin tae it? Ah'll unnerstaun if yer no intae it. It's no your fight tae fight.'

'Ma Da never wanted tae know me but ah know how much ah always wanted tae know *him*. Your Da *wis* there, an he took him away fae ye. Course ah'm intae it mate.' he sais, takin the last draw ay the joint we've been puffin, throwin it tae the grun, ' …besides, ah've nae faimily left, nane that gie a fuck anywaiy, but ah know that if ah did, ah'd dae right by them, nae matter whit.' He puts his haun oot, as if tae show willin an ah grab a haud ay it, pullin him close tae me.

'Aye ye huv mate. *We're* yer faimily, right? Nae danger.' He looks at us an ah know he unnerstauns. McDade grabs the two ay us, squeezin us thegither in a bear hug.

'Fuckin brothers fae other mothers, man.' he sais, ' …ah think ah've goat somethin in ma eye.' he adds, sarcastically, 'mone then ya pair ay fuckin blouses. Chop chop. Ah'm in the fuckin mood noo.'

We head away fae the big tree we'd stood at nearly six months ago, alang the burn, trampin through a cairpet ay thick jaggy nettles, thorny brambles an sticky wullies that've sprouted up fae naewhere since oor last visit. Ah pick up a long, spindly stick an beat an thrash at the foliage makin a path through until we come oot oan tae the access road at the wee bridge that croasses the burn.

The twig faws oot ma haun, drappin intae the burn below the bridge an ah flit tae the other side watchin it emerge fae underneath the arch-backed structure, glidin alang wae the current doonstream, an away roon the bend, wonderin where it'll end up; how far it'll go oan its journey; if it'll glide oan the burblin flow, consolidatin intae bigger tributaries an rivers an the sea beyond, or snag somewhere, in some congested elbow alang wae the rest, destined never tae escape this place; tae erode an decay, ground slowly tae nothin by the weak but unrelentin force.

'Daniel San! Whit ye dain ya mad space cadet, ye?' McDade sais, lookin back, his salient grin beamin, afore continuin tae swagger up the hill efter Pearcey, unfazed, like we're just gaun fur an efternin stroll. If ah act hauf as casual, ah'll be dain well. The truth is, ah'm shitein masel.

ooooo

We get tae McDade's gaff an he tells us tae wait ootside an keep the edgy in case his Da or that come back. He staiys in the bought hooses up the tap end, afore ye get tae Mount Vernon an aw the *really* swanky pads.

There's barely a cloud in the sky an the late May sun beats doon oan us makin ma heid itch under ma navy blue Utah Jazz cap, the dark colour absorbin the heat. Ah take it aff, wipin ma brow an check ma watch.

'That's ten minutes he's been in there. Whit's he dain?' ah sais tae Pearcey who just shrugs his shooders an kerries oan fuckin aboot wae the plate that hauds his two false teeth, the two big incisors at the front ay his mooth he's just recently hud fitted. He's flickin it wae his tongue, makin them drap oot ay position, then click back intae place.

'Fuckin gie that a by, eh? Yer gien me the boak.'

'How um… ' he sais, an spits them oot accidentally, the plate bouncin aff the monoblock driveway, ' …look whit ye made me dae, man. The plate's fuckin broke. Fuck sake, ah've only hud them a couple ay month.' he hauds it up in front ay ma face.

'Get that tae fuck! If ye wurnae fuckin aboot wae it, ye widnae huv spat it oot ya dick.'

The bickerin's interrupted by McDade rattlin the livin room windae, wavin tae us tae come in.

'Check this oot.' he sais, as we walk intae the room, ' …an shut that door behind ye.' He pulls oot a wee innocuous lookin stainless steel pen fae his poakit.

'Very good, a pen. Whit dae ye intend oan dain wae that, poke his other eye oot?'

Glancin oer his shooder tae check the coast's clear, even though we're the only people in the hoose, he flicks his wrist, kind ay swivellin it at the same time, in wan fluid motion, an in a second, it's twice the length wae a slim, tapered blade pointin menacingly at me. A balisong.

'Yas man, a butterfly knife! Gies a shot.' Pearcey sais an he shuts it oer again, flingin it tae him.

'That's no aw, wait tae ye see this!' McDade sais, disappearin intae the kitchen an comin back momentarily wae a wee black cylindrical thing in his haun, ' …check this oot.' again, he flicks his wrist, an efter a sharp jerk, the wee cylinder elongates, telescopically. It's wan ay they spring batons the German an Spanish polis like tae use tae smash English fitba hooligans aboot wae.

'Noo yer talkin. Show's it oer.' Pearcey sais, awready bored ay the knife, which he hauns tae me.

'Whit happened tae yer wallies, wee man?' McDade sais, noticin his teeth, or lack ay them, ' …Gettin combat-ready? Good thinkin.' He fucks off again, back intae the kitchen.

'YIES READY?' he shouts through.

'Aye, we're ready! Whit ye goat noo?' Pearcey goes, smilin like an edentulous toddler at Christmas.

The sound ay a motor pullin intae the driveway disturbs proceedins.

Peerin oot fae behind the curtain draped at the side ay the diamond shaped, faux-muntin adorned windae, ah see Ronnie an Trisha McDade, huvin a heated debate in their pristine *R* reggie, Ford Escort, Ronnie McDade's new mobility motor he goat fur his gammie leg.

'McDade, it's yer Ma an Da!' ah sais, an he runs back in fae the kitchen.

'Yer kiddin! Quick, gies them!' he sais, the panic rippin oot him.

'How dae ye make it go wee again?' Pearcey sais, futilely jabbin the baton intae the cairpet.

'Never mind that. Just fuckin gies it!'

Ah fling the closed oer knife tae him an snatch the baton aff Pearcey, tossin that tae McDade as well, an he disappears again intae the kitchen, 'Keep them fuckin busy.' he sais.

Divin taewards the tellie, ah hit the standby button so that it powers up just in time fur me an Pearcey tae sit doon oan the couch, moments afore Trisha McDade makes her entrance.

'Jesus, boays! Ye gave me a fright ay ma life there.' she sais, walkin intae the room wae two hauns full wae bags ay messages fae ASDA, 'Where is he?'

'He's just IN THE KITCHEN gettin somethin.' Pearcey, none too subtley sais.

'How ur you, Mrs. McDade? Let me take they bags fur ye. Ye done somethin wae yer hair? It looks really nice. Ah thoat, 'Who's this? Paul disnae huv an aulder sister.' when ye walked in there.' ah sais, staunin up tae take the bags aff her.

'Aw, Daniel. Such a charmer. Dae ye really like it?' she sais, releasin the bags tae me, ' …Ronnie sais ah wis too auld tae get it like this… '

'Right Ma, ah'm gaun oot. Gonnae staiy wae Pearcey again the night, awright?'

'Aw, right son. Stephen, ah'm really sorry tae hear aboot yer Granny, son. Ah heard she hud a good turn oot at the funeral. Sorry we couldnae make it. That's nice, oor Paul's lookin oot fur ye, eh? Yies kin watch a wee film or that. Keep each other company. Huv ye goat clean claes an yer toothbrush, Paul?'

'Aye, Ma—sake, man, whit dae ye think the rucksack's fur?' he sais, impetuously, noddin tae the bag slung oer his shooder, ' . . .whit ye dain wae them?' he sais tae me, pointin tae the carrier bags in ma hauns.

'Just helpin yer Ma, ah'm takin them intae the kitchen fur her.'

'Fuck that, just put them there. Ma Da'll get them.' he sais, vigorously noddin tae the settee, just as Ronnie struggles through the door wae another five bags tae each haun, 'Awright, Da?' he adds, pattin him oan the back as we slink oot the door past him afore he kin protest.

○○○○○

'Granda! Ye awright? Talk tae me Granda!' ah sais, loosenin his tie an undain the tap button ay his shirt

'He's deid! Fuck sake man! First ma Granny, noo yer Granda. Whit the fuck's happenin, man?' Pearcey sais, despondently, puttin his heid in his hauns.

'He's no fuckin deid! He's breathin. It's aw just been too much fur him, poor auld cunt.'

He starts tae open his eyes an looks at me strangely, shieldin the glare fae the sun oot his eyes an runnin his other haun alang the tap ay the waw we've goat him sittin oan like he's tryin tae figure oot where he is.

We'd been at the coarner, oan the far end ay the street, the close visible, but far enough away fur us no tae be seen, staunin watchin fur any comins an gauns in deep discussion aboot the best waiy tae go aboot things when ma Granda appeared. Ah cannae really explain whit happened next other than ma emotions goat the better ay me. Ah'd been that busy gaun oer it aw, consumed by whit Joe telt me an how ah wis gonnae redress it, that ah hudnae stoapped tae think aboot how it wid affect him. Fuckin information overload, nae danger, man.

Ah'd done ma grievin back nearly ten year ago when he died; again mare recently when ah found oot he'd done himsel in (as ah'd believed). When ah seen ma Granda, ah just grabbed a haud ay him an unloaded everythin—everythin Joe telt us. Aw that pent up grief ah'd been tellin masel hud been dealt wae, it aw just came pourin oot. Ah think McDade an Pearcey seen me greetin but ah'm past carin noo. They know the score.

A wee wummin fae the hoose we've goat him sittin ootside's came oot tae see whit aw the commotion wis, an efter bein assured that he's no goat any underlyin health issues an hus just hud a wee turn, is away back in tae make him some tea.

Ye'd mibbe think that this development may huv saftened ma stance, but if anythin, seein ma Granda like this only strengthens ma resolve fur vengeance—fur aw ay us.

He warns me aff it, 'You bloody well staiy oot ay it, dae ye hear me?' he sais, afore the squeal ay tyres skiddin roon the coarner focusses oor attention elsewhere. A big long-wheel base jeep it is, wae chrome bull bars an spotlights acroass the front. It mounts the pavement acroass the road fae us as the driver tries tae wrestle back control ay the cunt, racin doon the street, afore abruptly swervin intae the kerb between two parked motors ootside Mullin's close. Five cunts pile oot an charge in the door lookin like they've goat a grievance ay their ain tae resolve.

Ma Granda's gettin agitated so we get him tae his feet an take him doon the road, makin sure he's settled afore headin back. The last thing he sais tae me afore ah leave is tae repeat his warnin again, 'You staiy away fae that swine, dae ye hear me? Ah've awready loast ma son, ah'm no losin you as well.'

Heavy fuckin guilt trip, nae danger, but the auld yin's no daft. If he's honest wae himsel, he knows fine ah need tae dae this.

○○○○○

'Did ye see that, man? Whit wis that aw aboot? They cunts looked like they meant business.' McDade sais, breathlessly, as we run back up the street.

'Fuck knows, but we better get back there tae see whit's happenin.'

'Is any cunt else startin tae think this is a bad idea?' Pearcey sais, trailin alang at the back.

Undeniably, ah *um,* but ah'm no tellin them that. The decision's been made. We stick tae the plan. We just need tae find oot whit the fuck's gaun oan, then when wan ay them comes oot, stick tae them. Like fuckin glue. This is guerilla warfare. Ye dae whitever it takes tae stack the odds in yer favour; draw them oot, chainge the fuckin playin field. See how fuckin gemme they ur then.

Ah'm first tae reach the coarner, so ah stoap just short ay it an edge ma waiy alang the hedgerow, stickin ma heid roon so's ah kin see whit's happenin.

There's a boay runnin taewards us, heid doon, sannyin it full pelt up the middle ay the road. He looks up an his face looks vaguely familiar, ah cannae place it until it hits me. Stevie McShane.

He comes hurtlin by me in a blur, airms cuttin through the air like the blades ay a fan. 'Stevie!' ah sais, an he turns tae look, waeoot breakin stride.

'Nae time tae talk wee man.' he sais, afore vaultin oer a gate intae somebody's drive an scramblin oer the fence tae the back gairden.

'Here, wis that… ' McDade sais.

'Stevie McShane, aye.'

'Here, lads. Look.' Pearcey sais an alang the street three guys come oot Mullin's close, two haudin another wan up who looks in a bad waiy, his face an claes saturated in a sodden veil ay blood. They horse the cunt intae the motor an head back intae the close. Folk hing oot ay windaes like voyeuristic pariahs, sippin mugs ay tea an smokin fags, the show oan diplay mare captivatin than whitever turgid shite their tellie's goat oan offer.

They burl back oot the close, laden wae sports bags, flingin them intae the boot afore gettin in, tyres smokin as they wheelspin away fae the kerb. The big Shogun wae its high centre ay gravity fishtails doon the street, clatterin the wing mirror aff a parked Transit van afore swingin roon the coarner an disappearin in a cloud ay sooty smoke.

'Did yous notice that?' ah sais.

'Notice whit, the jeep tearin away like *The Sweeney* or Stevie McShane dain the high jump oer that cunt's six fit high fence?'

'No that! The fact five ay them went in, an only four came oot.'

'Danny, look! Comin oot that close. There!' Pearcey sais.

Ah turn tae see, an oan the same street we've been watchin fae afar, Mullin comes oot ay a close door, limpin but dain his level best tae get away.

'EXCUSE ME SON! HOW IS YER GRANDFAITHER? IS HE AWRIGHT? AH CAME OOT WAE HIS TEA BUT YIES WERE AWAY.' the auld wummin fae earlier shouts acroass the road at us.

Ah try an mime tae her tae shut the fuck up but it's too late as Mullin rotates his fat fuckin carcass an sees us. He turns an continues oan his waiy though—evidently wae mare immediate problems tae contend wae—hobblin away, draggin his leg behind him.

'Mone, get efter him. Fae a safe distance though. Don't let him oot yer sight.'

We foallie, clandestinely fur a while, hidin behind parked vehicles, waws—anythin we kin, but he's rattled, the cunt. Whitever happened wae his visitors hus goat his back up as he keeps stoappin, lookin aboot as though he's expectin company.

Tailin him through a wee estate ay shoeboax sized semis, crisscroassed wae inter-linkin paths, we come oot the other side, close enough tae make oor move, at a quiet stretch ay road ootside the imposin red-brick structure ay the auld public baths.

'Gies that cosh, McDade. Quick, it's noo or never.' ah sais, epinephrine drivin the pulse rallyin roon ma form, thumpin in ma ears like a deep, throbbin, fuckin drum.

The thing is though, despite ma emotional investment, McDade's drum bangs louder. Just the waiy it is.

He takes the still inconspicuous lookin baton oot ay the bag, haunin the rucksack tae me like ah'm an annoyance tae him; a necessary component tae the hunt.

He runs oot efter him, the echo fae his feet poundin alang the street, bouncin back aff the derelict shell ay the auld brick fabric ay the bathhoose.

'Here, big yin, remember me?' he sais, as me an Pearcey break cover an start oot taewards them.

He stoaps in his tracks, turnin roon.

'*You?* Get tae fuck wee man, ah'm in nae mood the day.' He stares him doon, the kind ay stare ye kin tell he's used tae huvin the desired effect oan maist ay its recipients. McDade just edges closer though.

'Ah sais, dae ye remember me?'

Mullin looks aboot again, like he's searchin fur the audience he's become accustomed tae; cunts that'll gie him validation; cunts that'll back him up tae the hilt, but there's nae cunt there, only the man staunin in front ay him.

'Remember ye? Turn roon an ah'll mind ye better. The last thing ah seen wis the back ay yer heid, runnin oot the fuckin door when Monty pult that chopper oot… ' he looks oer his shooder, then back, tae me an Pearcey bearin doon oan him behind McDade, ' …whit dae you wee pricks think yer gonnae dae, eh? Dae ye know who ah'm ur? Dae ye know who yer dealin wae here? EH? DAE YE? YOUS URNAE EVEN IN THE SAME FUCKIN DIVISION!' he sais, backin away.

Fur every hauf-step he takes back though, McDade takes another wan taewards him.

'Whit *you* gonnae dae then, ya wee prick? Hink yer a fuckin gangster?' he spits, contemptuously.

The spring-cosh slides oot tae its full length wae a satisfyin click as McDade pulls his airm back behind him, bringin it doon oan the side ay his heid wae a crack that reverberates aff the buildin, amplifyin the blow.

Again an again he dis it, beltin him aboot the heid an boady. Mullin just absorbs it though, his heid skelpin aboot like a pool baw, but every time, he seems tae inhale it, invitin mare.

'Dae ye remember me noo, ya fuckin bam?' McDade sais, thrashin the cosh doon oan him again, until, in a swift an seamless inversion,

Mullin clamps his haun roon the baton, wrenchin it oot ay his haun, crackin him aboot wae it in kind, repayin each blow received, wae virulent an decisive answers. McDade draps; a vicious blow tae his heid fellin him, effortlessly, his heid clatterin aff the grun in a noisome slap.

Time seems tae slow when he faws, the time between him tumblin backwards tae the crack ay his heid oan the pavement, curdlin the bile in ma stomach.

Propellin masel forward, ah stick the blade intae him, hearin him breathe in sharply, watchin the pupil ay his eye dilate as it thumps intae the fat fuckin cunt's frame.

He looks intae ma eyes; just that wan vortex ay an eye, hammerin intae me, an he laughs, 'John Coyle? Is that whit this is aboot?'

The bolt pierces intae his chist, just as he's aboot tae try an justify whit he did; right oan the very cusp ay it. He backs intae the wrought-iron railins an slides doon them oan tae his arse, silent. Silenced.

Polis sirens puncture the air as ah look at him; the man that murdered ma faither; the man that orphaned me; the cunt that sent ma Granny tae an early grave; ensured her last days here were polluted by torment an guilt, an hopeless, inefficacious yearnin an inertia until her last breath.

'DANNY! MONE, MAN, THAT'S THE SCREWS COMIN!' Pearcey shouts, strugglin tae lift McDade tae his feet.

He's goat a wee miniature crossbow in his haun, like a pistol, only there's a bow croassin oer the barrel.

McDade's secret weapon.

The sirens haunt the air roon aboot us.

We walk away, slowly, Pearcey an me proppin McDade up as we go, through the open gate, an intae the green expanse ay Tollcroass park.

Ah turn roon tae see Mullin, clamberin tae his feet, 'Think this is it? Think that's it done an dusted? You're gettin it ya cunt, same as yer junkie Da! Aw ay yies. Ah'll find yies.' he wheezes, slumpin back doon in a sanguinary heap.

THIRTY-TWO

▶

Bygones

They bundle us intae the back ay the jeep, Zander just aboot greetin, 'Whit aboot the Beemer? Ah'm tellin ye the noo, that better no have as much as a scratch oan it… '

Finn cracks his jaw wae an open haun, the noise ay it alone, capable ay shatterin gless, 'Don't you worry about your precious car now. What dae ye think we are, eh? Fuckin thieves?' Zander looks like he's gonnae speak again but thinks better ay it, rubbin his scarlet cheek.

Paddy rolls the motor forward, aw the other pikeys spillin oot their caravans, congregatin roon, tryin tae ascertain whit's happenin. They gether roon, closin oer the road in front ay us. The big fuckin unit—William, fae earlier oan—comes up tae the windae, 'Ye all right there Coln? Me an the lads are good to go, should ye need it.'

'All good here, William. These men here are just gonnae enlighten us as to the error of our ways, so they are. Nothin ye need to be concernin yersel with.' Coln sais, gien him a playful slap tae his substantial chops.

'Alright then, if yer sure.' the cunt sais, bangin the roof ay the motor.

'Tell young Connor there to open the gate.' Coln shouts oot an afore we get there, the wee boay's pult the fucker wide open.

We fire through, kickin up a plume ay dust in oor wake as it's clunked shut behind us, just as quick.

Ah direct them tae Mullin's street an Paddy takes the coarner wae as much finesse as an errant shoppin trolly, mountin the kerb. Ah'm sure ah see Scanlon's cousin an that Coyle boay as we burl by, so resolve tae make contact wae him, if ah come oot the other side, an tell him aboot whit Mullin sais aboot his faither when he wis wrecked. It's only right, know whit ah mean? Ah mean, if it wis me, ah'd want tae know.

'Just in there, in front ay that motor.' ah sais, pointin tae a space ootside the close. He pulls the big safari wagon in, haphazardly, leavin it lookin like it's been blagged an abandoned, as we aw pile oot oan tae the street.

'Steven, you first.' Coln nods at the door, his haun clamped firmly roon the grip ay the sawn-aff secreted in his coat, ' …and Steven, don't you fuckin try nothin, boy.' he prods me in the back wae it tae exemplify the point.

'Paddy, Finn, yous go up front with him. An *you*, you go in front of me, where I can see ye.' he sais tae Zander.

The close door's oan the snib so there's nae need tae buzz up an we head up the stair. There's a knot in ma stomach the size ay a fuckin beach baw an pellets ay sweat stream doon ma back makin me shiver as we climb the dank, fusty stairwell.

Reachin the tap landin, ah turn, lookin fur instruction an Finn—puttin his finger tae his mooth tae shush us afore ah get a chance tae say anythin—gestures tae the door, 'Go!' he sais, an the rest ay them line up, tight tae the waw oan the stairs so they'll no be seen.

It seems tae take an eternity between chappin the door an waitin fur the inevitable clatter ay the dug bulldozin doon the hall intae the door. It disnae come though. Just the buzz fae the halogen light oan the close waw challenges the silence.

Coln mooths tae me tae chap it again, which ah dae, only louder this time.

'Who is it?' a voice comes fae inside.

'It's me, McShane. Hurry it up, eh? Ah've no goat aw day.'

'Listen you ya prick, don't start gettin wide, who dae ye think yer talkin tae?' Monty sais, openin the door, 'Eh? You listenin?' he prods me in the chist, ' …ah sais, who dae ye think yer talkin… '

Fae naewhere, Finn steps up next tae me an thuds the knob at the boattom ay the bat intae the bridge ay Monty's nose makin a snappin crunch, like a size ten boot steppin oan broken gless. His eyes stream wae tears that converge intae the bloody mush ay his beak, 'Ah'll fuckin kill ye! Dae you know who ah'm ur?' he sais, thrashin his airms aboot in front him.

'Aye. You're the fella whose snib I've just broke. In!' Finn sais, proddin him wae the thick end ay the bat, 'Fuckin move! In!'

'Go! Check in there.' Coln commands Paddy an Finn an they burst intae the front room. Ged's sparkled oan an airmchair, sleepin, but leaps up wae the sudden commotion afore bein invited tae sit back doon again wae a swing ay Paddy's bat taewards his heid.

'Where is he, huh?' Coln sais tae Monty, haundin him a towel that's hingin oer the toilet door.

'Where's who?' he sais, haudin the towel up tae his face, blawin meaty clots ay skin an blood intae it.

'That's the wrong fuckin answer, boy.' he sais, sluggin him in the stomach, Monty foldin like a fuckin deckchair, 'We'll try that again, eh? Where. Is. He?'

'MCSHANE! Ah'm gonnae cut your fuckin throat. Dae ye hink yer gonnae get away wae this?' Monty smirks, lookin at me, then Coln, '… whit's that wee prick telt yies that makes ye think *this* is a good idea, eh?'

Coln hoists him tae his feet in an effortless, heavin yank an drives the barrel ay the shotgun intae his bloodied beak, a howlin Monty replies, 'HE'S NO FUCKIN HERE! RIGHT? HE'S AWAY OOT.'

'Paddy!'

'Yeah?'

'Turn the fuckin place over! You, get fuckin in there!' he sais, hurlin him intae the room, bootin him in the back as he goes, ' …over there on the couch, sit down.'

Paddy an Finn rifle through drawers an cupboards, rattlin cutlery an smashin plates oan the flair as they hurriedly discard them.

'You! Where is he?' Coln points the barrel taewards Ged.

'D-D-DON'T F-FUCKIN SHOOT BIG MAN! He's—h-h-he's away walkin the d-dug. S-s-sais he's gonnae g-get a kerry-oot.' Ged stammers.

'Fuckin shut it! Don't tell these tinker bastarts nothin.' Monty snarls, scornfully.

'WHAT DID YOU FUCKIN SAY, BOY?'

A silence faws oer the room as Paddy an Finn stoap whit they're dain, walkin oer tae join Coln.

'I think he just called us tinkers, Coln.' Finn sais, restin his bat acroass baith shooders, like a crucifix.

Paddy walks oer tae the side ay the couch, his broad frame castin a shadow oer him fae the efternin sun pourin in the windae, 'That's what I *thought* I heard him say. You tell me, what *did* you say, eh?'

'Ah sais, don't tell they fuckin tinker bastarts noth… '

He lets oot another migraine inducin scream ay pain as Paddy grabs his beak through the towel he's been usin tae stem the flow ay blood.

'Leave him alane, man. He didnae mean it!' Ged pleads as Finn draws back the bat in his hauns, linin up his swing a couple ay times afore committin. It whistles taewards Monty's knee cap connectin wae a sharp pop as the patella fragments like a fuckin grenade.

'Coln! Fuck sake! Is this really necessary?' Zander pleads.

'Ssshh, there's a good lad.' Paddy sais tae Monty, stuffin the bloody towel intae his mooth so that only the muffled hint ay his cries escape, 'That one there, Coln. Fuckin forehead, there. He was with yer man when they scammed us for them fags.' Paddy sais, pointin the bat at meatbaw heid.

'Oh aye. So it is.' he squints his eyes at him, 'Good spot there, Paddy. Never even recognised him. Not as, how can I put it, *distinctive* lookin as Mullin.

D'ye remember that wee transaction, big lad? When ye sold us fifty thousand cigarettes at a knock-down price, except it wasn't the two hundred and fifty sleeves promised, was it? No it wasn't. Wait till ye hear this, Steven, Zander. You'll like this. Ye see, ten of them cellophane wrapped sleeves had the fags in, three of which the lads duly opened to allay our fears of any dishonesty and misrepresentation, only for us to find out later—and this is the fuckin funny part—only for us to find out later, when we were moving them on, that the other two-hundred and forty were filled with compacted fuckin sawdust of equal weight.' he laughs, a kind ay disingenuous fuckin cackle, '…Now I'll be the first to admit, I fuckin laughed at the time; the fuckin balls on ye; fuckin admired the ingenuity of the scam, in truth, but I told myself there and then, I'd never let it happen again. I said to myself, 'If it looks too good to be true, then in-fuckin-variably, it is.' The boys here wanted to hunt yies down; make ye pay for your—what's that word?—temerity, but I decided, on reflection that there was a life-lesson there; that God almighty himself, had deemed it necessary to give us Houlihan lads a lesson on that day; a lesson in humility, no less. When someone mistakes the leniency I've afforded them for weakness though, then it's a whole different quandary I find myself in.'

'Whit ur ye talkin aboot? That wae the fags wis years ago. We wur just wee guys man, tryin tae score a fast buck. Ye sais yersel it wis a good wan, eh? Some balls, ye sais.' he laughs, nervously, 'Whit's that prick telt ye? McShane! Whit huv you sais, an whit the fuck's *he* dain here?' he sais, pointin tae Zander.

'Is that what you thought you'd do again, eh? Only this time up the fuckin auntie to a key of cocaine? Go for the big fuckin score, huh?'

'Ah-ah d-don't know whit… '

'Where's the gear? And the money?'

'Fon't fuffin fellem!' Monty sais, shakin his bloodied, swollen heid, the towel still in his gub.

'Behind the cooker. There's a hide in the waw.'

'AH SAIS DON'T YA FUCKIN PRICK… ' Monty screams, pullin the blood drenched fabric fae his mooth, his eyes blackened an swollen.

Coln nods tae Paddy, 'Fuckin shut him up.'

'YE'VE DONE IT NOO! HE'S GON… '

He's silenced wae the thunk ay Paddy's bat oan his skull. Ah only know by the sickenin noise it makes; that an because in the short time ah've spent in these boays' company the day, ah've come tae foster an acute awareness ay their methods. Monty obviously hudnae. Ah'd turned away, avertin ma eyes, the putrid dink ay the aluminium bat connectin wae his cranium repellin me further away as ah step taewards Zander spewin oan the flair at the back ay the room. He never turned away.

'Finn?'

'Got it, Coln. Three keys and some more already bagged up into smaller amounts. There's a pile of cash here too. Fuckin thousands—tens of thousands!' he sais, squeezed in behind the auld electric cooker.

'Good enough. You know what to do.'

Ged's frozen in his seat, knuckles white wae his grip oan the airms ay the tattered leather chair. Ah keep ma eyes fixed oan him, the look oan his face alone repugnant enough tae tell me ah don't need tae see whit elicits it.

'WHIT HUV AH TELT YOUS TWO STUPIT CUNTS ABOOT LEAVIN THAT DOOR OPEN. ANY FUCKIN CUNT COULD JUST WALK RIGHT IN!' a voice comes alang the loabby.

Aw eyes turn tae the door. Paddy stoaps fillin the holdall wae the haul Finn's passin him fae behind the cooker as he too, sticks his heid up tae see who's talkin. Ged, still terrified, tries tae speak but nae words leave his mooth, Zander peeks oot fae behind the foldin table in the coarner he's cowerin behind an me an Coln turn roon tae see Mullin, haudin the dug in wan airm, an a poly bag bulgin wae a kerry oot in the other.

'There he is now, lads. They seek him here, they seek him there, they seek him fuckin everywhere! Come in and sit down next to yer mate there.' Coln sais, pointin the shotgun at him, noddin tae the lump ay tenderised mince sittin oan the couch.

He draps the dug an the bag tae the flair, the dug scamperin fur Coln, an slams the door shut.

Coln fires at the door, blawin a hole in it ye could fit Ged's heid through as the dug sinks its teeth intae his leg, loacked oan like a fuckin bear trap. He tries tae prod at it wae the barrel ay the gun but its jaws ur like a vice, hunners ay puns ay pressure drivin doon oan his calf.

'Fuckin shoot the cunt!' Paddy sais, clamberin oer fae the kitchenette tae help.

'And take my fuckin leg off as well? Don't be so fuckin stupid, man. Get the bastard!' he grimaces.

He comes oer, bat in haun, as Finn wrestles wae the cooker tryin tae get oer tae help an aw. It's stuck fast though, its feet catchin oan the lino. Just as Paddy draws the bat up tae perform the task he seemingly dis best, Ged springs up fae his seat, like a strikin rattlesnake, grabbin oan tae the bat in his haun. They struggle, crashin aboot the room, knoackin oer the big tellie in the coarner.

'Finn! Get over here!'

Zander grabs the other bat Finn's left leanin against a kitchen unit an runs oer, 'Here, Coln.'

'What do you want me to do with it? Fuckin hit the thing!'

'I can't—I can't do it.' Zander sais, shakin, haudin the bat above the dug, tearin an gnawin at Coln's leg, blood pourin doon, saturatin his boot.

Ah grab it aff him an thud the dug oan the heid wae it, wae as little force as ah kin, but enough tae persuade it tae let go. It relinquishes it's grip immediately, whimperin away in pain. Afore ah kin dae anythin else tae help the vicious wee cunt, Coln pulls the trigger, the pellets fae the shell sprayin oot ay the short barrel eradicatin the thing, decoratin the waw, flair an ceilin in flesh, fur an shattered bone.

'PEBBLES!' Ged shouts, runnin at us wae the bat, huvin won the tussle wae Paddy, who's strugglin tae get tae his feet. Coln snaps the gun open, tryin desperately tae retrieve mare shells fae his poakit tae reload as Ged closes in oan him. There's a crash as Finn tips the cooker oer tae get oot, afore tacklin Ged tae the flair just afore he brings the well-worked bat doon oan Coln's nut.

'Paddy! Stop fuckin about over there an get after that cunt, Mullin. Take Steven with ye.' he sais, flingin Finn's bat tae him an drappin two mare shotgun shells intae the barrel, snappin it shut.

This development is a surprise tae me, seemingly the bounty they're aboot tae huv it away wae, coupled wae ma efforts in gettin the dug aff him ur enough tae convince him that ah kin be trusted.

'Out of the way Finn. Let him go.' Coln's voice foallies us ominously doon the loabby latticed wae Ged's beseechin wails fur mercy, as we run oot in pursuit ay Mullin.

The thunderclap ay the shotgun echoes doon the close.

At the boattom, the flat tae oor right as ah look oot tae street opens, a wee burd in her jammies pokin her heid oot, 'Whit's aw that racket? Is that they fuckin arseholes up that stair again? Ah've goat a wean in here… '

'Get fuckin back in an mind your business.' Paddy growls at her, brandishin the bat, the door swiftly slammin shut again, ' …this way.' he gestures tae the back door, held open wae a wee hook oan the back ay it, coupled intae an eyebolt that's anchored tae the waw.

He walks through an stumbles oer, flat oan his face oan tae the hard slabs ootside, the metallic clang ay the bat bouncin oan the concrete flair ay the interior ay the close as he draps it when a cobblestane skites aff his dome oot ay naewhere. Mullin appears in front ay me fae the right haun side ay the door, reachin doon, pickin up the bat.

Ye hear cunts sayin that in situations where yer facin certain death that ye freeze, like the proverbial rabbit in the heidlights; yer boady inanimate wae terror. Just resigned, oan some subconscious level tae the incontrovertible fact that yer gettin it; yer tea's oot; the gemme's fuckin up.

Ah know whit that feels like noo. There's a moan fae behind him as Paddy comes roon, tryin tae get up tae his feet an Mullin turns roon, bringin the bat back doon oan tae him.

Ah hear the wail ay distant sirens an Coln's voice boomin fae above, accompanied by frantic, sonorous fitsteps rumblin doon the stairwell.

'COLN! DON'T LEAVE ME HERE, BRO!' is the last thing ah hear as ah bolt oot the front door, runnin like ah've never ran afore, the temporary, incapacitatin panic ah'd felt, left behind me in that close.

Scanlon's young cousin an that ur still hingin aboot oan the coarner as ah sprint by them, their faces hostile an foreign somehow. Jumpin intae the first assailable gairden ah see, ah dae umpteen back gairdens, no stoappin till ah get tae wan that seems quiet enough. Safe enough. Far enough away fae the madness.

Ah hunch ma knees up tae the underside ay ma chin, huggin them, like a wee wean, aw that ah've witnessed playin oer an oer in ma mind. Feart an alone. If Mullin made it oot ay there—if he managed tae get away, it's no oer yet.

THIRTY-THREE

Reckoning

Police sirens wail through air, puncturing the otherwise moderate fibre of the day. They come from different directions, carried to your ears on the wind like howling banshees, amplifying your senses; focussing your mind.

A great cliff of charcoal grey cloud rolls across the sky like some huge megalithic wall of dark, volcanic rock drifting through the air, bloated and swollen, stubbornly retaining its precipitous essence until it can no more.

Thick, heavy raindrops pound down, bouncing off the ground in an uncompromising torrent. Water streams from the curved camber of the road down into the gutter, racing towards you, pulled along by gravity down the mild gradient of the street as you near the section of wrought iron fence where he sat for a short time, slumped. Beaten.

The last remnants of blood are washed away before your eyes as you cast your gaze downwards to the sheen of the paving stones beneath your feet, the unrelenting rain still hammering down. Around the corner, at the foot of the road you see him limp away, disappearing behind the red sandstone tenement building, heading westwards, hand held to his ribs applying pressure to the wound.

You follow tentatively, brisk enough not to lose him, yet slow enough to keep the distance between you intact. Your grip tightens around the straps of the rucksack over your shoulders with such intensity that you grimace and draw a sharp intake of breath as your nails dig into the palms of your hands as you approach the blind corner of the tenement.

After preparing yourself for a moment, you peer round only to find no one there. The only people out in the monsoon like conditions are those in the slow-moving cars and steamy windowed double decker buses that crawl along the road, whipping up Catherine wheels of spray from their tyres as they cut through the shallow river of the street.

Suddenly, through the downpour you see him across the street. He emerges from behind two buses, still limping and apparently in some pain but despite this, goes unnoticed; the people safe in their warm, dry vehicles too concerned with making it home to their equally warm, dry homes where they'll be sheltered and safe from the perilous conditions.

He looks around; distrusting, shaken, the day's events having turned his world—his reality, upside down. You crouch down, as though to tie your laces, the incessant rain running down your collar and trickling down your back, before taking a furtive glance once more across the road. Another double decker bus partially obscures your view. You think he disappears down a street to the right, behind a pub, the light from which mirrors off the glass-like pavement through the open door as a patron enters from the street. You can't be sure whether he walked by, or if he too entered.

Crossing the road, a car slows down to a stop, letting you pass. You nod your head in thanks and are momentarily startled as yet another police vehicle careers up the road overtaking the slow cars, it's blues and twos announcing its passage as they pull over, giving it clearance.

You turn the corner at the pub and think you can see some spots of blood on the ground, the rain being slightly less pronounced on the side street, partially sheltered as it is, flanked on either side by three storey tenements. It's of little consequence in any case, serving only to reassure you you're on the right path. Seeing him hobble across the tarmac at the far end of the quiet residential street confirms it.

Nearing the end of the street, you again approach the building's edge with caution, allowing yourself only the merest of glances until you're sure it's safe to continue. The density of residential property becomes sparser, replaced by derelict factories and wasteland. Industrial ruins left to rot just as the communities they once supported had.

One such site, razed to the ground years before, is fortified by a perimeter fence of timber hoarding some eight feet tall. On one of the panels, you see a pinkish, though rapidly diminishing—through dilution from the still driving rain—bloody hand print. You feel your way around the surface area of the panel, running your fingers to the bottom where there's some clearance from the ground. By giving a sharp, measured pull, you find the panel comes away enough to allow you access through to the other side.

Squeezing through, you wonder how a man of his considerable frame managed it and question if he really did come through here, at this point, or used another way in.

In the distance through the thick, wet undergrowth, sitting on a raised concrete plinth, signalling where a building of some type once stood, is the crudely constructed doocot.

You had suspected he may be headed here, having been made aware he's a known fancier of pigeons, or 'doos' as they're known in the local parlance. Another area where he imposed his will on others through intimidation, even violence, you've been told, though you can't comprehend how.

It's now that you see him again, coming into your line of vision as you crouch there on the sodden ground, rain still beating down on you so that your clothes now cling to your body like another saturated and superfluous layer of skin. He climbs the two or three steps up to the door and fumbles with the padlock, getting it open after a short time. He disappears inside, closing the door over behind him.

You survey the area till you're satisfied that there's no one else in the vicinity, and begin to stealthily approach the green painted, corrugated sheeting-clad doocot. You look at the hasp on the door to see if the padlock's still there. It isn't. He must've taken it inside with him.

There's a relatively young silver birch tree standing near you. You look for a branch of a suitable size and slowly and gently work it up and down, and side to side, eventually oscillating it round in one motion at the node, where it reaches out from the slim trunk. It breaks and pulling it from the tree, it tears a strip of bark down the trunk as if refusing to relinquish itself to you. You break it down to a smaller size and get rid of all the smaller offshoots so that you're left with a small stick around two feet long. It's thin at one end, getting gradually thicker (around three inches in diameter) at the other where it branched out from the trunk.

The wood is green, in that it's fresh and holds water. This makes it extremely supple and difficult to break, unlike an old, dried out twig. You bend and flex it in your hand until you're satisfied it will hold before approaching the door, quickly closing the hinged hasp fixed to the structure, over the staple screwed to the door.

You jam the length of branch into the staple and pull it down until, at around three quarters of the way, it can descend no more.

'Who's that? Who's oot there?' his voice comes from within.

The door rattles as he tries to open it, vibrating harder still as he kicks or barges it with his shoulder. It budges not a bit, the limber branch being more than equal to it.

'Very fuckin good! Get the door open, dae ye hear me? Ah'm no fuckin aboot!'

You ignore him, instead, taking the rucksack off your back, clicking open the flap, and pulling the toggle along the drawstring, opening it up wide. You retrieve the twenty litre gerry can from within. Placing it down, you go into the zipped-up pocket on the flap, pulling out the strips of torn bed sheet you placed there earlier. Inside each of your jacket pockets you feel a milk bottlee, wrapped with yet more pieces of torn sheet. One's still intact, the material having provided a protective cushion around it in transit. The other is broken though, most probably when you came through the fence.

Disappointed though you are, you're satisfied that it shouldn't pose too much of a problem and after carefully placing the undamaged one down on the ground, you place the length of hosepipe you brought with you into the can and syphon petrol up until you feel it enter your mouth making you vomit briefly as you place the other end into the bottle As it fills with petrol, you place some strips of material in to soak.

The door and walls bang and rattle as he persists with trying to make a forceful exit, shouting all the while about what he's going to do to you when he does. Still you remain silent, his threats carrying no menace to you.

You take the gerry can and begin to pour petrol around the timber base of the structure, feeling a strange comfort in the sound of the birds inside gently cooing.

'Coln! Is that you? Is that fuckin petrol ah kin smell? Listen tae me, ah don't know whit that cunt McShane's telt ye, but whitever it wis, it's a lie. Ah know we bumped ye years ago fur aw they fags but ye know how it is, eh? Just tryin tae turn a coin, eh? That wis then, though. A fuckin long time ago, man. Tryin tae say ye've never pult a fly wan yersel? Eh?'

Still you say nothing, instead working your way around the building pouring the petrol, letting it douse and marinate into the old railway sleepers and plywood skirting around the base. Seeing some discarded beer and wine bottles, you repeat the action with the hosepipe, filling them also.

The rudimentary stucture shakes and rumbles as he throws his weight at the door. Still the pliable branch holds true.

'Coyle? Is that you ya wee prick? Came tae finish me aff, eh? Is that it? You an yer wee pals couldnae fuckin dae it earlier so ye dae it *this* waiy? Eh? Aye ah kilt yer Da. So fuckin whit? He wis a fuckin junkie cunt. HE FUCKIN SLASHED ME!

'So, ah shagged his wife. She wis fuckin gantin oan it. Tryin tae play hard tae get but ah know whit they're like. They say naw but they mean aye. She wis oot fuckin *lookin* fur it. Bet she never telt ye that, eh? Who could blame her, eh? Yer Da wis too interestit in gettin full ay the skag wae the rest ay them. AH JUST GIED HER WHIT SHE WIS WANTIN!

'YE FUCKIN LISTENIN?

'She goes back an sais ah raped her. RAPE? How kin it be rape when she wis oot in the pub wae her pals fuckin wantin pumped, eh? Fuckin cows! Yer Da goat me when ah wis masel. Fuckin sneaked up when ah wisnae expectin it an took ma fuckin eye oot! IT WIS ONLY A MATTER AY TIME TAE A GOAT A HAUD AY HIM!'

You pick up the milk boatle with the long strip of rag in it and light it, throwing it hard and high to the top of the tower. It explodes in an incendiary blast, the burning liquid, running down the grooves of the corrugated sheet metal, igniting the timber around the base.

'THIS ISNAE FUCKIN FUNNY. YE BETTER OPEN THAT DOOR! AH'LL FUCKIN KILL YE, YA CUNT! OPEN THE FUCKIN DOOR. THINK YER A FUCKIN GANGSTER? OPEN THE FUCKIN DOOR AN WE'LL FUCKIN SEE!' he screams, thundering into the door. It doesn't budge.

You work your way round the building from around thirty feet away, throwing the other boatles high up the structure, same as before, and as they smash, they too ignite in a ball of flames, the lit petrol rolling down the sheet cladding like lava.

Even at this distance, the fierce heat makes you shield your face to protect yourself. Flinging the rucksack and the empty gerry can at the inferno, you walk away, his screams fading away to nothing before you've even made it back to the loose section of hoarding to make good your escape.

THIRTY-FOUR

▶

Arabian Monkfish

Ah get oot the black hack in Kentish Town, just ootside the Forum.

Black hacks, that's whit we call them up the road—hackneys. Where, as coincidence wid huv it, ah've just travelled through. Hackney, that is. The borough in London, oan ma waiy here fae Stratford. The Carpenters Estate it's called, where ah've been staiyin. Crashin wae an auld mate, Damo.

He used tae be wan ay the road crew wae the band back when we thoat we wur the next big thing. Back afore ah went back hame tae aw the fuckin madness.

Ah'd recently discovered that it's goat fuck aw tae dae wae the place—Hackney, ah mean.

The taxis—fuck aw tae dae wae it. It came fae the French word, *hacquenee,* meanin, a horse that could be hired. Who knew? No fuckin me anywaiy.

Ah seem tae gravitate taewards this area, Kentish Town—whenever ah'm gaun oot fur a pint or that, even just tae walk aboot. Cunts say Camden Town is the place tae be but there's too many fuckin weirdos kickin aboot there fur ma likin.

Ah like it *here*; goat some good memories ay this gaff, know whit ah mean? We played wance in the Forum, supportin a mad American grunge band, ah furget their name. Full oan Kurt Cobain wannabe cunts, an there wis us, an ecstasy fuelled, Anglo-Scots hybrid, dance-rock crossoer.

The world wisnae ready fur *Arabian Monkfish* though. Who could blame them really, wae a name like that?

Still though, it wis a good gig. The grungers in the crowd didnae want tae admit it, but we fuckin stole the show. Ah'm tellin ye, hud a few ay they torn faced cunts converted. Ye should've been there.

That wis afore the peas an barley took its grip though. As soon as the marchin powder goat involved, we wur doomed tae failure. Oor insatiable appetite an woeful income, versus oor wilful capacity fur spendin whit little we *did* make oan gear, rung the death knell fur the greatest band ye've never heard ay. They record company cunts just don't get it. Ye need tae invest in yer talent; let them nurture their creativity an fund the acquisition ay any substances that help them realise it. Fuckin simple enough economics if ye ask me. Speculate tae accumulate, know whit ah mean?

Their fuckin loss, man.

Ah duck intae The Bull & Gate. Good wee shoap. Wan ay they auld fashioned, gin palace numbers. A bit like The Portland, if it wisnae stuck in a time warp, an wae mare poncy, yuppie cunts, the type ay which widnae last two minutes in there.

'What you avin then, mate?' the boay behind the bar sais.

'Eh, just a pint ma man.'

'Just a pint? A pint of what? I ain't a bloody mind reader, pal.'

'Sorry, man. A pint ay Tennents.'

'You what? Don't sell any of that fackin Scotch guff in ere mate, Carling do ya?'

'Naw, it f-f-friggin well won't!' ah sais, mindin where ah um, kind ay crestfallen, ' …just gies wan ay they cans ay Red Stripe ye've goat in that fridge then, mucker.'

He gies us it an ah paiy the exorbitant price waeoot as much as a grumble. No dain too bad fur the auld poppy the noo but ah'll get tae that in a bit.

Been doon here fur aboot a month noo. Efter hidin in a bush in that gairden, listenin tae aw the polis sirens an reflectin oan the carnage ah'd surreptitiously orchestrated (admittedly, ah'd underestimated the Houlihan brothers' robust approach) ah'd floated aboot, like a fuckin ghost, in the worst rain storm ah'd ever hud the misfortune ay bein caught in, ponderin oer the next move. Eventually ah worked up the balls tae go back tae ma gaff an flung thegither whit belongins ah could.

Scanlon came roon an ah gied him the other click we hud left oer fae the bulkin up process an telt him he'd be best aff takin it oer tae the Guru oan the Sou-Side. Ah knew he'd take it, laid oan, an at the right price, an shift it doon that waiy, away fae the eyes an ears ay the East-End. Made sense. Loose lips sink ships, know whit ah mean?

Ah headed doon here wae ma bass guitar, a bag ay claes an three an a hauf grand that ah wis haudin fur Mullin that, given how things hud played oot, must've slipped ma mind tae gie him. Funny, that.

It wisnae quite as funny, the waiy he met his end, right enough. Fuckin toast, man. Whit a waiy tae go. Still though, couldnae huv happened tae a mare deservin candidate.

Scanlon thoat there might've been some blowback fae the Templetons oer how things went but like ah'd told him, they're no gien a fuck aboot that rocket. Plenty mare up-an-comers ready tae step intae the breach an take his place. He placed far too much stock intae his connection tae them, but tae cunts like the Templetons, he wis just another buyer tae get rid ay their supply. It's like ah'm always sayin—market forces, man. The market will decide.

Ah gave Scanlon maist ay the gear ah hud left ay Mullin's ah wis haudin, tellin him tae dae whit he wanted wae it; a wee earner fur his troubles. Needed tae be done. Ah broat the rest wae me tae keep the auld nerves in check, an tae break the ice wae Damo an the rest ay the troops doon here. Ease the transition process.

Didnae take long till it wis rattled, mind you. Time flies, an Persian rugs rapidly diminish, when yer huvin fun, even mare so when yer tryin tae blot oot bein an accomplice tae a bloodbath.

Ah'm meetin Damo in here efter his graft. He's workin oan a buildin site noo in Greenwich—The Millennium Dome. Wan ay Blair an *New Labour's* full-frontal cultural assaults, designed tae solidify their self-appointed status as the party ay the people; hearts an minds an aw that; a symbol ay national pride, as we edge ever forward, tae the new millennium!

Some fuckin shite like that, anywaiy. Same arse, different fuckin cheek, they cunts.

Damo sais he makes mare money labourin oan there than he ever could howfin aboot stage gear, an even though he preferred the life oan the road wae bands, he's goat bills tae paiy. Tryin tae save up tae buy his ain gaff, he sais, an in London, that in itsel's nae easy feat.

He keeps sayin he'll get me a joab if ah want but ah telt him he widnae unnerstaun; that creative types like me cannae be runnin aboot pan-handlin oan buildin sites, tradin oor sweat fur a haunfae ay shrapnel. It interferes wae the creative process, know whit ah mean? That last experience in the dockyerds at Rosyth wis enough fur me.

'Oi oi, you Jock cunt! You gettin the faackin drinks in then or what?' a voice comes fae behind me. Damo, wearin a pair ay camouflage troosers, a too-tight Judas Priest muscle t-shirt, showin aff a multitude ay tattoos, an his long black hair tied up in a fuckin mad bun.

'Fuckin too right ah um, brother. Whit ye intae? Some fuckin hair-do, by the way.'

'Guinness wiv a dash of blackcurrant mate, and what abaht my air? Keeps it aaht my face when aah'm graftin, don't it?

'You still drinkin they cocktails ah see? Ye'd get yer baws partit fur askin fur that in Ireland, ya cunt. Here, John! Gies another can ay Red Stripe an a Guinness an blackcurrant fur ma lady friend here, whenever yer ready.'

The barman shoots us a look that suggests he's none too chuffed wae ma gentle ribbin ay Damo—probably drinks it like that an aw, the mad prick—but keeps his opinions tae himsel, puttin them doon oan the bar an gaun back tae rearrangin the buntin hingin above the gantry, made up ay the nations' flags that ur competin in the World Cup in France.

'You got any sniff on ya?' Damo sais, oot the side ay his mooth, keepin tabs oan the barman's whereaboots.

'Nah man, ah telt ye. Ah'm aw oot, man. Kept you an the boays awright fur it though, eh? Gratis. Fur lookin oot fur us till ah kin get settled—get ma ain pad an that.'

'Yeah, yeah, course. Go on then, I'll give ya a bump. Picked up a couple of grams off a geezer at work before I knocked off. You ang abaht a minute, then meet me in the bogs, yeah?'

Cheeky bastart, eh? Wants tae know if *ah've* goat anymare, afore breakin intae his ain stash.

The barman gies us a funny look as we come back fae the bogs thegither. 'That Guinness an blackcurrant, mate. It goes right through him.' ah sais, an he looks, automatically, at Damo's pint, wae barely a drink oot it. Ah grab the drinks aff the bar an we go an sit doon at a table near the windae.

Ootside, the street's bustlin wae folk headin hame fae work, prominent sweat patches under oxters, ties undone, shirts an blouses unbuttoned under a roastin hot London sun.

'Listen Steve, I've been meanin to talk to ya.'

'Aw aye, whit's gaun doon?'

'You know it's been great seein ya. You know, catchin up, faackin avin it large and that… '

'Too right Damo. Some fuckin laugh, eh? Me an you, just like auld times, noisin every cunt up.'

'Yeah.' he looks doon at his beermat, footerin aboot wae it, ' … thing is mate, you're gonna ave to do one. Julie's goin ape shit bruv. Says you're takin advantage… '

'Julie? She disnae even staiy wae ye man. Who's fuckin flat is it, eh?'

'Well, mine, but it don't matter mate. I've made me mind up. You can come rahnd in a bit, yeah? Pick up your stuff an what ave ya. I'm sure you'll sort sumink aht.' he sais, takin another couple ay stanks ay the blackcurrant polluted abomination. The fuckin cunt. Ah should've known when he ordered that he wis wan fur the watchin. Nae coincidence they've aw just fuckin rinsed me fur the last ay the gear ah broat. Gie cunts an inch, an they take a fuckin mile, know whit ah mean?

'Sound, Damo. If that's how it is, ah'll come roon in a bit, eh?' is aw ah kin come up wae an he fucks off, back oot intae the bustle ay the street leavin me oan ma tod again.

ooooo

One Week Earlier

Scanlon hud settled oan thirty grand fur the key he'd moved oan tae the Guru, which he'd taken oan the condition that he get it oan tic so's he could sell it first, then square him up wae the money at a later date. Tae be fair tae auld Archie boy, he didnae fuck aboot. In just oer two weeks, he sold the lot ay it an Scanlon's awready been roon an collected the dough. Nae fuckin greetin aboot quality either. He just divvied it up an put it oot the door, as is, an cunts snapped it up.

It's just like ah sais—the masses, the cunts oan the street, they're no arsed aboot percentages ay purity. They just want a dunt aff somethin, anythin. Anythin that helps mitigate the mundanity ay their otherwise woefully inadequate existence. Gie them that an they'll come back tae the well in their droves, an they'll keep comin till it runs dry.

Ah'd goat him tae transfer ma hauf ay the money by Western Union an MoneyGram. We hud tae dae it in different amounts, at different times an fae various locations, tae multiple other locations doon here fur me tae pick up. It takes the best part ay a week an some sizeable taxi fares, but between us, we manage tae get ten grand wired doon. The rest, he deposited in three accounts ah've goat wae different banks, two ay which hud the sum total ay £7.48 between them afore the deposits were made.

Wae the money in ma possession, ah decide tae go fur it an in a phoneboax no far fae The Bull and Gate, oan Kentish Town Road, ah thumb through a yella pages till ah get find whit ah'm lookin fur.

ooooo

Ah'm oan ma fifth can ay Red Stripe, smokin the umpteenth fag since Damo telt me ah'd ootstaiyed ma welcome, gien some serious thoat tae when ah'm gonnae go back tae his flat an get ma gear, an mare importantly, where exactly ah'm gonnae crash the night, when ah hear his voice, 'Awright shagger. Whit's happenin?'

'Scanlon! Whit *you* dain here!'

'Thoat ah'd bite the bullet an come doon here tae keep you oot ay trouble.'

Ah'll be honest, ah didnae think ah'd see him again. No fur a long time anywaiy. Efter everythin that'd happened an the waiy he'd stuck by me; dug right doon in the trenches wae me tae get us oot ay the world ay shite ah'd landed masel in, ah never even dared ask him tae come. He'd be guilty by association. Every cunt knows we're best mates. It wis better fur me tae just disappear, efter aw it wisnae the first time ah'd done it.

'So, where's aw the fuckin rockers an rollers? Thoat ye'd be up tae yer neck in groupies by noo. Where's the band?'

'The band?' ah sais, sheepishly.

The first thing ah enquired aboot when ah tracked doon Damo wis the whereaboots ay the boays; telt him ah wis doon tae potentially get the band back thegither. Efter aw that hud happened, an comin oot the other end, ah thoat another crack at it wisnae oot the question. The idea wis sharply kiboshed when he telt us that Al Simons, the singer, an his brother, the lead guitarist, Andy, were away backpackin roon the world. Last known whereaboots, some island aff Indonesia. The drummer, Freddy Ditorio spent six month in rehab fur substance abuse (paiyed fur by his hugely wealthy faimily back hame in Italy, nae less. (He kept that quiet, the cunt)) an is noo a fully signed up member ay an order ay Benedictine monks in the South ay France, ' …Eh, the band's no gonnae be reconvenin fur the foreseeable, mate.'

'Naw? That's pish. Wis lookin forward tae seein whit aw that craic wis aboot.'

'Never mind aw that, whit the fuck's happenin up the road? Dae they know who done Mullin in? Whit aboot Ged an Monty, huv the polis goat any leads?'

'It wis in the *Evenin Times*, kin ye no get it doon here? *EAST-*

END DRUG DEALER KILLED IN GANGLAND-STYLE EXECUTION or some pish like that, it sais.'

'Whit aboot Monty, they never kilt him, did they? Whit if he recovers an talks tae the polis, or comes efter me?'

'Ah widnae worry aboot that mate. He's fucked. Vegetable they're sayin.' he sais, an rolls his eyes tae the back his heid, stickin his tongue oot, in case ah don't know whit he means.

'Poor cunt, ah mean he wis a colossal prick an he'd huv done me in as soon as looked at me, but still. Ye *dae* know ah didnae know it wis gonnae go that far, daint ye? Ah just hud tae get oot, man. Settin them up, it wis the only waiy ah could see.'

'Better them than you—than us! A hud a fuckin haun in it as well, mind.' he sais, an when ye get doon tae it, that's aboot the size ay it, whitever waiy ye want tae look at it.

'Ah know, mate, an ah'll never furget it. Whit aboot Mullin, did it say anythin aboot who done him?'

'Ah wis gonnae ask you the same question. Fuckin barbequed, the cunt. Didnae know if ye were just keepin it oan the doon-low. Widnae blame ye if ye did.'

'No me, mate. Ah don't mind tellin ye, that cunt put the shitters right up me. Thoat he wis gonnae do me in at the boattom ay that close afore Coln an Finn came chargin doon the stair. Then ah wis off, like a two-bob rocket, never looked back.'

'Probably Coln an his brothers then. Nae point in lettin wan get away tae come back at ye further doon the line, eh? Anywaiy, enough ay that pish, ye gonnae sit there aw day or get aff yer arse an get me a fuckin drink?'

Enough ay that pish, right enough. Ye live by the sword, ye die by the fuckin sword. Fuck Mullin, an Monty an meatbaw heid. Listen, ah know whit yer thinkin. Yer thinkin how could ah just move oan; up sticks an sit here, livin ma life, huvin a swally an aw the rest ay it. How? Cos there's nothin else fur it, right? Whit's done is done. Ye make yer bed, ye better fuckin lie in it.

Up at the bar, ah order us another two Joe Kinnears an while the barman's gettin them, walk oer tae the wee newspaper rack at the waw, pullin oot a *Financial Times*. Leafin through it, ah stoap at an article oan page seven, dumbfounded.

SCOTTISH SOFTWARE COMPANY, ESRACOM
TECHNOLOGIES LTD's SHARE PRICE
SOARS BY 400% ON ITS IPO
The Worldwide Tech Dot-com Bubble Has a New Success Story

The boay behind the bar places the drinks doon, directin another wan ay they looks he seems tae huv perfected at me, the scruffy cunt staunin afore him agog, porin oer an article in the FT.

'Ere, Gordon Gekko. You want these drinks or what?'

'Aye, sorry pal. Here, just keep the chainge.' ah sais, clutchin the two beers between ma fingers, no takin ma eyes aff the page as ah glide back tae the table.

'Ere, mate. That's a twenty!' the boay protests.

'Tell me ye acted oan that information ah goat aff Derek. Mind aboot the company he works fur?'

'Whit, shares? The stockmarket an aw that gubbins? Gies peace ya crank. Whit the fuck dae ah know aboot aw that shite?'

ooooo

The Previous Week

Findin the section ah'm lookin fur in the scabby directory chained tae the phoneboax, ah stick ten bob in the slot an dial the number.

'Hello Allen and Davidson?

'Hullo, ah'd <cough> I'd like to speak to someone about investing some liquid capital I have on the stock market.'

'Very good sir. Do you have an account with us?'

'Eh, naw. Ah mean, no, I don't currently, but I'd like to open one with you at the earliest opportunity, if I may?'

'Certainly sir, if you give us your address I can pop a brochure, complete with

an application form in the post for you to… '

'I was thinkin, mibbe ah could just come doon there, the day. Ah mean, no time like the present, eh? Why put off till tomorrow what you can do the day? That's whit ah always say.'

'Well, we don't usually… '

'See, the thing is, time is a commodity ah don't have at my disposal currently. This investment… <cough> Ye see, my sources assure me that this particular investment has to be acted upon, forthwith.'

'Okay, I'll see what I can do. Do you know where we are?'

'No, but you tell me and I'll be there.'

Sittin oan the tube wae a holdall containin ten grand in used notes oan ma lap, ah haud oan tae it like ma life depends oan it. Every cunt that catches ma gaze seems like a potential robbin bastart. Ye hear aboot the tube doon here, daint ye? Cunts gettin mugged an that, but ah dae ma best tae act casual, ah'm just a cunt wae a bag oan the tube, same as any number ay other cunts dain the exact same thing. The only wan that knows its contents is me. Breathe, Stevie. Breathe.

It hud went right oot ma heid tae be honest, wae everythin that went oan back hame. Ah'd been so consumed wae fear an dread aboot whit wis gonnae happen wae Coln an his brothers—if they were oan tae me, an if ah wis walkin intae a trap—then, by whit would happen when we went tae Mullin's, that it hud barely even registered.

The night afore, ah'd driven oot tae meet Derek Campbell-Jones, the executive wae the computer technology company who every time ah meet, insists oan us huvin a Patsy wae him while he prattles oan aboot whitever deal he's negotiatin at the time. Ah reciprocate wae regalin him wae ma stories aboot life as a reluctant coke dealer. He always seems captivated by it, askin me aw sorts ay questions, an while ah'm no exactly enthralled wae his patter, ah'm always kind ay in awe ay him; the waiy he makes his money an that. Callin the shots oan multi-million poun deals that could potentially make or break other cunt's years—lives, even.

It's like a kind ay charlie enhanced, two waiy therapy session which oer the last six months, although ah convinced masel otherwise, ah actually grew tae look forward tae an enjoy.

Oan that night, afore the fuckin massacre ay the foallien day, he telt us that the company he represents, Esracom Technologies Ltd—huvin secured a partner that would be able tae make some vital component part ay a new product they hud in development, in South Korea, at a much lower cost than they could here in the U.K., an aff the back ay that, hud secured another contract tae sell said product tae some blue chip, Silicon Valley corporation in America—were gonnae be floated oan the stock exchange.

Ah remember, much like every other work-related anecdote he ever telt me, bein bored tae tears an wishin he'd shut the fuck up an put another line oot, but it wis the waiy he kept gien us a wee nudge an a wink, like he wis tellin us somethin ay the utmost importance that resonated wae me.

It's only the day as ah mulled oer whit the fuck tae dae wae the readies it occurred tae me.

Ah get aff the tube at Liverpool Street Station an walk tae the address in Finsbury the cunt gied us. The security boay in the foyer gies us the eyeball, stickin oot like a sore thumb as ah dae in among aw the suits cuttin aboot like ants, frantically scramblin tae the next morsel, so ah walk oer, chist oot, full ay business an forthright.

'Mr. Steven McShane, here tae see Mr. David Allen of Allen and Davidson.'

He picks up the phone an a look ay dejection comes oer his dish as ah'm okayed fae the other end ay the line.

'Just take the lift over there, sir. Fifth floor.'

At the reception the lassie looks us up an doon, starin at the holdall in ma haun, then back at me like ah'm some vile stain she's just noticed oan her mink coat.

'You here to mend the copier? It's just through there.'

'Naw, actually, ah'm here… '

'Mr. McShane, I presume? That's an accent you don't forget. It's okay Mary, I can take it from here.' he sais tae the burd, ' …if you'd like to follow me, Mr. McShane.'

We get intae his oaffice an he invites me tae take a seat, 'I have to say, you're tremendously lucky that you got me on the phone. Once in a blue moon, I pick up external calls. Yes, most lucky indeed. Anyway, your exuberance on the phone—intrigued me. I told you to come down as much to see if you actually *would* than anything else. And here you are. Tell me, Mr. McShane, what is this investment you have to make that simply can't wait?'

I tell him aw aboot Derek an Esracom, includin the confidential details aboot the South Korean outsourced labour an the tie-in wae the Yanks, but makin sure tae exclude the nature, an purpose ay ma consultations an transactions wae him, an he listens intently, jottin doon notes in his filofax.

'And how is it you say you know Mr. Campbell-Jones, again, Mr. McShane?'

'Brother-in-law. Ma sister is merrit, eh, ah mean, married to him an he, well—us Scots, matters ay financial gain, we like tae keep it in the faimily, know?' ah sais, gien him a wink.

'Well, Mr. McShane. With all you've told me here, and um, all things considered, I should say we at Allen and Davidson would be only to happy to act as your broker, subject to some expedited due-diligence. Nothing to worry about, you understand. All part of the process. How is it you'd like to get the funds to your new account with us?'

Ah lift the bag oan tae his desk, parkin it in front ay his Newton's cradle desk toay, zippin it open, 'Cash awright, Dave?'

○○○○○

Scanlon takes a drink ay his Red Stripe an looks at me, face contorted wae ignorance, 'Ye done whit? Ye gave some fuckin suit ten grand tae play roulette wae on the fuckin stock exchange, ye aff yer nut?'

'You listenin tae me? Ye don't fuckin *need* tae listen tae me, look! It's there in black an white. The share price's increased by 400 per cent! Ah bought ten grand's worth at just under a fiver a share, right? That means ah've goat aboot... '

'*Whit*? Ye've goat *whit*?' he sais, derisively.

'FIFTY GRAND!'

'Fuck off, ye huv.'

'Ah'm tellin ye, ya daft cunt. READ IT!' ah slam the paper intae his face.

Leavin the stupit cunt tae read it an conceptualise whit ah'm sayin, ah run oer tae the bar, bargin in next tae some knob who's waitin tae be served, the pub fillin up cos the England gemme's comin oan shortly, 'Gies a boatle ay Moet, John!'

'Old your faackin orses, Jock. I'm first.' the cunt sais.

'Get him whitever he wants an aw. Them an aw.' ah sais, lookin at the rest ay them alang the bar. THE MILKY BARS UR OAN ME!'

At the table, the suddenly attentive barman's oer pourin the champers intae a couple ay flutes, an Scanlon, huvin accepted ma unexpected turn ay fortune laments his previously dismissive outlook.

'Whit ah want tae know is how come you turn up at this high-flyin stockbrokers oaffice wae nuttin mare than ten grand in used notes an some story aboot huvin the inside track oan the dealins ay a computer company, an manage tae get him tae invest it fur ye? Is there no rules aboot that sort ay thing?'

'Lets just say, ah've a sneaky suspicion ah'm no the only wan that turnt a coin courtesy ay Derek's information. It's the internet an aw that shite! Anythin tae dae wae computers an that, these cunts ur flingin money at the noo. An as fur the money—morality, ye kiddin? Stockbrokers? Alang wae the bankers an the politicians, they're the biggest crooks ay the lot, man.'

'How did ye no make *me* dae it though, eh? Ye should've demanded that ah did it. Fuckin *insisted*!'

'Don't blame me, Ah kin lead the horse tae watter, but ah cannae make it drink. Look, there *wis* this wan other thing he kept gaun oan aboot. Sais aw the smart money's bein invested in some yank company. Mare internet pish; gooble or doodle or somethin. GOOGLE, that's it!'

'Whit is it?'

'Somethin tae dae wae the internet—a search engine.'

'You takin the piss? Computers don't fuckin huv engines. Even ah know that. Is he involved, this Derek cunt, like the other wan?'

'Naw, but… '

'Naw but fuck all! That info he gied you wis a wan in a million. Ye sais it yersel, insider fuckin knowledge. He works fur the company, fuck sake. Ah missed the boat! Ah know you'll see me awright fur money though?' he sais, hopefully, an he's right. Course ah will.

'You better believe it brother. Yer probably right, anywaiy. Lightnin only strikes wance, besides, ah wis thinkin, Damo knows a guy fae Tottenham that's goat gear comin in through that big container port at Felixstowe, all sorts come through there, man, know whit ah'm sayin? Ah'll see if he'll put us oan tae him, could take some at source an shift a bit. Make some *serious* money.'

'You kiddin, efter everythin that's happened?'

'That wis different. Different circumstances aw thegither. It's aw in *oor* hauns noo. Nothin kin go wrang. Whit um ah always tellin ye, eh? *Carpe Diem*, man. Seize the fuckin day!'

THIRTY-FIVE

¥

Revelations

McDade walks oot in front, the case ay beers oan his shooder jinglin concurrently wae his step, his dome catchin the evenin sun like a fuzzy peach. His hair's just beginnin tae grow back tae normal efter they shaved it aff in the hoaspital when they opened up his skull tae relieve the pressure oan his brain.

A lucky boay, the doactor sais. If we hudnae goat him straight up there, he could've been brain damaged—pan breid, even. Nae danger.

They let him oot a couple ay weeks efter the operation an telt him tae rest until he wis fully healed. Under nae circumstances wis he tae leave the hoose, but efter Pearcey telt him we were gaun tae ma Granda's tae watch the Scotland gemme, he insisted oan comin. Sais his Da wis gettin right oan his tits an it wid dae them baith good tae get a breather fae each other. If he thinks his auld man's a pain in the arse the noo, wait until the next time he takes a look in that big boax in his gairage he keeps his fuckin zombie apocalypse weapons cache in. Explain that wan away.

When ah took him up tae the Royal, we dispatched Pearcey tae get rid ay the incriminatin bag—which, tae be fair, he did—by stickin a few bricks in it, just tae be sure, an launchin it intae the Clyde.

Ah telt them at the desk in casualty that McDade hud a shot ay some cunt's scrambler doon at the ash fitba pitches waeoot a helmet oan, an crashed intae a metal fence, which, given the state ay his napper, didnae need a hard sell.

Oan his last day in there, just as he wis gettin oot tae go hame, he sais he seen that Monty, oot the gemme, lyin in the ICU, comatose, bein kept alive oan a life-support machine. Whitever went doon in that flat wae the boays McShane went in wae, it didnae end well fur Monty an his pal.

Gerald Richardson, the paper sais his name wis. Blasted wae a sawn-aff shotgun, apparently. A drugs turf-war! Huvin briefly made their acquaintance though, ah reckon there wis a queue as long as Sauchiehall Street full ay cunts only too happy tae see the back ay them—wan ay the consequences ay bein a low-life, wrong yin, bastart.

At least it explained how Mullin wis in so much ay a hurry tae get oot ay there, an how he subsequently met his demise. Fuckin roasted, like a turkey at Christmas, man. Some waiy tae go.

Ah know whit yer thinkin, but it wisnae me. Ah hud fuck aw tae dae wae it! Ah couldnae, even if ah'd wanted tae, the state McDade wis in. Besides, it takes a special kind ay screwball tae take some cunt oot like that, nae danger man. Not fuckin guilty, yer honour.

Tae be honest, ah thoat there wis every chance Mullin wis finished the waiy *we* left him, though it wid seem the fat cunt hud a bit mare in reserve, albeit it short-lived.

Ah won't lie, the three ay us were shitein oorsels thinkin we'd get a chap at the door efter whit hud happened wae us an him, but it never came.

Ah kin only assume it's the heavy team we seen gaun intae the close wae McShane—who's also disappeared aff the face the earth, ah'm guessin, in an exercise in self-preservation—that the polis ur lookin fur.

When Joe came roon the foallien day tae get me fur work, ah dingied him. Finished wae that prick an aw. He came roon again oan the Tuesday an Wednesday afore he eventually goat the hint an stoapped comin. Apart fae visitin McDade up the Royal, me an Pearcey huv kept a low profile in the weeks since.

ooooo

Ma Granda's perched up a ladder when we get there, tryin tae fix an auld saltire flag he must've dug oot fae somewhere tae the pole haudin his T.V. aerial up.

'GRANDA! Whit ye dain up there, man? Get doon aff that ladder afore ye faw aff!' ah shout up tae him.

'Ah nearly bloody did, ya crackpot, ye! Yer mother never telt ye no tae sneak up oan folk like that?' he sais, clingin oan tae the ladder.

'Sorry, Granda. Mone doon. Pearcey'll get that fur ye.' ah sais, volunteerin the wee man.

'It's sound, ah'm oan it.' McDade sais, clankin the case ay beers doon, beckonin ma Granda aff the ladder, ' …nae fuckin arguments auld yin. Let the young team in tae sort it.'

'Oot the waiy, ya fanny. Anymare scars like that acroass that nut an you'll look like ye've goat a tennis baw fur a heid.' Peacey quips, shootin up the ladder efter ma Granda reluctantly descends, steppin aff tae safety.

He busies his waiy past us, openin the door, 'Right then lads, young, eh… yer pal, the rid heided boay there's oan the ball. Mone away in, ben the hoose. Ah've goat some pies in the oven that'll be just aboot ready.

The livin room's noticeably different when we get up the stair. Aw ma Granny's wee ornaments an trinkets an that ur away, as well as the faimily photies. It's just doon tae the bare bones, the whole place, wae stacks ay cairdboard boaxes in the coarner.

'Is there somethin yer no tellin me? Ye emigratin tae Australia or whit?'

'Och, ye know how it is, son. The place needed a wee tidy up. Too much bloody clutter fur me tae deal wae at ma age. Thoat ah'd be best huvin a clear oot.'

'Aye, ye've done that awright.'

'Ah like it! It's like a bachelor pad noo. Could see masel gettin a set-up like this soon. Wee stereo oan the sideboard fur the tunes, tellie in the coarner, a few seats. Whit mare dae ye need, man?' McDade sais.

'Listen tae McPake. He knows whit he's talkin aboot.'

'*McDade.*' McDade sais, as Pearcey tumbles intae the room, 'That's yer flag flyin noo, Mr. Coyle. Goat it up as high as ah could! Whit dae the two letters mean in the middle ay it, *GS*? Is it Gordon Strachan? Didnae know he hud his ain fan club.'

'Govan Shipbuilders it stauns fur. It's wan ay a few flags an banners ah've goat fae trade union activities back in the seventies.' Pearcey just stares at him blankly, 'Never mind. That's good, son. Thanks fur dain that. Ye couldnae dae us another favour an get they pies oot the oven. You an aw, McDade. Gies a wee minute here. Ah want tae talk tae Daniel.'

'*Gordon Strachan*, ya fuckin fanny!' McDade sais tae him as they disappear intae the kitchen.

Ma Granda gestures tae me tae foallie him intae his bedroom. It looks tae be the only room untouched by his recent clear oot; the same as ma Granny hud it. Same auld fuckin brass monstrosity ay a bed, complete wae its washed oot, burgundy, gabardine throwoer, an the same smell; somewhere between musty an fragrant. Kind ay scented but stale, the waiy ah remember it.

When he opens the wardrobe, ma Granny's claes still hing oan the rail, the floral print dresses an sequin adorned blouses bringin vague, hazy memories back tae me; memories ay times when ah wis in here as a wee wean wae her. Her smell. It's like she's back in the room wae us.

He reaches up tae the tap shelf an lifts an auld shoeboax doon, haunin it tae me.

'This is fur you.' he sais, 'Everythin in it, ah want you tae huv, but listen, keep it fur later, the fitba's just aboot tae start. Ah just want ye tae know that ah love ye, son. Nae matter whit, right? Yer aw ah've goat.' he sais, pinchin ma cheek, like he used tae when ah wis a wee boay, 'Time tae show these Moroccans how it's done. We inventit the bloody gemme efter aw!'

In the livin room, McDade's goat the pies unceremoniously piled oan a wee plate an Pearcey's gettin the tellie fired up fur the gemme. Ye'd never know it wis Scotland playin as the pundits in the T.V. studio spend maist ay the build-up forensically analysin the previous night's gemme when England goat beat aff Romania, losin their position at the tap ay the group. Greetin faced cunts. They still went through, that's aw that matters.

Maist Scotland fans wid consider sacrificin a bodily appendage tae clinch second place, which *could* happen, *if* we beat Morocco an Brazil beat Norway the night. No that much ay a stretch, surely?

'Here ye ur, Danny boy, get that doon ye.' McDade sais, haunin me a boatle ay Miller an ingestin hauf a pie, 'Ye want wan, Mr. Coyle?'

He grimaces as McDade prizes another boatle tap aff wae his teeth, leavin a greasy residue roon the tap as he offers it tae him.

'Ye'll no huv any teeth left, ye keep dain that. There's an opener in the kitchen drawer. Gaun get it, son. It's gien me the heebie jeebies watchin ye dae that.'

'Ooohh ya cunt, ye!' Pearcey sais, an we aw jump up aff oor seats as Gordon Durie gets his heid oan the end ay an early John Collins free kick but it floats by the right-haun side ay the post.

'Typical orange bastart! Ah'd huv put that away an a bit ay ma skull's still fuckin loose.' McDade sneers at the tellie, finishin his pie an scoopin up another wan.

'THAT'S ENOUGH AY THAT KIND AY TALK IN HERE, YE HEAR ME?' ma Granda shouts at him. It's Scotland fur Christsake! That's the bloody trouble wae yous young yins. There's mare that unites us than divides us, son. Ye'd dae well tae remember that. That's whit they want, ye know—us aw bloody fightin wae each other!'

'He didnae mean it Granda. Din't ye no?' ah sais, lookin tae McDade tae acquiesce.

'Naw, sorry aboot that. It's just banter an that, eh?' he sniffs, takin another stank ay his beer, turnin back tae the gemme.

'Ah'm sorry an aw, son. It's just—yies need tae educate yersels, aw yous young yins, that's aw ah'm sayin. Nae mare ay that talk the night. This is aboot Scotland. Peery, gaun intae that sideboard there. There's a boatle ay Johnny Walker in there. Get some glesses. We'll aw huv wan.'

Pearcey, advisedly disnae correct him, an dives oer tae the sideboard gettin the boatle ay black label oot, afore grabbin four glesses fae the kitchen. Ma Granda pours them oot, shiftin fae wan gless tae the next in a smooth, fluid motion, resultin in a precise measure in each.

We aw take wan, McDade last, pullin his eyes away fae the tellie an comin oer tae the coffee table, bendin doon an pickin the gless up, revealin the extent ay the scar fae his operation; a straight line, circumnavigatin the tap ay his skull. Ye kin see the slight indentation where the skull husnae fused back thegither.

'That looks nasty, son. Whit wis it ye sais happened again?'

'Eh… crashed a boay's motorbike, right intae a metal fence. Wisnae wearin a helmet, eh? Stupit cunt that ah um.'

'Motorbike, eh?' he looks, sceptically, takin another drink an shakin his heid.

Oan the screen, Morocco lob a long baw fae the haufwaiy line, right oer oor centre-hauf, Colin Hendry's heid, an their centre-forward, Bassir, first times it wae his left peg intae the back ay the net.

'Mone tae fuck, Scotland. Intae this mob!' Pearcey shouts an drinks his whisky in wan, wincin in revulsion at the taste an screwin the lid aff his Bucky, takin a gulp tae wash it doon, 'Fuck sake, how kin you drink that shite, man?'

'Yer no meant tae bloody drink it like that! Ye need tae savour it; treat it right, an ye'll be rewarded fur it. Ye don't bloody throw it back! Here, like this.' ma Granda sais, an takes a wee drink, swooshin it aboot in his mooth like moothwash, afore swallyin.

Ah'll be honest, ah'm wae Pearcey, whitever waiy ye want tae dress it up, an however ye want tae drink it, but ah know better than tae say as much.

The only other hauf chance we huv in the gemme is a strike fae Durie again, fae aboot thirty-five yerds oot, gaun straight tae their keeper's hauns. We sit quietly watchin until the whistle blaws fur hauf-time.

ooooo

Pearcey signals tae me, dain the auld, none-too-discreet mime ay rollin a joint an noddin tae the door but ah wave him an McDade away, electin tae staiy wae the auld yin. Ah don't like the waiy he's actin—no himsel, somehow.

'How's auld Tam gettin oan, Granda?' ah venture, 'Ah've no seen him aboot fur a while. Ah thoat he'd be here the night tae be honest.'

'Tam's no wae us anymare son. Passed away, so he did.' he sais, kind ay passively. No uncarin, but resigned tae it, like he's awready processed it an moved oan.

'Yer kiddin. When?'

'Aboot a month ago. Mind that day ah met yies, when ah hud that funny turn an ye broat us back hame? Then. That wis the day it happened. He hud a faw in the hoose, ye see? Fell doon the stair, so he did. There wis nothin they could dae.'

'When wis the funeral? Ye should've sais, ah'd huv been there.'

'It wis just a wee ceremony; just me an his daughter, Jackie, her man an a couple ay boays fae the bowlin club. He wis never wan fur a fuss.'

'Ye should've telt me but, ye don't need tae go through somethin like that yersel. Ye've goat me.'

'You hud enough oan yer plate, whit wae McDade's *motorbike crash*.' he sais, dubiously, an reaches oer fur the Johnny Walker boatle, pourin another hauf fur himsel.

'Whit dae ye mean by that?'

'Whit dae ah mean by whit?'

'The waiy ye sais that, McDade's *motorbike crash*, whit dae ye mean by that?

'Whit wis the last bloody thing ah telt you that day, eh? Aboot that bloody Mullin character? Whit did ah say tae ye?'

'Ah don't know… tae staiy away fae him… '

'Aye, that's right! Ah telt ye tae staiy away fae him; made ye promise me, an ye did, din't ye?'

'Aye, ah did but… '

'But ye just went aheid an did whit ye wanted anywaiy! Ya stupit bloody swine, ye! Just like yer faither. It's a bloody Coyle curse. Ye couldnae just leave it, eh? Couldnae keep a promise—fur me, Daniel!

Motorbike crash, ma arse.'

The door bursts open, an Pearcey an McDade come chargin in like a herd ay elephants, laughin an kerryin oan.

'Right man, whit yies dain? That's it kickin aff again, turn it up.' McDade sais, ' …mone Coyle, get the beers passed roon. Plenty ay time tae pull this back.'

Gettin us aw another beer an haunin them oot, ah turn the volume oan the tellie back up just in time tae hear the roar ay the Moroccan fans efter the boay, Hadda, hit a shot, which Jim Leighton—huvin come aff his line tae shut doon the angle—proceeded tae palm oer his heid, an intae the back ay the net. In the forty-sixth fuckin minute, man!

'How's he fuckin managed that, eh? Ah don't believe it!' McDade sais.

'Ah'll tell ye somethin the noo, an ye'll no like it, If that's Andy Goram, he's savin that.' Pearcey sais, an he's right, an ah don't care whit ma Granda sais, that fat, proddy bastart wid've been aw oer that.

We're glued tae the screen fur the rest ay the gemme, willin them tae dae somethin; a quick goal oan the counter-attack, against the run ay play; a set-piece dinked intae the right area. Anythin tae get a wee fithaud back intae the gemme.

Apart fae a clean strike aff big Craig Burley (saved wae minimal effort fae the Moroccan keeper) just afore he goat a straight red fur haufin some cunt, nae such fightback materialises. Insteid, in the eighty-fifth minute, Salaheddine Bassir scores their third an just like that, Scotland, no fur the first time, ur arse an necked fae the tournament huvin no goat through the group stage; banished fae the banquet afore they've finished their soup. Same shite, different tourney. Still, there's always the next wan, eh?

The only consolation we hud wis that Morocco hud been celebratin, thinkin they were through in second place—just like we would've—ignorant ay the fact Norway came back late oan tae beat Brazil 2-1, meanin they went through insteid.

They did a Scotland, we aw agree: done aw the hard work, beat the opposition in front ay them, only tae get papped oot anywaiy. Still though, it disnae make us feel any better. No really.

'Right, man. Ah'm fur the off, don't know if it's the hash or that whisky but ma heid's fuckin spinnin.' McDade sais, staggerin a bit as he gets tae his feet.

'Mibbe its yer skull bein cracked open like an easter egg ya daft cunt.' Pearcey sais.

We sais oor goodbyes tae the auld yin an head doon the stair. Ma Granda shouts doon efter us, 'Daniel! Wait up, son.' he comes doon the dark stair tae the door, 'Here son, mind take this.' he sais, gien us the shoeboax fae earlier, 'Open it when ye get hame. Ah'm sorry aboot earlier, son. Ah didnae mean tae get oan at ye, it's just… '

'Mone Coyle, ma fuckin brain's gettin cauld!' McDade shouts fae the street.

'Just watch yersel, son.' he sais, an ah leave him tae go an catch up wae the other two.

○○○○○

The lights ur oot when ah get hame. Ah look in tae ma Ma's room tae see her curled up under the covers sleepin, an ah mind her sayin she's goat a wee cleanin joab tae dae the morra so she'll be up an oot early. Ah shut the door oer quietly an go intae ma bedroom.

Ah walk oer tae the CD player, an stick oan *The Best Of James* at a low volume, flickin it forward to the song, *Tomorrow* an sit doon oan the bed wae the boax ma Granda gied us, openin it up.

Inside there's a couple ay books, *Dubliners* by James Joyce an *The Ragged-Trousered Philanthropists* by Robert Tressell which ah take oot, sittin them tae the side. There's some photies ay me wae ma Ma an Da when ah wis a wean. Some wae ma Granny an Granda an aw. There's wan wae us aw thegither. It sais oan the back, written in biro, it wis ma first birthday.

Stickin them tae the side alang wae the books, ah notice an envelope wae ma name oan it.

Ah run ma thumb alang the fold, tearin it open. There's a wad ay money inside, tens an twinties, an a sheet ay lined paper an aw, folded up. It crinkles as ah open it oot.

Dear Daniel,

I hope you enjoyed watching the game with me tonight and I hope we got the result we were looking for. Come on Scotland!

I'm writing you this letter because I want you to know how proud I am of you. I know your gran and your dad would have been very proud to see the young man you have become.

Your mum is very proud too. She told me on the phone that you have applied to go back to university. That's good to hear. An education is important. Knowledge is something no one can take away from you. I know you'll do well.

The money in the envelope is yours. Hopefully you can put it to good use for something other than all those student bars (ha ha).

I thought you'd like the photographs too, and there's two of my favourite books. You can have them as well.

We won't see each other again for a while but I'm sure it won't be forever.

You're probably wondering what all this is about by now. You see, I knew you wouldn't leave it after you told me about what happened to your dad. I knew you'd go after him. I could see it in your eyes.

After you left, I went looking for him too, only when I found him, you'd beaten me to it.

The only way I could make sure you were safe is if I finished it. He'd keep coming for you. Look what happened to your dad.

I made sure the same couldn't happen to you. After everything, I couldn't risk it.

Take care, son.

Lots of love,

Granda.

ooooo

It's twinty tae eleven by the time ah run back roon tae the tap ay his street. Two polis motors sit parked ootside his hoose, wae two coppers staunin at the gate talkin.

A few nosy bastarts congregate in their gairdens, cups ay tea in haun, bletherin oer fences an hedges tae other, equally nosy bastarts, gawpin at whit's gaun oan.

As ah walk slowly doon the street, wan ay the polis suddenly bursts intae life, openin the back door ay the squad car nearest the gate while the other wan hauds the gate open.

Ma Granda comes trudgin oot fae between the overgrown hedges at the gate, flanked by two CID, his heid bowed. Static noise fae the polis radios alang wae wee two-tone beeps, muffled voices kerried oer the airwaves, an the calm stillness ay the night, make time seem tae staun still. It's like it's no real, somehow; like it's no actually happenin.

Ah want tae shout oot somethin; tae tell them no tae listen tae him—dementia, ah could say, he disnae know whit he's fuckin sayin. Ah don't, though.

Ah just watch.

Seein him gettin placed intae the back ay the motor, the pit ay ma stomach tightens an ah feel like ah'm gonnae keel oer. Whit wis he thinkin ay? The jail's nae place fur an auld guy, man. Nae danger. He'll be lucky tae see seventy-two.

The coppers get intae their respective motors, wae wan ay the plain claes gettin intae the back ay the motor wae ma Granda. They drive tae the end ay the road afore burlin roon an comin back taewards me.

The first motor drives by, the two polis laughin, evidently findin somethin fuckin funny aboot it aw afore the next wan glides past.

Lookin in the back windae, ah try tae catch his gaze but he's disengaged fae the ootside world noo. Vacant, eyes fixed forward. Disconsolate.

Ah mind ay us sittin roon the fire that night in his gairden, watchin the flames, when he telt me aboot ma auld man—aboot his supposed suicide. Ah seen the pain in his eyes. The yearnin. The regret.

He didnae know then, though. Nane ay us did.

We sat fur ooirs that night an he telt me a few things; the kind ay wisdom auld yins dole oot whether ye want tae hear it or no. He telt us aboot how yer mind, an yer capacity fur learnin is the maist powerful thing ye'll ever possess, an how if enough ay us—the ordinary, everyday folk came tae unnerstaun that an utilise an harness it, things wid chainge.

Ah thoat nothin ay it at the time but ah suppose it sunk in, like subconsciously or that, because ah applied tae go tae Heriot-Watt Uni, in Edinburgh—where Tracey's transferrin tae fur the next term—a few weeks ago, an ah'm just waitin oan hearin back.

He telt us tae be a good mate, an tae help anybody oot if ah kin, but at the same time, ah've tae mind an no gie too much ay masel away.

Fuck knows, somethin like that. That's whit he's done then though, eh? He's gied away his last days ay freedom; the final fuckin furlong in his race, an fur whit, tae save me?

He telt us no tae go efter Mullin—practically begged us, an whit did ah dae? Ah couldnae leave it alane, could ah? Hud tae get retribution; hud tae avenge ma Da. It should be me gaun tae the tin pail, no him.

He telt me no tae dae it; made it explicitly fuckin clear, man.

The last thing he sais tae me as we sat at that fire that night efter the fitba when McDade slashed the boay doon at the Green wis that ah wis never tae let any cunt take advantage.

He sais don't let anybody take a len ay ye son, but just as important, mare so, even—don't ever take liberties.

ALSO FROM RYMOUR BOOKS

RYMOUR BOOKS

poetry • history • debate